Thomas Askan Vierich

Tödliche Delikatessen

Kriminalroman

Atlantik

Die Originalausgabe erschien 2006 unter dem Titel
Tödliche Delicatessen im Neuen Europa Verlag, Leipzig.
Der Roman wurde für die vorliegende Ausgabe
grundlegend überarbeitet.

Atlantik Bücher erscheinen im
Hoffmann und Campe Verlag, Hamburg.

1. Auflage 2016

www.hoca.de *www.atlantik-verlag.de*
Satz: Dörlemann Satz, Lemförde
Gesetzt aus der Trump Mediäval
Druck und Bindung: C.H. Beck, Nördlingen
ISBN 978-3-455-65069-3

HOFFMANN
UND CAMPE

Ein Unternehmen der
GANSKE VERLAGSGRUPPE

Für Andrea, Gina und Cornelien

»Wer nicht an die Karotte glaubt, ist verloren.«

Heinrich Pompl

1 Brot und Salz

Kommt er oder kommt er nicht?

Sie hatten Einladungen an alle wichtigen Leute geschickt. Angefangen beim Regierenden Bürgermeister über Senatoren, Bundesminister, Vertreter aus Wirtschaft, Hochfinanz und der Werbebranche, Kritiker, Schauspielerinnen, Musiker, Literaten – bis hin zum unvermeidlichen Vorsitzenden des Clubs »Freunde der Hauptstadt«. Prominenz eben, Leute mit Geld, Leute, die Leute kennen. Wichtige Leute.

Jo Jasper seufzte. Er konnte diese Leute nicht ausstehen. Und musste für sie kochen. Andere konnten und wollten sich seinen Aufwand zu selten leisten. Immerhin, der Staatsanwalt zeigte sich schon im gläsernen Lift hinauf in den sechsten Stock entzückt. Der Senator für Stadtentwicklung äußerte beim Betreten des Simple im Dachgeschoss des Grandhotels am Potsdamer Platz seine gewohnt vollmundige Zustimmung. Der Regierende ließ sich mit den besten Wünschen für dieses »ehrgeizige Projekt, das der Stadt nur guttun kann« entschuldigen. Pia Graf, die omnipräsente Primadonna von Deutschlands führendem Boulevardtheater, wogte ihr bahnbrechendes Dekolleté zu einem der sparsam, aber sorgfältig dekorierten Tische und plapperte dabei unentwegt auf einen öffentlichkeitsscheuen, aber angesehenen Dramatiker aus dem Umland ein. Sogar der Vorsitzende des Clubs der Hauptstadtfreunde, Otto Stolzenburg, glaubte beim Niederlassen auf einem der schlicht, aber bequem mit sehr hellem Stoff gepolsterten Stühle der Rettung seiner Herzensstadt aus dem kulinarischen Mittelmaß nahe zu sein. Er stellte erleichtert fest, dass hier niemand tätowiert war.

»Wo haben Sie Ihre reizende Gattin gelassen?«, fragte Jasper pflichtbewusst den zufrieden vor sich hin lächelnden Vorsitzenden, als dieser das ausliegende Besteck von Binger & Crollfuss befühlte. Diese Linie kannte Stolzenburg noch gar nicht. Obwohl er und seine Frau grundsätzlich alle Besteckliníen von Binger & Crollfuss kannten. Schließlich fuhren sie jedes Jahr mindestens einmal auf dem Weg nach Süden an der Binger & Crollfuss-Fabrik im Fränkischen vorbei, wo es im Abverkauf so manches edle Stück zu einem überraschend günstigen Preis gab. Ein Lob dem Fabrikverkauf. Man musste ja niemandem sagen, woher man seine edlen Stücke bezog. Doch so eine Gabel hatte er noch nie in der Hand gehalten. Sie wog schwer. Als Stolzenburg mit dem Daumen über die Klinge des Messers fuhr, spürte er, wie scharf geschliffen sie war. Eine Exklusivanfertigung für das Simple? Kein Wunder, dass dieser verrückte Kerl Jo Jasper hier sechs Millionen verballert hatte. Die er, Stolzenburg, persönlich bei den richtigen Leuten während etlicher gemeinsamer Runden im Golfclub locker gemacht hatte. Stolzenburg untersuchte Messer und Gabel auf das Vorhandensein einer Gravur, als er bemerkte, dass der junge

Maestro immer noch neben ihm stand und auf eine Antwort wartete.

»Meine Gattin …? Ach, Herr Jasper, sie konnte nicht kommen, ihre Rückenschmerzen waren wieder so schlimm. Und neuerdings leidet sie ja auch unter diversen Lebensmittelunverträglichkeiten …«

»Wie schade, wo Sie beide doch so viel für unser gemeinsames Baby getan haben.«

»Aber, aber, Herr Jasper, das war doch selbstverständlich. Man muss doch junge Leute mit Ideen unterstützen.«

Stolzenburg nickte etwas gönnerhaft.

Jo Jasper lächelte und strich sich nervös über den streng nach hinten gebundenen Zopf. Ohne die Unterstützung Stolzenburgs hätte er kaum Geldgeber gefunden, die in die sechste Etage eines Hotels in bester Lage sechs Millionen Euro investierten, um an nur zwölf Tischen eine Oase der Ruhe und des Genusses zu errichten. Eine »Rückkehr zu den einfachen und wirklich guten Dingen des Lebens«, wie Gundel griffig in der Einladung formuliert hatte. Ihm sollte es recht sein, wie sie es nannten, solange sie ihn kochen ließen, was er schon immer kochen wollte.

Stolzenburg und seine Gattin hin oder her. Wo blieb, verdammt noch mal, der Pompl? Auf die Senatoren und Minister gepfiffen. Reine Staffage. Entscheidend war der fette Pompl. Er gab den Ton vor. Wenn er beim Löffeln der Topinamburschaumcrème anerkennend nickte, wäre der Rest der Meute auch begeistert. Die wussten eh nicht, was Topinambur ist. Seit mehr als zwanzig Jahren war Pompl die unumstrittene Koryphäe für Kulinarisches beim *Abendblatt*. Und er hatte eine eigene Fernsehsendung, in der er einmal die Woche kurz vor Mitternacht mit Gästen über Essen, Trinken und den Genuss des Lebens plauderte.

Pompl zu widersprechen war schlecht für die Karriere. Der hat schon so einige Konkurrenten weggebissen, die dann entweder zu einer anderen Zeitung gegangen wurden oder ganz in der Versenkung verschwanden. Was er wohl mit diesem Alfred Brinkmann machen würde? Den kannte Jasper noch gar nicht, musste ein neuer Autor beim *Abendblatt* sein. Dieser Brinkmann hatte die Frechheit besessen, seinem Chefkritiker in die Suppe zu spucken. In einem Artikel über diesen neuen Schickimicki-Italiener in der Motzstraße hatte er geschrieben, der Oktopussalat sei längst nicht so zart, wie der große Heinrich Pompl in seiner Fernsehshow behauptet hatte: Vermutlich hätten die Betreiber des Zillo ihren zartesten und teuersten Pulpo für den großen Meister aufgehoben. »Wir Normalsterbliche hingegen werden mit Durchschnittsware abgespeist. Oder hat der große Pompl etwa nicht so genau hingebissen …?«

Klasse, fand Jo Jasper, das hatten der aufgeblasene Signore Settembrini vom Zillo und erst recht der noch aufgeblasenere Pompl verdient. Deshalb hatte Jasper den jungen Brinkmann auch eingeladen und zu Pompl und Stolzenburg an den Tisch gesetzt. Kontraste verfeinern den Geschmack.

Jasper beobachtete, wie Gundel die Herren von der Bank, denen man einen Tisch gleich neben dem von Pompl hingestellt hatte, bei Laune hielt. Ihre Blicke trafen sich. Er versuchte, die Panik in ihren Augen zu ignorieren, und nickte ihr aufmunternd zu. Alles in Ordnung, alles im Griff. Paul und Andrea hatten die Amuse-Gueules schon fertig. Passierte Jakobsmuscheln an istrischem Olivenöl, das er und Gundel von ihrer letzten Fahrt an die Kvarner Bucht mitgebracht hatten. Ein wirklich fantastisches Öl, besser als jedes italienische. Sie brauchten sich keine Sorgen zu machen. Selbst wenn das Fleisch der Muscheln etwas fad sein sollte.

Er war sich beim Einkauf bei Lindenberg nicht wirklich sicher gewesen, und die Menükarten waren schon gedruckt. Aber beim Improvisieren war er schon immer zu Großform aufgelaufen. Und mit diesem Öl konnte er nichts falsch machen.

Als er sich umdrehte, sah er Rebecca an der riesigen, massiven Anrichte aus Granit stehen und Brot schneiden. Auch das ein beruhigender Anblick. Ihre zarten Hände umfassten das selbst gebackene Weißbrot mit schwarzen Oliven und schnitten es schwungvoll in Scheiben. Eine fast biblische Zeremonie. Er hätte wirklich lediglich Brot und Salz zur Eröffnung reichen sollen. Das wäre noch biblischer, noch archaischer gewesen. Und hätte seinen Anspruch unterstrichen. Aber das hätte wahrscheinlich wieder keiner verstanden. Stolzenburg als Letzter. Und auf dessen Meinung kam es leider auch an.

Vielleicht hätte es Pompl verstanden. Die Askese. Die Zurückhaltung. Die Reduktion auf das Wesentliche. Das Weglassen aller Showeffekte. Doch wo blieb Pompl? Gundel hatte ihm noch heute Morgen wiederholt versichert, dass Pompl zugesagt habe. Doch er kam nicht. Vielleicht war es besser so. Was konnte an so einem Premierenabend nicht alles schiefgehen. Und was konnte Pompl nicht alles quer in den Hals rutschen. Vielleicht wäre ihm Olivenbrot zu Jakobsmuscheln an Olivenöl zu viel des Mediterranen? Und warum hatte Jasper die Muscheln eigentlich passiert? Waren Jakobsmuscheln im Ganzen nicht klassischer, ursprünglicher? Immerhin habe er sie nicht molekular geschäumt, würde Pompl wohl gönnerhaft murmeln. Warum haben Sie nicht einfach Brot und Salz zur Begrüßung gereicht, Herr Jasper? Und Jasper müsste ihm recht geben.

Doch wenn er nicht käme, würde das einen kaum wiedergutzumachenden Gesichtsverlust bedeuten. Jasper konnte die hämischen Kommentare der lieben Konkurrenz schon hören, die auch gerne ein paar Millionen von Stolzenburg bekommen hätte: »Pompl ignoriert die ehrgeizigste Restaurantgründung der Saison!« – »Na also, der Möchtegern-Aufsteiger Jo Jasper fällt mit der Ausrufung einer neuen Askese schon beim Start auf die Nase!«

Ein junger Mann näherte sich der riesigen Glastür, neben der Gundel Jasper die neu eintreffenden Gäste begrüßte. Er wirkte fast so, als befürchtete er, er habe seine Einladung vergessen und man könne sich nicht mehr an seinen Namen erinnern oder dass er überhaupt eingeladen worden war. Jetzt nestelte er in den Taschen seines Jacketts. Das konnte doch nur der Brinkmann sein. Warum ließ ihn Gundel nicht einfach herein? Mein Gott, was für Umstände! Immerhin war endlich jemand vom *Abendblatt* erschienen.

Als Jasper sich unauffällig der Eingangspforte seines Luxustempels näherte, sah er, dass der junge Mann nicht allein gekommen war: Hinter ihm tauchte eine auffallend attraktive Frau auf, deren Augen vor Wut blitzten.

»Hast du denn nicht Bescheid gesagt, Alfred?«, zischte sie.

»Äh, hören Sie, gnädige Frau«, nuschelte der junge Mann in Richtung Gundel. »Stand auf der Einladung nicht ›plus eine Person‹?«

»Lieber junger Mann …«, setzte Gundel an zu widersprechen, als Jasper schnell hinzutrat.

»Wo liegt das Problem, meine Herrschaften?«

»Ach Jo, das ist Alfred Brinkmann vom *Abendblatt*, und er hat vergessen, uns mitzuteilen, dass er in Begleitung kommt. Jetzt haben wir gar keinen Platz mehr an eurem Tisch. Und die junge Dame hat wiederholt versichert, dass sie auf keinen Fall an einem anderen Tisch sitzen möchte.«

»Ah, Herr Brinkmann, hocherfreut!« Jasper schüttelte dem jungen Journalisten kräftig die Hand. Man muss auf die Jugend setzen. Dieser arrogante, fette Pompl konnte ihm gestohlen bleiben.

»Das macht gar nichts, Gundel. Wir legen einfach ein Gedeck zusätzlich auf. Überhaupt kein Problem, Herr Brinkmann, für so eine kompetente Kraft des *Abendblatts* lassen wir nichts unversucht, kommen Sie, kommen Sie beide, treten Sie näher!« Er bat seine Auszubildende Andrea, die beiden zu ihrem Tisch zu begleiten.

Bei allem Respekt vor den Elaboraten Brinkmanns, Jasper musste jetzt an der Tür die Stellung halten. Denn aus dem Augenwinkel hatte er eine massige Gestalt entdeckt, die sich gerade keuchend durch die Lifttür quetschte. Pompl! Nun also doch! Für den Bruchteil einer Sekunde trafen sich ihre Blicke, und Jasper lief es kalt den Rücken herunter. Dieser Mann war sich seiner Macht bewusst. Und das ließ er seine Umgebung spüren. Schnell flüsterte Jasper Gundel zu, dass Frau Stolzenburg krankheitsbedingt ausfalle und also Frau Brinkmann ihren Platz einnehmen könne.

»Das ist nicht seine Frau«, sagte Gundel und blickte dem Paar nach: Sie marschierte mit stolz erhobenem Kopf vorweg, und er taperte hinterher, darum bemüht, beim Vorbeigehen nicht mit seinen überlangen Armen ein leeres Weinglas von einem der Tische zu wischen. »Wenn er die blöde Pute heiratet, ist er selbst schuld.«

Jasper musste lachen. Und Gundel fiel mit ein.

»Naaaa? Haben Sie schon Grund zur Heiterkeit, bester Jasper? Das sollte mich doch wundern.« Pompl baute sich schnaufend vor den Jaspers auf und zog seine dichten Augenbrauen nach oben, die verblüffend an einen bayrischen Ex-Politiker erinnerten.

»Entschuldigen Sie, lieber Herr Pompl, ein kleiner interner Scherz. Ich begrüße Sie in unserer bescheidenen Hütte.«

»Aber Herr Jasper, so bescheiden wird sie schon nicht sein, bei allem, was man hört.« Pompl schüttelte Jasper die Hand, ohne zu lächeln. Dann fuhr er mit seinem in diversen TV-Auftritten geschulten Bass fort:

»Darf ich Ihnen meine Gattin vorstellen, die mich heute ausnahmsweise einmal begleitet?«

Pompl schob seinen massigen Körper zur Seite und präsentierte seine Frau: sehr schwarze, lange Haare, etwas abgezehrte, aber interessante Gesichtszüge, um den Hals eine uralte, sicher wertvolle schwere Halskette aus Gold. Sie trug ein einfaches, hochgeschlossenes schwarzes Kleid, das wahrscheinlich ein bekannter Modedesigner entworfen hatte. Jasper kannte sich da nicht aus. Auf alle Fälle wirkte Frau Pompl wesentlich distinguierter als ihr Gatte, der sichtbar schwitzte und sich eben mit einem nicht mehr ganz sauberen Taschentuch über den Nacken fuhr. Der Bauer und die Herzogin, musste Jasper denken.

»Willkommen, Frau Pompl, schön, dass Sie uns die Ehre geben«, sagte Gundel und begleitete die beiden zum Ehrentisch.

»Sie entschuldigen mich einen Augenblick, aber ich muss schauen, dass in der Küche nichts anbrennt«, murmelte Jasper, holte kurz tief Luft und verschwand hinter den matt schimmernden Schwingtüren aus unbehandeltem Metall. Nein, Brot und Salz, das hätte Pompl auch nicht verstanden. Eher schon seine asketische Gattin.

2
Stilfragen

»Soll ich das Samtkleid anziehen oder das kleine Schwarze?«

»Keine Ahnung.«

»Ach komm, Alfred, du weißt viel besser als ich, was die da für einen Dresscode haben.«

Alfred hatte keine Ahnung. Alfred hatte ohnehin viel weniger Ahnung, als alle glaubten. Seine wunderschöne Freundin inbegriffen. Er machte allen was vor. Zumindest überkam ihn diese Vorstellung, wenn er nachts grübelte statt zu schlafen. Heute war dieses Gefühl besonders stark. Es drohte wieder einer dieser Abende, mit denen er noch nie klargekommen war und die Cordula so liebte. Da spürte man den Einfluss ihres Elternhauses. Sie war in der besseren Gesellschaft aufgewachsen, während seine Eltern höchstens einmal im Jahr essen gegangen waren. »Zu Hause schmeckt's am besten«, war das Credo seiner Mutter gewesen. Er hatte wirklich keine Ahnung, wie der Dresscode dort aussah. Obwohl er in letzter Zeit berufsbedingt bei einigen Restauranteröffnungen gewesen war. Er hatte sich jedes Mal deplatziert gefühlt.

»Liebe Cordula, du siehst in jedem Kleid reizend aus.« Das sagte Alfred immer, wenn er in Mode- und Stilfragen von seiner etwas prätentiösen Freundin um Rat gefragt wurde. Viel mehr hätte ihn interessiert, wie man aus diesem popelig kleinen Knoten in seiner dezent gemusterten Krawatte etwas Feierlicheres machte.

Die Einladung und das Angebot Pompls waren überraschend gekommen. Sehr überraschend. Nach seinem ungewollt aufrührerischen Artikel hatte er eigentlich mit seinem Rausschmiss gerechnet. Als ihn Pompl telefonisch in sein Büro beorderte (»Brinkmann, kurz mal raufkommen!«), legte er sich auf dem Weg in den dritten Stock alle möglichen Rechtfertigungen zurecht: Zuerst wollte er alles auf seine Unerfahrenheit schieben und mit vorgeschützter Naivität die letzten Sympathiereserven bei seinem Vorgesetzten aktivieren. Pompl war schließlich auch stellvertretender Chefredakteur.

»Sehen Sie, lieber Herr Pompl …«

Nein, das »lieber« sollte er besser weglassen.

»Also, sehr geehrter Herr Pompl, ich war etwas ungestüm …«

Schon drei Jahre war er beim *Abendblatt*, mein Gott, und was war aus ihm geworden? Nichts. Man hatte ihn durch alle Redaktionen und Abteilungen geschleust, und nirgends konnte er Fuß fassen. Zuletzt nahm ihn Heinrich Pompl unter seine Fittiche und ließ ihn Restaurantkritiken schreiben.

»Also, Herr Pompl …«

Oder sollte er »Herr stellvertretender Chefredakteur« sagen? Hatte er nicht auch die Ehrendoktorwürde einer renommierten Universität? Oder sogar mehrere?

»Hochverehrter Herr Doktor Pompl, ich weiß auch nicht,

welcher Teufel mich bei meinem ersten längeren gastronomischen Artikel für Ihr angesehenes Blatt geritten hat. Aber ich muss wohl so überwältigt von der Vornehmheit des Zillo gewesen sein ...«

Blödsinn. Pompl würde denken, dass Alfred ihn auf den Arm nehmen wollte. Seitdem er öfter zu den abendlichen Soireen des großen Meisters eingeladen wurde, standen sie doch auf recht vertrautem Fuß. Soweit das zwischen dem stellvertretenden Chefredakteur der wichtigsten Zeitung des Landes und einem unerfahrenen Redakteur ohne besondere Aufgaben überhaupt möglich war. Und außerdem: Er war ganz und gar nicht überwältigt von der Vornehmheit des Zillo gewesen, sondern enttäuscht von der Biederkeit dieses Etablissements, das Pompl nach der Eröffnung in seiner Fernsehshow so überschwänglich gepriesen hatte. Nichts vom »Timbre der großen Küchen dieser Welt« konnte er auf seinem Teller wiederfinden. Und schon gar nicht »sinfonische Dichtungen nie gekannter Komplexität« aus den eher biederen Pasta- und Fleischgerichten herausschmecken.

»Herr Pompl, Herr Herausgeber, ich hatte wohl einfach das Falsche bestellt. Oder Signore Settembrini hatte einfach einen schlechten Tag. So kurz nach der Eröffnung gab es wohl noch allzu verständliche Unstimmigkeiten in der Küche.«

Nein, Mittelmäßigkeiten dürfen in einem Restaurant dieser Preisklasse nicht vorkommen. Und selbst wenn Herr Settembrini schlecht geschlafen haben oder von seiner Ehefrau bei einem Seitensprung erwischt worden sein sollte – das dürfte sein hoch bezahltes Küchenteam nicht weiter tangieren. Es ist ja nicht so, dass Settembrini die Pasta wirklich selbst al dente kocht. Er fungiert nur als großer Zampano auf der Bühne seines Gourmettempels. Zur Belustigung seiner eingeschüchterten Gäste und zur Rechtfertigung der exorbitanten Preise.

»Alfred!« Cordulas Stimme kippte ins Quengelnde. »Das Samtkleid ist doch viel zu bieder. Und das Schwarze zu kurz.«

Also das konnte er alles nicht sagen, das hätte ihn als Fachmann desavouiert. Aber war das nicht längst egal? War er nicht schon durch seinen präpotenten Artikel im ehrwürdigen *Abendblatt* blamiert bis auf die Knochen? Er hätte auf keinen Fall im Zillo den Oktopussalat bestellen sollen ...

»Liebe Cordula, ich würde ganz einfach etwas Dezentes anziehen. Solche Restauranteröffnungen sind ja keine Modeschauen. Und wer weiß, wer mit uns am Tisch sitzt. Vielleicht die Bundeskanzlerin nebst Gatten. Und du willst doch nicht ernsthaft die mächtigste Frau Europas ausstechen wollen? Wobei das, ehrlich gesagt, leicht passieren könnte. Verhülle also am besten dezent deine Reize und halte dich im Hintergrund. Auch wenn dir das schwerfällt.«

»Du brauchst gar nicht so schnippisch zu werden, Alfredito. Ihr Männer habt's leicht: Anzug, Oberhemd, Krawatte, fertig. Welchen Anzug ziehst du an?«

»Den grauen Boss.«

»Den trägst du immer.«

Den Boss hatte er auch an, vor drei Tagen, als hätte er gewusst, dass er ins Allerheiligste des *Abendblatts* gerufen werden würde. Als er mit tatsächlich zittriger Hand gegen die überraschend dünne Holztür von Pompls Büro klopfte, dröhnte ihm von drinnen gleich das berüchtigt joviale Organ entgegen:

»Immer hereinspaziert, wenn's kein Lektor ist!«

Alfred öffnete mit viel Selbstbewusstsein demonstrierendem Schwung die Pforte zum Jüngsten Gericht. Und wäre dabei fast über den Rand des dicken Teppichs gestolpert, der die fünf Meter bis zu Pompls Schreibtisch zentimeterdick dämpfte.

»Hoppla, Brinkmann! Das liebe ich an der Jugend, immer voller Elan.«

War das eine von Pompls gefürchteten Anspielungen? Aber Alfred hatte keine Zeit, darüber nachzudenken.

»Brinkmann, Brinkmann, aus Ihnen wird noch mal was«, dröhnte Pompl unbeirrt weiter. Seine gute Laune war angsteinflößend.

»Ähm, Herr ...« Alfred nahm all seinen Mut zusammen. Aber noch bevor er sich für »Chefredakteur« oder »Doktor« entscheiden konnte, fiel ihm Pompl schon ins Wort.

»Hätten Sie Lust, mit zur Eröffnung des Simple zu kommen? Ich dreh da was, wenn Sie wollen. Das wird ein Mordsauftritt von allem, was Rang und Namen hat in dieser Stadt, wo eh alle glauben, sie hätten Rang und Namen. Da muss sich der Hund, der Jasper, mächtig anstrengen. Und ob der vor Ihrer strengen Zunge Gnade findet, ist ja wohl am allerungewissesten, was, Brinkmann?«

Jetzt war es so weit, jetzt kam die Gardinenpredigt: »Was fällt Ihnen eigentlich ein, Sie kleiner Nichtsnutz, mich, den großen Pompl, Deutschlands, ach was, Mitteleuropas größten Kenner der Restaurantszene, Inhaber von Ehrendoktorwürden der Humboldt-Universität Berlin, der Franz-Josef-Strauß-Hochschule München und der ernährungstechnischen Fakultät der Universität Leuven, also den bekanntesten Autor von Kochbüchern seit Wolfram Siebeck, den umworbenen Star aller Talkshows, mich, Heinrich Pompl den Großen, der es vom Reporter der *Pegnitz Zeitung* zum stellvertretenden Chefredakteur und Mitherausgeber der größten deutschsprachigen Zeitung gebracht hat, also ausgerechnet mich in Ihrer allerersten Restaurantkritik, die Sie nach diversen höchstens halb gelungenen Artikeln im Lokalteil, der Kultur, dem Sport und sogar der Wirtschaft als hospitierender Praktikant für dieses traditionsreiche und ehrwürdige Blatt unverdientermaßen schreiben durften, schlecht recherchiert und schlampig runtergerotzt zudem, so rüde anzupinkeln?«

Aber das sagte der große Pompl nicht. Er sagte:

»Jetzt glotzen Sie doch nicht so, Brinkmann! So dolle ist so eine Fresstempeleröffnung nun auch wieder nicht. Aber ich verstehe schon, wenn man noch jung und hungrig ist wie Sie, hehe, hungrig in jeder Beziehung, was? Na ja, hat mir jedenfalls prima gefallen, wie Sie diesem eitlen Fatzke Settembrini in die Parade gefahren sind. Ich muss da leider etwas mehr Rücksichten nehmen, schließlich ist sein Schwager Vorstandsvorsitzender bei der Schlesing AG, und Sie wissen ja, wenn wir die als Anzeigenkunden verprellen in diesen schwierigen Zeiten ... Ich höre schon den Maleschka von den Anzeigen zetern. Aber Sie können ruhig mal gegen den Baum pinkeln. Was glauben Sie, was ich mir von der Schlesing-PR-Abteilung anhören durfte. Aber ich habe alles auf Ihren jugendlichen Leichtsinn geschoben und darauf, dass dieser Text dem Chef vom Dienst irgendwie im Wochenendstress durchgerutscht sein muss. Die werden sich schon wieder beruhigen, was? Und der kleine Hieb gegen meine Person ... nun, lieber Brinkmann, erstens schmeckte mein Oktopussalat wirklich viel besser als der, den sie jetzt im Zillo auf der Karte haben. Habe ich gleich nachgeprüft. Und zweitens, was glauben Sie, wie ich in meinen jungen Jahren über die Leute hergefallen bin? Was ein rechter Kritiker werden will, der darf auch vor Vorgesetzten nicht zurückschrecken. Ihre Waffen werden noch früh genug stumpf werden.

Je höher Sie steigen, desto mehr Rücksichten müssen Sie nehmen. Also wetzen Sie die Messer, solange Sie noch können. Und den Artikel über das Simple schreiben jetzt auch Sie. Aber legen Sie ihn mir diesmal persönlich vor, damit ich Ihnen alle eventuellen Rücksichtnahmen rausstreichen kann!«

Der fette Pompl war aufgestanden, um seinen tischtennisplattengroßen Schreibtisch herumgewatschelt und tätschelte jetzt Alfreds Schulter, während er ihn sanft wieder aus seinem Büro hinausschob.

»Also nehme ich das Grüne.«

»Gut, Cordula, nimm das Grüne. Und kannst du mir mal bei diesem blöden Knoten helfen?«

3 Nach Grönland

»Haben Sie schon gehört, das Hartmann macht auch zu«, sagte der Landwirtschaftsminister und tunkte sein schräg geschnittenes Stück Baguette in den Rest des grün schimmernden Olivenöls, das von seinem Amuse-Gueule noch übrig war.

Otto Stolzenburg wiegte bedächtig seinen Kopf. Obwohl er finanziell an diesem Sternelokal nicht beteiligt war, tat es ihm doch leid, dass es schließen musste.

»Wieder ein Alteingesessener weniger«, sagte er.

»Und das, wo unsere Hauptstadt ohnehin kaum Tradition hat – nicht nur in kulinarischen Angelegenheiten«, ergänzte Jasper.

»Das ist es ja, deshalb machen die zu«, sagte Pompl und nippte an seinem Chardonnay. »Kein Humus zum Wurzelnschlagen. Keine Kundschaft, die die deutsche Küche nachfragt. Und ich spreche von der ernsthaften deutschen Küche. Die hat's ja mal gegeben. Aber wohl eher nicht in Berlin. Ist übrigens ganz anständig, Ihr Chardonnay. Kaufen Sie den wie das Olivenöl auch selbst vor Ort?«

»Nein, nein«, sagte Jasper. »An der Loire haben wir schon lange nicht mehr Urlaub gemacht.«

»Was heißt Urlaub!«, dröhnte Pompl. »Ihnen geht es doch wie mir: immer im Dienst. Egal, wo wir auftauchen, immer müssen wir schmecken und probieren, immer wartet das Notizbuch in der Innentasche auf neue Adressen, immer will einem ein Winzer seine neueste Kreation aufschwatzen oder ein Konditor sein Sahnetörtchen. Herr Pompl, Monsieur Pompl, Signore Pompl! Das müssen Sie probieren, *excusez-moi, pardon*, das müssen Sie gegessen oder getrunken haben! Und warum? Nur damit ich es irgendwo irgendwann lobend erwähne ... Dieser Zirkus kann einen schon anöden.«

»Um wirklich auszuspannen müsste man in die kulinarische Diaspora reisen«, seufzte Jasper.

»Nach Grönland!«, sagte Alfred mehr für sich.

»Oder Idaho«, sagte Cordula etwas lauter.

»Oh, da gibt es ganz gute Burger, habe mal an der Interstate 204 in einem grässlich eingerichteten Diner mit Autonummernschildern an der Wand einen köstlichen Viertelpfünder verdrückt.« Pompl wischte sich mit der Serviette den Mund ab.

»Sie essen Hamburger?«, fragte Cordula erstaunt.

»Klar. Das Einzige, was man in den Staaten zu sich nehmen kann. Vergessen Sie Little Italy. Jeder Araber bei uns kann besser Pizza backen als die Sizilianer in New York. Das ist auch wieder bezeichnend für unsere liebreizende Heimatstadt: Hier backen Araber Pizza, und die Touristen halten Döner Kebab für eine heimische Spezialität. Und sie haben recht: Döner ist die einzige kulinarische Errungenschaft, die Berlin der deutschen Speisekarte hinzugefügt hat. Danke, ihr türkischen Gastarbeiter und Mitbürger, danke, dass ihr die Bulette und die Currywurst überflügelt habt!«

»Nun, eine Currywurst kann auch gut schmecken«, sagte Jo Jasper und grinste.

»Ja, logisch, morgens um halb drei, halb besoffen am Mehringdamm oder an dieser berühmten Bude am Ku'damm, wo die Wichtigtuer sich 'ne Flasche Schampus zu ihrer Wurst bestellen.«

»Stimmt, Herr Pompl«, lachte Pia Graf. »Das haben wir mal nach einer Premierenfeier im Theater am Ku'damm gemacht. Muss in den siebziger oder achtziger Jahren gewesen sein. Eine Flasche Dom Pérignon für zweihundertfünfzig Mark für alle im Stehen und aus Plastikbechern.«

»Toll, Frau Graf, was waren wir wieder dekadent, was?« Pompl stieß mit seinem Glas an das von Pia Graf. »Ich sage ja: Diese Stadt ist nachgerade berühmt für ihre Mittelmäßigkeit.«

»*War* berühmt, Herr Pompl, *war*«, verfügte kraft seines Amtes als Vorsitzender der Freunde der Hauptstadt Otto Stolzenburg. »Seit dem Mauerfall hat sich doch einiges getan. Immerhin bin ich froh, dass Sie der deutschen Küche eine Lanze brechen.«

»Mögen Sie wirklich Königsberger Klopse und Falschen Hasen, Herr Pompl? Ist das für Ihre verwöhnte Zunge nicht etwas grobe Kost?«, mischte sich Cordula ein.

»Natürlich! Ich kann diese ganze französische Haute Cuisine nicht ausstehen. Wenn ich einen Koch mit Sternen sehe, mache ich einen großen Bogen um ihn. Außer er kocht deftig. Wie der wilde Hund in dieser umgebauten Brauerei, der tatsächlich Königsberger Klopse auf die Tische knallt und einen Dirty Urbanism pflegt.«

»Ach, hören Sie doch auf, Herr Pompl«, widersprach Pia Graf, die Einzige am Tisch, die in Berlin geboren war. »Wenn Sie nicht meckern können, geht es Ihnen nicht gut.

Ihre kulinarischen Kenntnisse in allen Ehren, aber mit Dirty Urbanism kann ich nichts anfangen. Und der wird hier im Simple Gott sei Dank nicht gepflegt.«

»Ja, leider«, Pompl lachte, drehte sich um und rief aus: »Na also, jetzt bekommen wir endlich was Warmes in den Bauch: Die Suppe naht.«

Gundel Jasper dirigierte das Personal mit den dampfenden Terrinen und verteilte am Tisch der Ehrengäste eigenhändig die Cremesuppe aus Topinambur.

»Raffiniert unraffiniert, Herr Jasper?«, fragte Pompl und tauchte seinen Löffel in die schaumige zartgelbe Creme. »Dafür aber umso teurer, was?«

»Also, ich kann nur unterstützen, dass hier mit heimischen Produkten gekocht wird«, sagte der Landwirtschaftsminister.

»Klar«, erwiderte Pompl, »besonders vorhin die Jakobsmuscheln aus dem Wannsee.«

»Alles kann man eben nicht vor Ort erzeugen.« Der Minister lächelte. »Und wir wollen ja bei aller berechtigten Kritik an den Globalisierungstendenzen nicht in Volkstümelei verfallen.«

»Was ist denn an gesundem Patriotismus auszusetzen, Herr Minister? Ich finde, gerade daran mangelt es in Deutschland und vor allem in Berlin«, sagte Stolzenburg.

»Die Vokabel ›gesund‹ höre ich in diesem Zusammenhang eigentlich nicht so gerne, Herr Stolzenburg«, erwiderte der Landwirtschaftsminister. »Gesund bleiben hoffentlich meine Kinder und Ihre Enkelkinder, Herr Stolzenburg, aber nicht unsere Gefühle gegenüber Deutschland.«

»Sehr richtig, Herr Minister«, pflichtete ihm Pia Graf bei. »Obwohl ich selbst ja leider keine Kinder habe.«

»Dazu reichen vermutlich weder Energie noch Zeit einer

über Jahrzehnte so erfolgreichen Schauspielerin wie Ihnen, Frau Graf«, sagte Cordula. »Sind Sie nicht sogar Kammerschauspielerin am Wiener Burgtheater?«

»Ist sie, ist sie, auch das«, rief Heinrich Pompl etwas schnippisch. »Trotzdem haben Sie sich für meinen Geschmack und Ihr Talent zu sehr dem Boulevard ergeben, Madame.«

»Was haben Sie gegen den Boulevard, Herr Pompl? Vorhin haben Sie noch Döner Kebab und Königsberger Klopse verteidigt. Und das ist nicht mal Boulevard.« Sie wischte sich energisch den Mund ab. »Sie entschuldigen mich bitte, ich muss mich kurz frisch machen.« Damit rauschte der alternde Star der Ku'damm-Bühnen davon. Pompl nahm einen Schluck aus seinem Weinglas und beugte sich zum Landwirtschaftsminister. »Bei aller Sympathie für Ihren Kampf gegen Legebatterien und genmanipulierte Lebensmittel, Ihre Wiederwahl ist ja keineswegs in trockenen Tüchern. Wie man hört, wird Ihnen sogar Ihr sicherer Listenplatz innerparteilich streitig gemacht?«

Der Kopf des Ministers lief leicht rot an.

»Aber lassen wir die Politik lieber beiseite«, schwadronierte Pompl weiter. »Das verdirbt einem den Appetit. Ein Hoch auf das brandenburgische Gemüse! Gönnen Sie uns auch noch revanchistische Königsberger Klopse, Herr Jasper?«

Nachdem Alfred schon seit zehn Minuten mit seinem Harndrang zu kämpfen hatte, beschloss er, nun sei der Zeitpunkt gekommen, um unauffällig auf die Toilette zu gehen. Er knüllte seine Serviette zusammen, schob den Stuhl zurück, fing den Blick seines Chefs auf, der ihm zuzunicken schien, und machte sich auf den Weg. Dabei bemerkte er, dass am Tisch der Bankiers und Werbeleute auffallende Ruhe herrschte. Oder konzentrierte man sich hier auf das Trio aus heimischen Flussfischen, das gerade serviert wurde? Wahrscheinlich warteten alle auf das Ende des Essens, um sich endlich ihre Havannas anstecken und darüber fachsimpeln zu können. Kein Jungdynamiker, der etwas auf sich hielt, kannte sich heutzutage nicht mit Zigarren aus.

Als Alfred an der altarähnlichen Anrichte vorbeikam, sah er, wie eine junge Frau damit beschäftigt war, eine Reihe von Tellerchen mit Schokoladenpudding aufzustellen. Er stutzte. Pudding in einem Toprestaurant wie dem Simple? Geformt wie beim Backe-backe-Kuchen-Spielen im Sandkasten? Oder war der fürs Personal bestimmt? Und unter all den Tellern mit gestürzter brauner Wabbelmasse, die ihn an seine Kindheit mit Dr. Oetker erinnerte, befand sich einer mit weißem Pudding. Wie bei den Schafen, nur umgekehrt.

Da erinnerte er sich an Heinrich Pompls letzte Kolumne im *Abendblatt*. Deutschlands größter lebender Gourmet hatte sich leidenschaftlich zum Schokoladenpudding bekannt und alle Spitzengastronomen aufgefordert, Pudding auf die Karte zu setzen. Er habe genug von all den Mousses au Chocolat und Crèmes Caramel. Die Patissiers sollten endlich einmal versuchen, den guten alten Schokoladenpudding auf Vordermann zu bringen. Und wenn es nach ihm ginge, unbedingt mit weißer Schokolade und dunkler Schokoladensoße. Denn er hasse Vanillesoße und liebe die distinguierte weiße Schokolade. »Aber bitte keine weiße Mousse, meine Herren und Damen, bitte keine Mousse!« So endete Pompls Pamphlet.

Als Alfred am Urinal stehend vor sich hin grinste, stellte sich jemand Voluminöses direkt neben ihn.

»Natürlich, das Ding zum Pissen ist von Philippe Starck. Zum Kotzen.«

»Aber Herr Pompl, was haben Sie jetzt wieder an Starck auszusetzen? Sieht doch gut aus, schön reduziert.«

»Schön reduziert! Wenn ich das schon höre. Es gibt wahrscheinlich eine Million Designer auf der Welt. Aber alle feiern Philippe Starck und zwei oder drei andere Big Player wie diese französischen Brüder mit dem unaussprechlichen Namen, Bouroullec oder so ähnlich. Diese Lampen aus Papier über den Tischen sind bestimmt von Issey Miyake. Die kosten so viel, als wären sie aus reiner Seide. Alles Angeberei. Hätte dem Jasper eigentlich etwas mehr Individualität zugetraut.«

»Wahrscheinlich hat er sich von seinem Innenarchitekten oder seiner Frau überreden lassen.«

Pompl lachte: »Da könnten Sie recht haben, Brinkmann, die Gundel ist eine bemerkenswert resolute Frau. Ohne sie gäbe es das Simple nicht. Jasper kann zwar exzellent kochen, aber er ist kein guter Geschäftsmann. Die ganzen Verhandlungen mit Stolzenburg und Konsorten hat die Gundel geführt.«

Alfred ging zum Waschbecken: »Haben Sie den Pudding gesehen?«

»Habe ich.« Pompl trat neben Alfred. »Tolle Idee vom Jasper, hat er bestimmt extra meinetwegen gemacht.«

»Wahrscheinlich, um Sie sanftmütiger zu stimmen.«

»Hehe, er kann ja nicht ahnen, dass Sie die Kritik schreiben. Mögen Sie Schokoladenpudding?«

»Ich hasse ihn. Bei uns zu Hause gab's den jeden Sonntag.«

»Mit Vanillesoße?«, fragte Pompl, als sie gemeinsam die edlen Erfrischungsräume des Simple verließen, und legte väterlich eine Hand auf die Schulter des jungen Kollegen.

»Mit Vanillesoße«, sagte Alfred.

»Schrecklich«, seufzte Heinrich Pompl.

4

Blut im Pudding

Nach den heimischen Fischen, bei deren zügigem, weil verspätet begonnenem Verzehr sich Pompl zu keinem Kommentar hinreißen ließ, widmete man sich nun dem Fleisch: einem sauber auf den Punkt gebratenen Wildschweinfilet mit einer kräftigen Rotweinsoße und leicht süßlich schmeckenden Schalotten.

»Wie Sie sehen«, erklärte Jo Jasper, als alle ihren Teller vor sich stehen hatten, »versuche ich, nicht mehr als drei verschiedene Dinge auf einem Teller zu vereinen: Fleisch, Soße, Zwiebeln. Vorhin waren es drei verschiedene Fische: Zander, Saibling und Hecht. Die Beilage diente mehr zur Dekoration. Reduktion ist mein Ziel. Mehr als drei verschiedene Geschmacksnuancen kann unsere Zunge nicht gleichzeitig wahrnehmen. Die meisten Köche begehen den Fehler, uns mit ihrer Raffinesse zu überfordern. Nehmen Sie nur die Spinner der Molekularküche, technisch irre aufwändig, und dann ist der Gast vor lauter Aromaexplosionen total überfordert. Diese Mode habe ich nie mitgemacht, bei allem nötigen Respekt vor der Kunstfertigkeit der Kollegen. Zum Wildschweinfilet empfehle ich einen burgenländischen Rotwein! Kräftig, ehrlich, unverfälscht. Prost, meine Gäste, ich hoffe, es hat Ihnen bis jetzt geschmeckt!«

Jasper hob sein Glas und versuchte, nicht sofort zu Heinrich Pompl zu blicken. Stattdessen blieb er in den grünen Augen von Cordula hängen, die seinen Blick einige Sekunden erwiderte und dann lächelnd zu Heinrich Pompl sagte:

»Und was meint nun der große Kritiker, vor dem sich alle fürchten?«

Alfred trat ihr unter dem Tisch gegen das Schienenbein.

»Der große Kritiker sagt gar nichts, gnädige Frau«, antwortete Pompl. »Erst wenn der Kaffee getrunken ist und der letzte Löffel des Nachtischs und das letzte Stückchen Käse verzehrt ist, frühestens dann bin ich bereit, ein Fazit zu ziehen.« Er zwinkerte Alfred zu und flüsterte: »Reduktion …«

»Aber zum Wein könnten Sie doch schon mal etwas sagen«, bat Stolzenburg. »Unser Gastgeber ist so berühmt für seinen Weinkeller. In dem übrigens auch seltene und köstliche Schnäpse auf ihre Verkostung warten.«

Pompl steckte seine Nase tief in sein Glas, zog etwas Luft ein, nahm dann einen Schluck, ließ ihn im Mund hin und her rollen, schmatzte deutlich vernehmbar und schluckte endlich. Pia Graf und der Landwirtschaftsminister blickten sich leicht indigniert an. Pompl seufzte.

»Aus Österreich sagten Sie, Jasper? Wusste gar nicht, dass die Ösis so tolle Weine machen.«

»Sie haben doch selbst auf der Weinmesse im Logenhaus den Bordeaux gegen einige rote Cuvées vom Neusiedler See ausgespielt, Herr Pompl«, sagte Stolzenburg.

»Hab ich das?« Pompl grinste. »Hab ich vergessen.«

Stolzenburg lachte. Pia Graf hob skeptisch die Augenbrauen.

»Aber der ist nicht vom Neusiedler See, sondern etwas weiter südlich aus dem Mittelburgenland, aus Horitschon. Da machen sie die allerbesten Rotweine. Oft in so kleinen Mengen, dass sich der Export nicht lohnt«, erklärte Jasper.

»Die saufen den lieber selbst«, sagte Pompl. »Wie die Steirer ihren berühmten Morillon. Recht haben sie. Das Gute soll man behalten. Selbst in Kroatien gibt es mittlerweile tolle Weine. Aber die werden Sie nie in einem hiesigen exjugoslawischen Grill-Restaurant bekommen. Wahrscheinlich, weil sie gegen irgendeine EU-Vorschrift verstoßen. Ist der Korken kroatischer Weine zwei Millimeter zu dick oder zu lang, Herr Minister?«

Das Gesicht des Ministers drohte sich erneut zu verfärben, und der Gastgeber warf schnell ein: »Ich habe einen schönen Istrier in meinem Weinkeller.«

»Hier im Restaurant oder privat zu Hause?«, fragte Pompl.

»Hier im Simple, natürlich. Wir haben einen Extraraum für unsere Weine. Kein Keller im strengen Sinn, ein Raum neben der Küche, vollklimatisiert mit Luftbefeuchter. Ideale Bedingungen für unsere besten Tropfen.«

»Die vielen Millionen Investitionssumme kommen nicht ganz von ungefähr«, sagte Stolzenburg und blinzelte verschmitzt. »Zeigen Sie doch dem Fachmann Ihr ganz besonderes Reich, Herr Jasper, und lassen Sie ihn von dem Nussschnaps probieren, Sie wissen schon!«

»Ach ja, dieser Nussschnaps, eine Spende der Hauptstadtfreunde, fünfundzwanzig Jahre alt, davon die meiste Zeit im Eichenfass gelegen.« Jasper geriet ins Schwärmen. »Ganz mild, leicht bitter, trotzdem mit einer süßen, erdigen Note. Und diese Farbe: goldgelb wie alter Whisky.«

»Aber mit Whisky nicht wirklich zu vergleichen«, sagte Stolzenburg. »Und bringen Sie uns eine schöne Flasche Süßwein zum Dessert. Bleiben wir österreichisch. Ich schlage vor, einen Eiswein von Alois Kracher aus Illmitz am Neusiedler See.«

»Kommen Sie, Herr Pompl, es ist mir eine Ehre.« Jasper stand auf. »Wenn uns die Damen einen Augenblick entschuldigen würden …« Jo Jasper strich sich mit beiden Händen über seinen modischen Zopf und geleitete Pompl gestenreich in Richtung Küche.

»Gott, diese Weinfetischisten!«, stöhnte Pia Graf.

»Da haben Sie recht«, seufzte der Landwirtschaftsminister, dem es sichtlich Spaß machte, neben der berühmten Schauspielerin zu sitzen. »Aber die Österreicher haben immerhin aus ihrem Glykolskandal gelernt und setzen jetzt auf Qualität statt Quantität. Das könnte einigen Regionen in Deutschland auch guttun.«

Als Pompl und Jasper wiederkamen – Stolzenburg war unterdessen aufgestanden, um am Tisch der Bankiers alte Bekannte zu begrüßen, und Cordula hatte eine Kollegin entdeckt, zu der sie kurz hinüberging –, sah es fast so aus, als gingen sie Arm in Arm: Zwei Männer, die im Weinkeller ihre freundschaftlichen Gefühle füreinander oder überhaupt irgendwelche Gefühle entdeckt haben.

»Na, Herr Pompl«, fragte Pia Graf, »was haben Sie uns zum Dessert ausgesucht?«

»Natürlich den Eiswein, schöne Frau.«

»Und wie hat der Nussschnaps gemundet?«, fragte Stolzenburg.

»Köstlich. Nur schade, dass Herr Jasper nicht mittun wollte beim Verkosten.«

»Ja, mein Magen verträgt keine hochprozentigen Sachen.

Wein ist okay, aber alles über 30 Prozent hat mir mein Arzt strengstens verboten.«

»Probieren wir zuerst den Eiswein«, rief Heinrich Pompl, sich behaglich den Bauch reibend. »Nach dem vielen Essen braucht der Magen eine kleine Pause, um Platz für die Süßspeise zu schaffen. Und für die ist unser Jo Jasper nachgerade berühmt.«

»Na, Herr Pompl, so riesige Portionen waren das nun auch wieder nicht«, sagte Stolzenburg. »Das stört mich an der Haute Cuisine, dass die immer an der Menge sparen.«

»Ist aber gut für die Linie«, lachte eine merklich besser gelaunte Pia Graf.

»Herr Stolzenburg hätte wahrscheinlich Lust auf Grünkohl mit Pinkel oder eine andere deftige Spezialität seiner niedersächsischen Heimat gehabt«, sagte Jasper.

»Nein, nein, so was lasse ich mir von meiner Frau kochen. Ich stecke doch nicht mehrere Millionen in diesen Laden, um dann Hausmannskost vorgesetzt zu bekommen. Bei aller Liebe zu Grünkohl mit Pinkel. So was isst man im Gasthaus, nicht in einem Sternerestaurant.«

»Noch hat es keinen einzigen«, sagte Pompl und lehnte sich lässig in seinem Stuhl zurück.

Jo Jasper zuckte nicht mit der Wimper: »Wird nicht mehr lange dauern. Und wenn nicht, kann ich damit auch leben.«

»Können Sie das auch, Herr Stolzenburg? Bei all dem Geld, das Sie hier ins Besteck und in diverse Klimatisationen gesteckt haben, muss sich das Simple doch auch rechnen, irgendwann. Oder soll das hier so eine Sternschnuppe werden wie die vielen anderen Neugründungen, die erst zweimal ihre mit reichlich Vorschusslorbeeren bedachten Köche wechseln, um dann ganz dichtzumachen? Das wollen wir doch dem talentierten Jo Jasper nicht wünschen. Die exorbitanten Preise jedenfalls, die Sie natürlich bei dem Aufwand und den wenigen Tischen verlangen müssen, das ist mir schon klar, werden Sie ohne die Rückendeckung internationaler Feinschmecker nicht halten können. Die kommen nur, wenn sie der Michelin und andere Gourmetbibeln herschicken.«

»Ach Gott, Herr Pompl, natürlich wäre es für das Renommee des Simple und der Hauptstadt insgesamt nicht schlecht, wenn wir hier ein paar Sterne zusammenbekämen. Warum darf es nur im Süden und im Westen der Republik ausgezeichnete Feinschmeckerlokale geben? Aber Berlin holt gerade auf. Nicht zuletzt deshalb konnte ich so schnell so viel Geld für das Simple auftreiben. Jetzt will jeder dabei sein, wenn in Berlin die Sterne aufgehen.«

»Naja, aber extra anreisen aus München oder Paris würde ich wegen eines Sterns nicht. Es müssten schon zwei sein, oder?«, fragte Pompl und grinste maliziös. »Am besten gleich drei, was, Stolzenburg?« Er schlug lachend mit der flachen Hand auf den Tisch.

»Nun«, erwiderte Stolzenburg und nickte Jasper zu. »Bei allem Respekt vor Ihrem Handwerk, wir wollen ja nicht gleich unverschämt werden. Und wenn unser heimischer Gourmetpapst weiterhin so offensichtlich guter Laune ist, haben wir ja nichts zu befürchten.«

»Bravo, Stolzenburg«, sagte Pompl. »Darauf erheben wir unser Glas mit diesem köstlichen Eiswein. Auf Ihr Wohl, lieber Jo Jasper, und das Ihrer tüchtigen Frau – und das prächtige Angebot Ihres Kellers, natürlich. Ich bin sicher, die Sterne werden nicht lange auf sich warten lassen – ob es mir passt oder nicht.«

Alle anderen taten es ihm gleich und prosteten dem lächelnden Jasper zu. Sogar die stumme Gattin von Pompl ließ mal wieder ein apartes Lächeln über ihr ansonsten teilnahmsloses Gesicht huschen. Sie hatte den ganzen Abend lang noch kein Wort gesagt. Alfred betrachtete sie unauffällig: Sie musste um die fünfzig sein. Eine schöne Frau. Hager, sehr gepflegt, dunkler Teint, fast faltenlos, tiefschwarze Haare. Gefärbt? Möglich. Aber egal: Frau Pompl strahlte so viel Stil und Selbstbewusstsein aus, die konnte sich die Haare färben lassen, so oft sie wollte, sie blieb eine schöne Frau.

Da eilte Gundel mit dem Dessert heran.

»Schokoladenpudding!«, rief Heinrich Pompl.

»Und für Sie speziell aus weißer Schokolade«, riefen Pia Graf und Otto Stolzenburg unisono. Sie hatten wohl beide Pompls Kolumne gelesen.

»Mein lieber Herr Jasper, es kommt wirklich nicht oft vor, dass mich ein Gastwirt noch überrascht. Ihnen ist es geglückt.«

Feierlich ließ er seinen edlen Löffel von Binger & Crollfuss in den Pudding gleiten, als handele es sich dabei um feinsten Beluga-Kaviar.

»Köstlich!«

»Na, Gott sei Dank«, sagte Jasper. »Wenigstens der Pudding scheint uns geglückt zu sein.«

»Schweigen muss ja nichts Schlechtes bedeuten, mein lieber Jasper«, lachte Pompl.

Alle nahmen einen Löffel und nickten einträchtig. Als plötzlich Pompl einen röchelnden Laut von sich gab.

»Heinrich?«, rief seine neben ihm sitzende Frau. »Heinrich, ist dir schlecht?«

Pompl griff sich mit der rechten Hand an den Hals. Aus seiner Linken kippte der Löffel, klatschte auf den Tisch, und die Schokoladensoße hinterließ einen hässlichen Fleck auf der blütenweißen Tischdecke.

»Was zum Teufel ...«, sagte Jasper, als Pompls Kopf nach vorne sackte, mit viel Schwung direkt in den Pudding fiel und nicht nur der neben ihm sitzende Edelgastronom Schokoladensoße auf seine weiße Kochjacke bekam, sondern auch der gegenübersitzenden Schauspielerin eine beträchtliche Portion weißen Puddings ins Dekolleté rutschte. Aber davon bemerkte sie nichts. Wie alle anderen starrte sie gebannt auf den Kritiker, dessen Kopf sich nach dem Aufprall auf dem Dessertteller, der dabei zu Bruch gegangen war, nicht mehr rührte. Ein kleines Rinnsal Blut strömte aus Pompls gebrochener Nase in die weiße Puddingmasse.

Heinrich Pompl war tot.

5
Nasse Hunde

Es hatte heftig zu regnen begonnen. Als der Kommissar eintraf, war sein dunkelblauer Trench genauso triefendnass wie die Uniformen seiner Kollegen, die seit etwa einer halben Stunde das Simple auf den Kopf stellten. Er trat vor das Büfett, hinter dem immer noch die junge Rebecca stand. Allerdings hatte sie jetzt aufgehört, Brot zu schneiden oder Süßspeisen anzurichten. Sie starrte mit offenem Mund und großen Augen den Kommissar an.

Der breitete seine Arme aus und sagte: »Meine Damen und Herren, ich bitte Sie, sitzen zu bleiben. Mein Name ist Hermann Stubenrauch, ich leite die Ermittlungen.«

»Welche Ermittlungen?«, fragte jemand. Auf allen Tischen stand immer noch der Pudding.

Gundel raunte ihrem Mann zu: »Das hat uns gerade noch gefehlt …«

»Wieso?«, flüsterte Jasper. »Hauptsache Publicity.«

»Ein Mensch ist zu Tode gekommen«, sagte der Kommissar.

»Und was für einer«, sagte jemand halblaut. Einige lachten kurz auf.

»Meine Herrschaften, ich muss doch bitten!« Der Kommissar blickte streng in die Runde und stemmte seine schlaksigen Arme in die Taille. Um seine Schuhe herum hatte sich eine Wasserlache gebildet. Warum zog der seinen Mantel nicht aus, fragte sich Jasper.

»Wir wissen noch nicht, was die Ursache für den plötzlichen Tod Heinrich Pompls war. Bis wir nicht einwandfrei einen natürlichen Tod feststellen können, muss ich auch andere Möglichkeiten in Betracht ziehen.«

»Was soll das heißen?«, ließ sich der Chef der Berliner Bank vernehmen. »Werden wir etwa verdächtigt?«

»Wessen sollten Sie verdächtigt werden, Dr. Kammerer?«, fragte Stubenrauch.

»Was weiß denn ich«, murmelte Kammerer und blickte entnervt seine Tischnachbarn an, die betreten mit den Schultern zuckten. »Uns würde interessieren, wie lange das hier noch dauern soll.«

Jetzt erhob Jo Jasper seine Stimme: »Es tut mir wirklich sehr leid, dass dieser schöne Abend so tragisch enden musste.« Er trat einen Schritt auf die rechts von ihm stehende Frau Pompl zu und drückte ihr die Hand. »Darf ich Ihnen im Namen meines Personals und aller Anwesenden mein tiefes Beileid aussprechen?« Karoline Pompl nahm Jaspers Hand. Nichts in ihrer Miene verriet, was sie fühlte. Alfred schauderte.

Während sie auf die Polizei gewartet und Stolzenburg, Pia Graf und die Jaspers sich um die Witwe gekümmert hatten, hatte er kurz mit Cordula darüber spekuliert, was passiert sein könnte. Auch andere Gäste von den Nachbartischen hatten sich eingemischt. Man war sich schnell einig, dass es sich nur um einen Infarkt oder Ähnliches handeln konnte. Das Wort »Gift« wollte niemand in den Mund nehmen. Außer Karoline Pompl. Sie hatte darauf bestanden, sofort die Polizei zu rufen. Ein natürlicher Tod kam für die Witwe nicht in Betracht. »Mein Mann hat schon seit Jahren Morddrohungen erhalten. Ich wusste, dass eines Tages so etwas passieren würde«, hatte sie zu Jo Jasper gesagt, dem nichts anderes übrig geblieben war, als noch einmal zum Telefonhörer zu greifen.

Längst hatten zwei Sanitäter Pompls Leichnam hinausgetragen. Einige Beamte nahmen jetzt an Pompls Platz Fingerabdrücke, packten Tellerscherben mit den Puddingresten in einen verschließbaren Styroporkasten und löffelten auch von allen anderen Desserttellern kleine Proben in Plastiktütchen.

Gundel Jasper rang mit den Händen. Dass ausgerechnet am Eröffnungsabend die Polizei in Mannschaftsstärke im Simple auftauchen musste, dass ihr Lokal zu einem Tatort geworden war, selbst wenn Pompl, wovon auch sie ausging, eines natürlichen Todes gestorben war, behagte ihr überhaupt nicht.

Sie legte keinen Wert darauf, in den Lokalnachrichten oder in den Klatschspalten erwähnt zu werden. Ein gewisser Hautgout war nur schwer wieder loszuwerden, wenn er einmal an einem Restaurant klebte.

Stubenrauchs Handy klingelte. Er ging ran, murmelte etwas, nickte kurz mit dem Kopf und legte auf. Dann hob er erneut leicht theatralisch die Hände und verkündete: »Meine Damen und Herren, ich muss Sie alle bitten, meinen Beamten Ihre Personalien zu geben. Dann können Sie nach Hause gehen.«

Es dauerte mehr als eine halbe Stunde, bis die Gäste, außer denen, die an Pompls Tisch gesessen hatten, nach Angabe ihrer persönlichen Daten das Simple verlassen hatten, um draußen im Regen in die bestellten Taxis zu steigen. Die meisten kannten Heinrich Pompl nur dem Namen nach oder aus dem Fernsehen. Die wenigsten hatten jemals ein Wort mit ihm gewechselt.

Zurück blieben Pompls Tischnachbarn. Der zarte Duft nach Fisch und scharf angebratenem Fleisch, nach schweren Rotweinen, frischen Kräutern und Gewürzen, der den ganzen Abend über appetitlich im Simple geschwebt hatte, war verdrängt worden vom scharfen Geruch nach Chemikalien und nach nassem Hund, den die Kleidung der Polizisten verströmte. Stubenrauch, der seinen Mantel mittlerweile doch noch ausgezogen hatte, setzte sich an einen der abgeräumten Tische, ließ sich eine Tasse Kaffee bringen und sprach zunächst mit Jo Jasper, während die anderen verbliebenen Gäste sich wieder an ihren Tisch setzten und Kaffee, Schnaps oder einfach ein Glas Wasser serviert bekamen. Alle starrten gebannt zum Tisch mit Jasper und dem Kommissar. Aber sie konnten nichts verstehen von dem, was dort gesprochen wurde.

»Was ist an diesem Abend passiert?«

»Nichts Ungewöhnliches, Herr Kommissar. Heute war die offizielle Eröffnung meines Lokals mit geladenen Gästen. Ihr Chef war übrigens auch da.«

»Habe ihn gesehen«, brummte Stubenrauch. Kriminaldirektor Lockenhaus hatte ihn am Eingang abgefangen, um ihm zu versichern, dass er ihm völlig freie Hand lasse. Lockenhaus stellte sofort die Vermutung an, dass es sich hier um einen Mord handle. Und da viel Prominenz in den Fall verwickelt sei, müsse man unbedingt Fingerspitzengefühl walten lassen.

»Alles verlief völlig normal bis zum Dessert. Pompl aß einen Löffel voll, lobte den Geschmack und sackte zusammen.«

»Einfach so?«

»Einfach so.«

»Vorher gab es keine Anzeichen, dass es ihm nicht gut ging?«

»Nein, im Gegenteil, er schien bei bester Laune zu sein.«

»Kennen Sie Pompl gut?«

»Ich bin ihm hie und da berufsbedingt begegnet, vor einem Jahr hat er über mich geschrieben, als ich noch im Reichstag gekocht habe.«

»Was hat er geschrieben?«

Jasper zögerte, dann lachte er kurz auf: »Eigentlich nur Gutes.«

»Eigentlich?« Der Kommissar senkte fast unmerklich die Stimme.

»Na ja, wie das so ist bei Kritikern, an dem einen oder anderen Detail haben die doch immer was zu meckern.«

»Und Pompl meckerte häufig, wie ich hörte.«

»Was wollen Sie damit andeuten, Herr Kommissar? Glauben Sie, ich bringe Heinrich Pompl wegen einiger kritischer Bemerkungen um?«

»Ich weiß es nicht, Herr Jasper. Ich weiß nur, dass Heinrich Pompl ein sehr mächtiger Mann war. Gefürchtet in Ihrer Branche. Der Gourmetpapst.«

»Aber deshalb bringt ihn doch niemand um. Marcel Reich-Ranicki hat ja auch niemand nach dem Leben getrachtet. Ich bitte Sie!«

»Immerhin hat eins von Reich-Ranickis Opfern einen Roman geschrieben, in dem ein Schriftsteller den Literaturpapst umbringt.«

»Ein Roman, Herr Kommissar, ein Roman.«

»Das Bedürfnis scheint aber vorhanden zu sein. Gibt es nicht auch Romane über ermordete Restaurantkritiker?«

Als Jasper darauf keine Antwort geben wollte, entließ Stubenrauch den Gastgeber dieses missratenen Abends: »Sie haben sicher noch eine Menge zu tun.«

Der Kommissar gab einem seiner Assistenten ein Handzeichen, der ging auf Karoline Pompl zu und führte sie zu seinem Chef. Stubenrauch erhob sich, rückte der Witwe den Stuhl zurecht und sprach ihr sein Beileid aus.

»Wie lange waren Sie mit Heinrich Pompl verheiratet?«

»Siebenundzwanzig Jahre.«

»Eine glückliche Ehe?«

Karoline Pompl blickte Stubenrauch in die Augen. »Ist das wichtig?«

Der Kommissar zuckte mit den Achseln: »Könnte wichtig werden.«

»Warum?«

»Weil Sie neben Ihrem Mann saßen.«

»Na und?«

»Weil Sie ihm etwas ins Essen getan haben könnten.«

»Warum sollte ich?«

Der Kommissar schwieg.

»Verdächtigen Sie mich?«

»Noch verdächtige ich jeden. Ihr Mann ist tot, Frau Pompl.«

Karoline Pompls Augen blitzten kurz auf.

»Das ist mir durchaus bewusst, Herr Kommissar, Herr *Haupt*kommissar.«

»War Ihr Mann krank, Frau Pompl?«

»Er ernährte sich ungesund.«

»Verkehrte er nicht in den besten Restaurants?« Stubenrauch nahm einen Schluck Kaffee. »Möchten Sie auch etwas trinken, Frau Pompl?«

Sie schüttelte den Kopf: »Er aß zu viel, trank zu viel Wein, hatte einen erhöhten Cholesterinspiegel, war aufbrausend, rauchte Zigarren, arbeitete ununterbrochen. Trotzdem bin ich davon überzeugt, dass er keines natürlichen Todes gestorben ist.«

»Was macht Sie da so sicher?«

»Mein Mann ist bedroht worden.«

»Tatsächlich? In welcher Form?«

»Suchen Sie sich etwas aus: nächtliche Telefonanrufe, Verfolgungen auf der Straße, Beschimpfungen per Brief und E-Mail.«

»Ist er damit zur Polizei gegangen?«

Karoline Pompl zuckte mit den Achseln: »Was soll die Polizei machen? Das waren natürlich alles anonyme Absender, verstellte Stimmen. In den letzten Jahren hatten wir eine Geheimnummer, dann wurde es besser. Mein Mann hat nie viel darüber gesprochen. Angeblich machte es ihm nichts aus. Aber ich hatte Angst. Leider zu Recht, wie sich heute herausgestellt hat.«

Stubenrauch schwieg. Dann sagte er: »Glauben Sie wirklich, dass jemand einen Menschen umbringt, nur weil der ein Restaurant verreißt?«

»Es geht nicht um Restaurantverrisse, Herr Kommissar, hier geht es um Politik und viel Geld. Sie kennen die Berliner Gastroszene schlecht, Herr Stubenrauch.«

Stubenrauch schwieg wieder und kratzte sich nachdenklich am Kinn. Lockenhaus hatte wohl mehr recht gehabt, als ihm selbst klar gewesen sein dürfte.

»Dann muss ich mich wohl mit dieser Materie auseinandersetzen«, sagte er schließlich.

»Da kann ich Ihnen gerne Nachhilfeunterricht erteilen.« Karoline Pompl lächelte zum ersten Mal leicht.

»Darauf komme ich gerne zurück, Frau Pompl. Später.«

Auch der Kommissar lächelte ein wenig.

Sein nächster Gesprächspartner war Alfred Brinkmann.

»Mochten Sie Ihren Chef?«

»Ja, natürlich.«

»Wieso natürlich?«

Alfred blickte den Kommissar verwirrt an.

»Er hat mich gefördert.«

»Was heißt das?«

»Ihm gefielen meine Artikel. Er wollte, dass ich die Kritik über das Simple schreibe.«

»Werden Sie sein Nachfolger?«

»Was?« Brinkmann blickte erst zum Kommissar, dann durch das Fenster in die Dunkelheit über Berlins Dächern.

»Wer wird in Zukunft die Restaurantkritiken im *Abendblatt* schreiben? Ich vermute Sie?«

»Keine Ahnung. Habe ich noch gar nicht drüber nachgedacht. Aber bevor die mich zum Chefkritiker machen, sind sicher noch ein paar verdiente Kräfte des Hauses zu berücksichtigen. Wäre allerdings schon toll.«

»Kann ich mir vorstellen.«

Stubenrauch betrachtete den jungen Mann. Er schwieg. Lange. Alfred spielte mit seinem Glas und wagte nicht, den Kommissar anzuschauen. Gleichzeitig ahnte er, dass das wahrscheinlich ein Fehler war.

Bevor Kommissar Stubenrauch seine erste Frage an Pia Graf stellen konnte, hatte die Schauspielerin sie schon beantwortet: »Ja, genau, ich konnte ihn nicht leiden.«

Der Kommissar lächelte: »Nein?«

»Nein.«

»Da ging es Ihnen vermutlich wie den meisten anderen?«

»Weiß ich nicht.«

»Ach kommen Sie, Frau Graf, es ist doch bekannt, dass Heinrich Pompl gerne auf anderer Leute Füßen herumstand.«

»Nein.«

»Nein?«

»Er stand nicht. Er trampelte. So konnte man sich nicht daran gewöhnen.«

»Auch bei Ihnen? Er war doch kein Theaterkritiker?«

»In meinem Fall ließ er trampeln. Sein Schmierenblatt verreißt seit Jahren jedes Stück, in dem ich spiele.«

»Vielleicht mag das altehrwürdige *Abendblatt* kein Boulevardtheater?«

»Was ist am Boulevard verwerflich? Unsere Bühne führt durchaus ernsthaft unterhaltsame Stücke auf. Außerdem habe ich genug hochdramatische Heldinnen gegeben, das ist mir und meinem Publikum zu anstrengend geworden.«

»Dazu kann ich leider wenig sagen. Ich gehe selten ins Theater.«

Pia Graf schwieg. Dann sagte sie: »Also, ich gebe es offen zu: Heinrich Pompl war kein Freund meiner Kunst. Und ich keine Freundin – weder seiner Profession noch seiner Persönlichkeit.«

»Hat Pompl Ihnen geschadet?«

»Nicht wirklich. Die Leser des *Abendblatts* gehen ohnehin nicht ins Komödchen. Im Grunde konnte mir Pompl völlig wurscht sein. Wissen Sie, in meinem Alter ist man aus dem Gröbsten raus, Herr Kommissar. Wenn ich Mitte zwanzig wäre und Angst um meine Karriere haben müsste …«

»Sie hatten also kein Motiv, Heinrich Pompl umzubringen?«

»Wurde er denn umgebracht?« Pia Graf blickte den Kommissar an.

»Das wissen wir erst, wenn die Laborergebnisse von der Gerichtsmedizin vorliegen.«

»Aber Sie glauben, dass ihm jemand etwas in den Pudding getan hat, oder? Sonst würden Sie doch nicht am späten Abend hier herumsitzen und Leute ausfragen.«

»Nun, noch kann ich nichts ausschließen.«

»Seien Sie jedenfalls versichert, dass ich nicht so eitel bin, einen Kritiker zu ermorden, Herr Kommissar.«

Als Nächster folgte der Landwirtschaftsminister.

»Hören Sie, muss das alles sein? Ich stecke mitten im Wahlkampf. Ich kann einen Skandal nicht brauchen. Ist das hier etwa ein Mordfall? Heinrich Pompl ist doch sicher einem Herzschlag erlegen.«

»Vielleicht.«

»Aber was wollen Sie von mir, was habe ich damit zu tun?«

»Sie saßen am selben Tisch wie Heinrich Pompl.«

»Ist das ein Verbrechen?«

»Es ist ein Verbrechen, jemanden zu vergiften.«

»Vergiften?«

»Ja, könnte doch sein?«

»Der arme Mann, er wirkte so lebenslustig.«

Stubenrauch schwieg.

»Ja, aber wie gesagt, ich habe mit all dem nichts zu tun.«

»Sie sind zumindest ein wichtiger Zeuge.«

»Gemeinsam mit sieben anderen, die auch an unserem Tisch saßen.«

»Die ich auch alle befrage beziehungsweise schon befragt habe.«

»Also alles nur die berühmten Routinefragen, Herr Kommissar?«

»Sieht so aus, Herr Minister.«

Der Landwirtschaftsminister schwieg.

»Sie sagten eben, Heinrich Pompl hätte lebenslustig gewirkt.«

»Ja, gut gelaunt, er hat gescherzt, provoziert, so wie man ihn aus seinen Fernsehsendungen kennt.«

»Nichts Ungewöhnliches in seinem Verhalten?«

»Herr Kommissar, ich kenne, Verzeihung, kannte Heinrich Pompl nicht. Ich habe ihn heute zum ersten Mal persönlich getroffen. Zuvor nahm ich ihn, wie wir alle, lediglich als Celebrity wahr.«

»Schreckliche Sache, ganz schrecklich.«

Stolzenburg rang mit den Händen, als er dem Kommissar gegenübersaß.

»Sie sind so etwas wie der Finanzier dieses Lokals, Herr Stolzenburg?«

»Nicht ich persönlich, Herr Kommissar, beziehungsweise nicht ich alleine. Ich bin Vorsitzender des Vereins der Freunde der Hauptstadt. Der Verein hat bei verschiedenen Berliner Banken und vermögenden Persönlichkeiten das Geld organisiert, das so ein Spitzenrestaurant nun einmal kostet. Allein die Innenausstattung beläuft sich auf drei Millionen Euro, müssen Sie wissen. Nehmen Sie einmal diese Gabel in die Hand.«

Stolzenburg reichte dem Kommissar eine Binger & Crollfuss-Gabel, die das Personal beim Abräumen übersehen hatte.

»Schwer. Liegt gut in der Hand.«

»Fahren Sie mit dem Finger über die Oberfläche. Spüren Sie diese Glätte? So eine Gabel kostet etwa fünfunddreißig Euro. Wir brauchen in Berlin solche Dinge: Spitzenqualität. Stil. Deshalb unterstützen wir Jo Jasper. Denn er ist ein Spitzenkoch.«

»Sah das Heinrich Pompl auch so?«

»Keine Ahnung. Ich denke schon. Sicher.«

»Hat er denn nichts gesagt während des Essens?«

»Doch jede Menge. Aber nichts Konkretes.«

»Wie meinen Sie das?«

»Na, er hat nichts zum Essen gesagt. Nur den Wein und den Schnaps lobte er in den höchsten Tönen. Und den Pudding.«

»Der Pudding hat ihm also geschmeckt?«

»Ja, den hat er ausdrücklich gelobt.«

»Hätte er Jo Jasper mit einem Verriss des Simple in seiner Zeitung schaden können?«

»Ja, sehr. Das wäre die erste Kritik zum Simple gewesen. Pompl hätte sozusagen den Ton vorgegeben. Bei seiner Autorität hätten schon drei andere Kritiker großer deutscher Zeitungen das Simple sehr loben müssen, um das Bild wieder zu korrigieren. Aber ob die das gewagt hätten?«

Cordula war etwas nervös, als der Polizist sie zum Tisch des Kommissars geleitete. Was wollte der von ihr? Was hatte sie mit all dem hier zu tun?

»Setzen Sie sich bitte.«

»Danke.«

Stubenrauch schwieg.

Cordula auch.

Dann räusperte sich Cordula.

»Womit kann ich dienen, Herr Kommissar?«

»Was ist Ihr Beruf, Frau von Pokorny?«

»Ich habe streng genommen keinen Beruf.«

»Studieren Sie?«

»Auch nicht.«

»Was tun Sie dann?«

»Ich bin erstens Tochter. Und zweitens Künstlerin.«

»Malerin?«

»Nein: Projekt- und Videokunst. Multimediale Installationen und so was.«

»Sie sind die Lebenspartnerin von Alfred Brinkmann?«

»Ja, seine Freundin.«

»Seit wann?«

»Seit fünf Jahren und drei Monaten.«

»Wie alt sind Sie, Frau von Pokorny?«

»Wieso fragen Sie das?«

»Liebe Frau von Pokorny, in Ihrem Alter braucht man vor dieser Frage doch keine Angst zu haben …«

»Nun, wenn Sie es unbedingt wissen wollen: sechsundzwanzig. Und Sie?«

»Bitte?«

»Wie alt sind Sie, Herr Kommissar?«

»Das tut nun wirklich nichts zur Sache.« Stubenrauch lachte. »Aber wenn Sie es unbedingt wissen wollen: siebenundvierzig.«

»Sie sehen jünger aus.«

Stubenrauch lächelte. »Danke.«

Cordula lächelte ebenfalls. »Gern geschehen.«

Stubenrauch räusperte sich.

»Werden Sie diesen Fall aufklären?«, fragte Cordula.

»Davon gehe ich aus. Wenn es ein Fall ist.«

»Sie sind nicht sicher?«

»Nein. Noch wissen wir nicht, woran Heinrich Pompl gestorben ist.«

»Der ist bestimmt vergiftet worden.«

»Wie kommen Sie darauf?«

»Weil er so viele Feinde hatte. Und ist das nicht ein perfekter Abgang für einen Gourmetpapst? Stirbt beim Essen.«

»Finden Sie das nicht ein bisschen pietätlos, Frau von Pokorny?«

»Entschuldigen Sie, Herr Kommissar, Sie haben natürlich völlig recht.«

»Wer, glauben Sie, könnte Heinrich Pompl ermordet haben?«

»Oh, da kommen sicher viele in Frage. Alle, deren Existenz er durch seine Kritiken bedroht oder bereits ruiniert hat.«

»Von denen war aber niemand heute Abend hier.«

»Stimmt, ruinierte Gastwirte hatten die Jaspers nicht geladen.«

»Also müsste einer der Honoratioren der Stadt Herrn Pompl vergiftet haben. Von denen war zumindest jede Menge hier.«

Cordula sah den Kommissar verblüfft an.

Stubenrauch lachte: »Entschuldigen Sie, Frau von Pokorny, ich vergesse mich. Es ist spät geworden. Morgen ist auch noch ein Tag.«

6
Runder Tisch

Der Tag danach. Elf Uhr. Redaktionssitzung. Diesmal erweitert um die Abteilungen Produktion, Anzeigen und Vertrieb. Sozusagen Vollversammlung im Berliner *Abendblatt*. Die Luft war zum Schneiden. Zigarettenqualm hing im Konferenzraum im ersten Stock mit den riesigen Fenstern, die den Blick freigaben auf die träge dahinfließende Spree. Viele mussten stehen, einige hockten auf dem Boden. Chefredakteur Gustav Bronner leitete die Sitzung.

»Meine Damen und Herren, liebe Kolleginnen und Kollegen ... ähem.«

Typisch Bronner, dachte Alfred. Wenn er unsicher ist, macht er auf förmlich.

»Ein schrecklicher Unglücksfall hat sich ereignet. Unser geschätzter Kollege Dr. Heinrich Pompl ist gestern Abend verstorben. Ähem. Völlig überraschend verstorben ... sozusagen in Ausübung seines Amtes.«

Bronner versagte die Stimme.

»Wer schreibt jetzt Pompls Kolumne?«, fragte jemand voreilig. War es der Feuilletonchef? Es war bekannt, dass August Pape, einer der altgedienten Haudegen des *Abendblatts*, schon lange scharf auf die vielgelesene Spalte der Zeitung war, die jeden Freitag den Kulturteil aufmachte. Pape hielt sich für den noch größeren Gourmet als Pompl, hatte schon einige Bücher rund ums Essen und Trinken veröffentlicht, die Pompl sämtlich ignoriert hatte. Offizielle Begründung: Keine Rezensionen über Veröffentlichungen von hauseigenen Autoren.

»Du bestimmt nicht, Pape!«, rief jemand von ganz hinten. Alle lachten. Manche hämisch. Pape war nicht der Einzige, der scharf auf Pompls Posten als Gourmetpapst und landesweit gelesener Kolumnist war. Da gab es den jungen ehrgeizigen Literaturredakteur. Oder den Chef des Wirtschaftsteils. Auch der Leiter der Wochenendbeilage fühlte sich schon lange zum führenden Vorkoster der Nation berufen. Würden die erzkonservativen Leute aus der zweiten Reihe nach vorne drängen, denen Pompls Freisinn nicht nur in kulinarischen Fragen schon lange gegen den Strich gegangen war?

Alfred hatte, seit er vor drei Jahren zur Redaktion gestoßen war, schon fünf interne Seilschaften kennengelernt, die oft quer durchs ganze Haus verliefen. Der Anzeigenleiter zum Beispiel war seit vielen Jahren ein Gegner Pompls, auch wenn er das nie offen aussprach. Immer wieder beklagte Oskar Maleschka, dass ihm Pompl durch seine scharfen Ausritte wichtige Anzeigenkunden vergraulte. Pompl lachte darüber. »Wenn ich nicht mehr schreiben darf, was ich will, dann habe ich keine Lust mehr, eine Zeitung zu machen«, pflegte er zu sagen. Und er wusste genau, dass Maleschka sein Handwerk verstand und trotz Pompls scharfzüngiger Artikel immer noch genug Anzeigenkunden anschleppte.

Erst in den letzten Monaten hatte sich der Streit zwischen Pompl und Maleschka wirklich zugespitzt. Die schlechte Wirtschaftslage drückte auf das Anzeigengeschäft, und Maleschka kam immer wieder mit neuen Vorschlägen für eine Vermischung von redaktionellen Inhalten und Anzeigen, um seinen Umsatz zu retten. In seiner Funktion als stellvertretender Chefredakteur schmetterte Pompl alles ab, was die Unabhängigkeit der Redaktion gefährden konnte. Und Bronner machte, wenn es Spitz auf Knopf stand, sowieso alles, was Pompl sagte. Die unangenehmen Entscheidungen beim Berliner *Abendblatt* hatte immer Pompl gefällt. Bronner repräsentierte die Zeitung bei öffentlichen Empfängen und lullte alle durch seine perfekten Umgangsformen ein. Da Maleschka umsatzorientiert bezahlt wurde, sah er sich langsam existenziell bedroht. Aber weg vom *Abendblatt* wollte er nicht. Alles andere wäre ein Abstieg gewesen. Das Berliner *Abendblatt* war einfach die erste Adresse im Land, vielleicht sogar in Europa. Von dort ging man nicht weg. Zumindest nicht freiwillig.

Was für den Anzeigenleiter galt, galt erst recht für alle Redakteure, die sich von Pompl gemaßregelt und in ihrer Entfaltung eingeschränkt fühlten. Aber weder wagte einer den offenen Machtkampf noch verließen sie freiwillig ihre Posten. So entluden sich die Spannungen immer wieder auf den täglichen Redaktionssitzungen, die Pompl als Schaukämpfe, um nicht zu sagen Schauprozesse inszenierte. Es gab kaum jemanden, den sein ätzender Spott verschont hätte. Gnadenlos führte er Schwächen und Fehler seiner Untergebenen vor und klopfte so jeden Tag die Hierarchie fest. Und Bronner ließ ihn gewähren.

Kein Wunder, dass jetzt so manche mit den Füßen scharrten, um Pompls Nachfolge anzutreten. Wofür hatten sie so lange ohne Gegenwehr seine Tiefschläge eingesteckt? Doch nur, um sich ihre Karriere nicht zu verbauen. Nie den offenen Widerstand wagen, lieber hinter verschlossenen Türen Intrigen schmieden, die aber nie zur Ausführung gelangten. Dafür wurde auf der zweiten und dritten Ebene umso heftiger gemobbt. Alfred konnte das bei seiner Wanderschaft von einer Redaktionsabteilung zur nächsten aus erster Hand erfahren: In jeder neuen Abteilung hatte er das Gefühl, dass alle glaubten, er sei gekommen, um ihnen ihre Posten streitig zu machen. Selbst die Redaktionsleiter schienen ihn misstrauisch zu beäugen. Dabei galt er doch offiziell lediglich als Volontär. Oder wussten sie von seinen guten Beziehungen? Lag es daran, dass Pompls mächtige Hand allzu deutlich schützend über ihm zu schweben schien? Warum, konnte Alfred sich nicht erklären. Er fühlte sich nicht überdurchschnittlich kompetent. Trotzdem pflegte Heinrich Pompl ein nachgerade freundschaftliches Verhältnis zu ihm und hatte ihn schon mehrfach zu sich nach Hause eingeladen.

Aber Pompl behandelte auch Alfred immer wieder mit Herablassung, wenngleich scheinbar ironisch abgefedert. Immerhin war Alfred nie zum Opfer von Pompls Schaukämpfen geworden. Dazu war Alfred wohl ein zu kleiner Fisch. Pompl pflegte sich nicht mit einfachen Redakteuren anzulegen. Es mussten schon Führungskräfte sein, die die Verantwortung für die Fehler ihrer Leute zu übernehmen hatten.

14 Uhr 30, am selben Tag, Landeskriminalamt, dritter Stock. Hauptkommissar Stubenrauch stand am Fenster, blickte auf die Wohnhäuser gegenüber und wartete. Wie seine Techniker hatte er die Mittagspause heute ausfallen lassen. Draußen

regnete es. Seit gestern Abend schüttete es ununterbrochen vom grauen Berliner Himmel herunter. Dezember mitten im März. Immerhin, es passte zu Stubenrauchs Laune. Das Wetter erinnerte ihn an die Frauenmorde. Die hatten Stubenrauchs Mannschaft bis Weihnachten in Atem gehalten. Ein Dreivierteljahr hatten sie alle möglichen Theorien und Szenarien durchgespielt. Hatten am Computer Täterprofile erstellt, mit fünfzehn verschiedenen Psychologen und Soziologen gesprochen. Hatten kriminalwissenschaftliche Unterstützung aus München bekommen, was zu einigen Reibereien im Revier geführt hatte. Die üblichen Kompetenzstreitigkeiten. Stubenrauch war mit dem Münchner Kollegen prima ausgekommen. Sie hatten diverse Weißbiere zusammen in Berliner Bierkellern getrunken, die auf bayrisch machten, in denen sich der lebenslustige Kollege aus München aber dennoch sauwohl fühlte. Er steckte Stubenrauch mit seiner guten Laune an.

Trotzdem konnte er ihm nicht wirklich weiterhelfen. Sie hatten so gut wie keine Indizien an den drei Tatorten gefunden. Der oder die Mörder hatten in einer einzigen Woche dreimal zugeschlagen. Drei junge Frauen, die, außer dass sie zwischen zwanzig und dreißig waren, nichts miteinander gemein zu haben schienen. Alle drei erwürgt. Mit einem Gürtel, den der Mörder leider jedes Mal wieder mitgenommen hatte. Keine Mordwaffe, keine Fingerabdrücke, kein Motiv. Oder wie es immer wieder so schön in der Zeitung hieß: Die Polizei tappte im Dunkeln.

Besonders schmerzlich war es im Juli und August gewesen. Kommissar Stubenrauch wurde zum Pausenclown des Sommerlochs. Jeden Tag stand eine neue Theorie in der Presse. Jeden Tag musste er erklären, dass sie gewisse Spuren verfolgten, aber noch keinen konkreten Verdacht hatten.

Die Spuren verliefen sich, die Polizeiarbeit erstarb in Routine. Im Herbst hatte Stubenrauch alle Mühe, sein Team bei der Stange zu halten. Das musste er, denn Lockenhaus saß ihm im Nacken. Drei ungeklärte Frauenmorde waren keine Empfehlung für einen Kriminaldirektor mit politischen Ambitionen.

Und die ganze Zeit stand im Raum, dass es ein viertes Opfer geben könnte. Die Zeitungen und das lokale Fernsehen sehnten es förmlich herbei. Denn nur über die Nichtfortschritte der Polizei zu berichten und immer abstrusere Mordtheorien aufzustellen, langweilte die Leser und Zuschauer zunehmend.

Als niemand mehr damit rechnete, dass die Berliner Polizei diesen Fall jemals klären könnte, als die Presse schon längst zu anderen Themen übergegangen war und ihre Leser wieder mit der Berichterstattung über die chronische Finanznot der Hauptstadt langweilte, meldete sich ein der Polizei bislang unbekannter Mordzeuge. Stubenrauch vernahm den nervösen Mann, der seinen eigenen Bruder belastete. Er klang glaubwürdig. Eine Stunde später verhaftete die Polizei einen verwirrten Mann um die vierzig in einer Lichtenberger Plattenbauwohnung. Zwei Stunden später legte der ein umfassendes Geständnis ab. Das Übliche: Muttersöhnchen, Minderwertigkeitskomplexe, Schwierigkeiten mit Frauen, beziehungsunfähig. Das einzig Raffinierte an diesem Mann war, dass er so spurlos morden konnte. Stubenrauch konnte sich die Lösung des Falls ans Revers heften und Lockenhaus weitere Punkte auf seinem Weg zum Amt des Innensenators sammeln.

Doch jetzt war Kommissar Stubenrauch wieder zum Nichtstun verurteilt. Vormittags hatte er noch einigen Papierkram erledigen können, der andere Fälle betraf. Dann ereilte ihn der Anruf von Lockenhaus: »Und? Was sagt das Labor?« »Nichts«, musste Stubenrauch antworten. Frühestens heute Nachmittag sollten sie Bescheid bekommen. »Faule Bande«, hatte Lockenhaus geschimpft und aufgelegt.

Womit Stubenrauchs Chef einmal mehr daneben lag. Die Techniker im Labor hatten die ganze Nacht gearbeitet. Aber sie konnten nichts finden. Also doch Herzschlag? Oder wieder ein Mord ohne Spuren? Ohne Indizien?

Es klopfte, und Erwin Schultheiß betrat Stubenrauchs Büro.

»Habe die Ehre, Hermann. Hast'n Kaffee für'n gestressten Kollegen?«

»Klar, Erwin, schwarz wie immer?«

»Schwarz wie immer.« Seufzend ließ sich der leitende Gerichtsmediziner der Berliner Kriminalpolizei auf den Besucherstuhl fallen. Er sah aus, wie er hieß: dick, immer schwitzend, ein gemütliches Grinsen in den Augenwinkeln. Niemand wäre auf die Idee gekommen, dass dieser Mittfünfziger die meiste Zeit seines Berufslebens unter Leichen in gekühlten Räumen zubrachte. Stubenrauch ging zu seiner sündteuren Schweizer Espressomaschine und braute dem Kollegen einen frischen doppelten Espresso.

»Sagenhaft«, seufzte Schultheiß. »Wahrscheinlich ist dein Büro das einzige der ganzen beschissenen, unterbezahlten Berliner Polizei, wo der Kaffee wirklich schmeckt.«

»Tja, Erwin, Eigeninitiative zahlt sich aus.«

»Klar, das habt ihr im Osten ja vierzig Jahre lang gelernt.«

»Du sagst es, Erwin.«

Stubenrauch setzte sich hinter seinen Schreibtisch, dem Kollegen gegenüber.

»Und? Was habt ihr gefunden?«

»Wenig. Aber wir haben was.«

»Gift?«

»Mmmh. Pentatin-Chlorophenol.«

»Nie gehört.«

»Ich auch nicht. Bislang. Deswegen haben wir ja erst nichts feststellen können.«

Schultheiß nahm einen weiteren Schluck Espresso und seufzte erneut.

»Aber heute Morgen haben wir minimale Reste einer Substanz im Magen des Opfers gefunden, die wir nicht identifizieren konnten. Schließlich hat Kollege Rubens seinen Computer befragt und kam nach mühsamem Ausschlussverfahren auf dieses Pentatin-Chlorophenol. Ein wahres Teufelszeug. Wir können froh sein, dass nicht mehr Ganoven davon wissen. Es wirkt bereits in kleinen Dosen tödlich und baut sich sehr schnell ab. Verschwindet spurlos. Wir verdanken es einzig und allein der ungewöhnlichen chemischen Zusammensetzung im Magen des Opfers, dass wir es dort überhaupt noch auffinden konnten.«

»Das heißt, ihr habt es sonst nirgends gefunden? Nicht im Pudding, nicht im Wein, nicht im Wasser, im Wildschweinfilet oder in sonst einer der Speisen, die gestern Abend serviert wurden?«

»Genau. Nirgends. Es kann überall und nirgends drin gewesen sein.«

»Hätte man es geschmeckt?«

»Ja, es soll einen eigentümlichen Beigeschmack haben. Aber der ist nicht sehr dominant. Um ihn wirklich herauszuschmecken, muss man schon eine feine Zunge haben.«

»Die hatte Heinrich Pompl wohl.«

»Aber der hat brav alles geschluckt, was man ihm vorgesetzt hat, oder?«

»Wie die anderen auch. Aber ich werde da noch mal genauer nachfragen. Hätte er das Zeugs auch vorher zu sich nehmen können?«

»Ja, bis zu einer Stunde. Dann hätte es aber schon eine ziemlich heftige Dosis sein müssen, sonst hätten wir nichts mehr gefunden.«

»Wie war der Gesundheitszustand des Opfers sonst? Du hast von seinem seltsamen Magen gesprochen.«

»Im Großen und Ganzen war Pompl pumperlgesund.«

»Kein schwaches Herz? Kein erhöhter Cholesterinspiegel?«

»Nix. Alles in bester Ordnung. Trotzdem haben wir eine Menge Rückstände von Medikamenten in seinem Magen gefunden.«

»Was für Medikamente?«

»Keine Ahnung, die genaue Zusammensetzung lässt sich nicht mehr rekonstruieren. Aber er muss einiges geschluckt haben.«

Der Kommissar schwieg einen Moment und spielte mit seinem Bleistift.

»Also eindeutig kein natürlicher Tod, Herzschlag oder so was?«

»Herzschlag schon. Wahrscheinlich ausgelöst durch das Pentatin-Chlorophenol.«

Stubenrauch legte seinen Bleistift auf den Schreibtisch und blickte seinen Kollegen irritiert an.

»Was heißt wahrscheinlich?«

»Nun, ganz auszuschließen ist ein natürlicher Herzschlag nicht. Heinrich Pompl ist eindeutig an einem Herzschlag gestorben. Der kann durch das Pentatin-Chlorophenol ausgelöst worden sein. Muss aber nicht.«

»Das heißt, wir wissen nicht, ob er ermordet worden ist?«

»Nicht hundertprozentig.«

»Aber wozu hatte er das Pentatin-Chlorophenol in seinem Magen? Das hat er doch nicht einfach so geschluckt?«

»Könnte auch das Abfallprodukt von was anderem sein, zufällig sozusagen, bei dem Mix in seinem Magen …«

Stubenrauch stand auf und blickte in den Regen.

»Dann sind wir eigentlich genauso schlau wie vorher.«

»Nicht ganz. Ich würde schon von Mord ausgehen.«

Schultheiß stand ebenfalls auf und stellte seine Espressotasse zu den anderen in das kleine Waschbecken in der Ecke.

»Bis wir herausgefunden haben, wo dieses Gift sonst noch vorkommt. Vielleicht hat Pompl irgendwas an sich Harmloses geschluckt mit einer Spur von diesem Pentatin-Chlorophenol. Und ist an einem hundsnormalen Herzkasper gestorben.«

Stubenrauch drehte sich um.

»Also hopp an die Arbeit, lieber Erwin. Das muss ich genauer wissen.«

»Ich weiß«, seufzte der leitende Gerichtsmediziner und ging zur Tür.

»Aber du kannst jederzeit auf einen Espresso heraufkommen, Erwin.«

»Danke, Herr Kommissar.«

7
Überraschungen

Gustav Bronner saß an seinem Mahagonischreibtisch und biss sich auf die Unterlippe. Er hasste Entscheidungen. Und jetzt musste er eine fällen. Und kein Heinrich Pompl konnte sie ihm diesmal abnehmen.

Vor ihm lag eine Liste mit Namen, in zwei Kolumnen. Rechts standen die Ressortleiter Außenpolitik, Innenpolitik, Feuilleton, Wochenendbeilage, Wirtschaft, Sport und so weiter. Alles verdiente Leute. Sehr ehrgeizig. Zu ehrgeizig, wie Bronner fand. Und er hatte mit ihnen keinen hilfreichen Deal laufen wie mit Pompl. Bronner war sich seiner Defizite sehr bewusst. Er war kein großer Stilist. Aber er kannte viele Leute. Die wichtigen Leute. Er saß in Aufsichtsräten. Er war im Vorstand bei den Freunden der Hauptstadt. Und bei noch vier weiteren Vereinen, unter anderem dem wichtigsten Fußballclub der Stadt. Bronner bestimmte mit, welche Kultureinrichtungen aus dem Topf der Lottogelder bedient wurden. Damit war er auch eine wichtige Figur im Kulturleben der Stadt, ohne sich auf ästhetische

Debatten einlassen zu müssen. Mit dem Arbeitgeberpräsidenten spielte er regelmäßig Golf und legte dabei mit ihm zusammen die Blattlinie fest. Beziehungsweise fühlte mal vor, wie dieses oder jenes Thema in der Wirtschaft ankommen würde. Das Gleiche machte er mit dem Gewerkschaftsboss, allerdings nicht beim Golfen. Mit dem ging er wandern in Begleitung ihrer beider Ehefrauen. Ein sehr angenehmer Mann, trotz seiner politischen Einstellung.

Gustav Bronner war nicht wirklich ein liberaler Kopf. Ebenso wenig seine Zeitung. ›Wertkonservativ‹ umschrieb es vielleicht am besten. In der Kultur gab sich das *Abendblatt* am ehesten freigeistig. Es konnte schon vorkommen, dass der Kulturaufmacher dem Leitartikel auf Seite eins widersprach. Man musste nur rechtzeitig die Zügel anziehen, damit die Damen und Herren Redakteure nicht zu frech wurden, das wäre schlecht fürs Geschäft gewesen. Für das nötige Profil sorgte zur Not die Marketingabteilung. Bronner glättete die Fronten in seinen immer sehr ausgewogenen Leitartikeln. Bloß niemandem zu heftig auf die Füße treten. Das überließ er Pompl.

Bronner klopfte mit seinem Waterman-Füllfederhalter auf seine Liste. Wer sollte das jetzt übernehmen? Wem sollte er Pompls Job als Gastropapst geben? Wer immer Pompls Nachfolge antreten würde, könnte diese viel gelesene und einflussreiche Kolumne zu einer Machtposition ausbauen. Mit dem nötigen Ehrgeiz könnte er oder sie von dort aus gefährlich nah an den Sessel des Chefredakteurs heranrücken. Einen Sessel, auf dem Bronner bis zu seiner Rente in sieben Jahren ausharren wollte. Ohne täglich interne Machtkämpfe ausfechten zu müssen. Bei Pompl war er sicher gewesen, dass der ihm nie gefährlich werden würde.

Wieder klopfte Bronner auf die Liste vor ihm auf dem

schön gemaserten Mahagoni. Die auf der rechten Seite waren alle zu gefährlich. Also lieber die auf der linken Seite. Da stand die Chefin des Lokalteils. Die hatte drei Kinder, war also familiär so eingebunden, dass sie sicher nicht die Energie hatte, die Chefredaktion anzustreben. Aber die gute Frau hatte leider überhaupt keine Ahnung von der Restaurantszene. Die ging ja abends so gut wie nie aus dem Haus. Eine brave Arbeiterin, gute Organisatorin, aber keine Kritikerin des Berliner Nachtlebens.

Dann gab es noch den jungen Schröder. Schrieb prima Reportagen. War Stammautor auf Seite drei. Sehr talentiert, leider auch sehr ehrgeizig. Zu gefährlich.

Oder die Zuständige für alles Zeitgeistige, Hella von Bluthen. Betreute auch den Klatschkasten auf den vermischten Seiten. Die saß ständig in den einschlägigen Lokalen herum und könnte wahrscheinlich aus dem Gedächtnis wochenlang Pompls Kolumne füllen. Aber da käme wohl zu wenig Substanzielles zusammen. Schlecht fürs Renommee.

Sollte er jemanden von außen berufen? Die Stelle öffentlich ausschreiben? Aber wie würde das aussehen? Berliner *Abendblatt* sucht neuen Gastropapst – findet ihn aber leider nicht in den eigenen Reihen. Unmöglich.

Blieb noch Ottfried Fleischer. Sein alter Kumpel Ottfried. Der war so lange wie er beim *Abendblatt*. Und vorher mit ihm bei der *Hamburger Morgenpost* gewesen. Ein treuer Wegbegleiter. Nicht sehr begabt, aber loyal. Der wäre ein guter Kandidat. Würde ihm nie seinen Posten streitig machen. Der Ottfried war immer mit dem zufrieden, wo man ihn hinsetzte. Und er saß auf dem Posten des Chefs vom Dienst genau richtig. Warum ihn von dort entfernen? Warum für Neid in der Redaktion sorgen? Warum sich dem Vorwurf der Günstlingswirtschaft aussetzen?

Tja, damit war Bronner beim letzten Kandidaten auf seiner Liste angelangt: Alfred Brinkmann. Wer war Brinkmann? Er war Bronner nie besonders aufgefallen, seit er vor etwas mehr als drei Jahren auf Empfehlung von Pompl als Mädchen für alles beim *Abendblatt* angefangen hatte. Warum Pompl so große Stücke auf ihn hielt, konnte Bronner nicht nachvollziehen. Aber gut, Bronner konnte etliche Entscheidungen von Pompl nicht nachvollziehen, war aber immer gut mit ihnen gefahren. Brinkmann wurde von Abteilung zu Abteilung gereicht, machte sich nirgends Feinde, aber auch keine Freunde. Eine etwas blasse Gestalt, höflich, zurückhaltend, bescheiden. Zumindest an der Oberfläche. Erinnerte Bronner an sich selbst in seinen journalistischen Anfängen. War das nun ein gutes oder ein schlechtes Zeichen?

Bronner entschied sich nach langem Klopfen auf die Mahagonitischplatte für Ersteres. Brinkmann konnte ihm nicht gefährlich werden. Und da er keiner Seilschaft angehörte, würde seine Benennung auch nicht die interne Machtbalance aus dem Gleichgewicht bringen. Eine salomonische Entscheidung also. Keine wirklichen Verlierer und ein schwacher Sieger. Und die Schwarze Witwe konnte auch nichts dagegen haben, schließlich war Brinkmann der Liebling ihres Mannes gewesen. Bronner war mal wieder sehr zufrieden mit sich. Und griff zum Telefonhörer.

Alfred hatte ein Problem mit Autoritäten. Kein Interview mit einem Prominenten ohne Magengrummeln. Cordula schien damit überhaupt keine Schwierigkeiten zu haben, plapperte sofort auf jeden ein, als würde sie die Leute schon seit Jahren kennen. Er fühlte sich solchen Situationen nicht immer gewachsen. Und jetzt hatte ihn Bronner zu sich bestellt. Was immer er von Bronner hielt – und er hielt nicht viel von ihm: Immerhin war Bronner Chefredakteur einer der bedeutendsten Zeitungen Europas. Und er, Alfred, Redakteur ohne besondere Aufgaben.

Alfred klopfte und stolperte, wie bei Pompl, zunächst einmal über den Teppich. Diesmal half ihm kein jovialer Spruch aus der Klemme. Der Chefredakteur thronte hinter seinem altmodischen, pompösen Schreibtisch und klopfte mit seinem Waterman-Füllfederhalter ungehalten auf Alfreds Personalakte.

»Setzen Sie sich, Brinkmann.« Dann schwieg Bronner und schien Brinkmanns alte Artikel zu studieren. Oder las er etwa seine Kritik zum Simple? Wie hätte er aber die kniffige Lage lösen sollen: Eine Kritik über das Simple, ohne auf den Tod Pompls einzugehen, war schlicht unmöglich. Und wie sollte er angemessen auf den Tod Pompls eingehen, war das nicht Sache des Chefredakteurs? In den Konkurrenzblättern deutete man nur dezent zwischen den Zeilen an, dass Pompl eine umstrittene Persönlichkeit gewesen war. Überall wurde seine überragende Kompetenz gewürdigt, nicht nur als Kritiker. Vielleicht war seine Eloge auf das Simple, die Raffinesse der Hausmannskost doch zu sehr als inoffizieller Nachruf auf Heinrich Pompl geraten. Der offizielle prangte auf der Titelseite und war vom Chef persönlich. Wie immer floskelreich und nichtssagend. Während Alfred konkret wurde und auch über die Machtfülle des umstrittenen Starkritikers schrieb. Und einige seiner eher schwierigen Charakterzüge andeutete. Sag nie was Schlechtes über Tote! Alfred hatte sich nicht daran gehalten. Dazu war er wie immer zu ehrlich gewesen. Musste er sich jetzt nach einem neuen Job umsehen, nachdem Pompl ihn nicht mehr protegierte?

»Brinkmann, wie lange gehören Sie jetzt unserem Haus

an? Ah ja, hier steht es: drei Jahre und zwei Monate. Eine gute Zeit, Brinkmann?«

Bevor Alfred zu einer Antwort ansetzen konnte, redete Bronner weiter:

»Nun, Sie haben ja schon hier und da Ihre Befähigung durchblicken lassen. Besonders im Gastronomischen. Ähem. Deshalb werde ich Ihnen, auch wenn mich dabei, offen gesagt, durchaus auch das eine oder andere ungute Gefühl beschleicht, also ich mache Sie zum Gastrokolumnisten unserer Zeitung. Üben Sie dieses Amt mit Sorgfalt und Würde aus, ähem.«

Alfred spürte, wie ihm der Schweiß ausbrach. Das konnte nicht sein!

»Sie sind jetzt verantwortlicher Gastroredakteur. Willkommen im Team.« Bronner stand auf und reichte Alfred die Hand.

»Aber was ist mit Pape?«, murmelte Alfred. »Der ist doch prädestiniert für den Job.«

»Nichts ist mit Pape, Brinkmann.« Bronner grinste. »Und auch mit all den anderen nicht. Und jetzt hinaus mit Ihnen. Sie werden sicher noch zu tun haben. Ach übrigens: Sie ziehen in das Büro von Frau Schmidt, der Lokalchefin. Die sitzt ab jetzt in Pompls Büro.«

8 Ansprüche

»Nicht schlecht, Herr Redakteur.«

Cordula tippte mit den Fingerspitzen auf die Aufmacherseite des Feuilletons, das sie beim Frühstück im Wohnzimmer las.

»Das war leicht, den Laden kannte ich noch von früher«, murmelte Alfred und versuchte, sein pflaumenweiches Ei zu köpfen, ohne dass ihm das Eidotter auf die Hose spritzte. Was wie immer nur teilweise gelang.

»Scheiße«, sagte er und stand auf.

»Gar nicht scheiße, mein Lieber. Du kannst wirklich schreiben.«

»Aber nicht essen, ohne zu kleckern.« Alfred rieb mit einem Geschirrtuch an seiner Hose herum und machte aus dem kleinen Fleck einen großen.

»Das bring ich dir auch noch bei«, lachte Cordula. »Das ist wichtig. Tischmanieren und essen, ohne sich einzusauen, beides gehört jetzt zu deinem Berufsbild.«

Seufzend setzte sich Alfred wieder an den Tisch, auf den

zum ersten Mal seit Tagen die Sonne ein paar zaghafte Strahlen fallen ließ.

»Leider gehört da noch eine Menge anderes dazu.«

»Wieso leider?« Cordula legte die Zeitung zusammen. »Mensch, Alfredito, das ist deine Chance. Restaurantkritiker bei der wichtigsten Zeitung des Landes in einer der spannendsten Städte Europas, vor allem gastronomisch. Hier machen doch jede Woche drei neue Lokale auf.«

»Ja, und zwei wieder zu.«

»Na und, da trennt sich eben die Spreu vom Weizen. Und du darfst jetzt tatkräftig mithelfen.«

»Eben.«

»Wieso? Hast du Skrupel?«

Cordula stand auf und ging zur Anrichte, wo ein ausgesprochen frischer und leckerer Obstsalat auf sie wartete. Schon beim Zurückgehen zum Tisch schob sie sich den ersten Löffel in den Mund.

»Mmmh, das hat mein Alfredito wieder herrlich hinbekommen. Wer so tolle Salate machen kann, und das schon zu früher Morgenstund, der kann auch beurteilen, welcher Koch gut ist und welcher nicht.«

»Obstsalat à la Brinkmann und Tournedos Rossini sind nun wirklich nicht das Gleiche …«

»Ach papperlapapp, stell doch nicht immer dein Licht unter den Scheffel! Du hast ein Gespür fürs Kulinarische, das hast du schon immer gehabt. Muss von deiner Mutter kommen, der Meisterköchin, die nie aus ihrer eigenen Küche herausgekommen ist. Und du kannst schreiben. Also was willst du? Da hast du doch jetzt den idealen Job!«

Alfred löffelte missmutig in seinem Ei herum.

»Und by the way, mein lieber Schatz, es wurde auch langsam Zeit.«

Alfred sah auf.

»Was soll das heißen?«

»Na ja, mehr als drei Jahre krebst du jetzt schon beim *Abendblatt* herum, ohne einen Schritt weiter zu sein.«

»Ach, lass mich doch in Ruhe mit deinen Karriereplänen.«

Alfred rührte jetzt mit Vehemenz in seinem Ei herum und zerbrach dabei die Schale.

»Ich würde dich ja in Ruhe lassen. Aber meine Eltern leider nicht.«

»Was interessieren mich deine Eltern …«

Jetzt wurde Cordula ärgerlich.

»Und wer, mein Lieber, zahlt diese herrliche Vier-Zimmer-Altbauwohnung mit Balkon in bester Schöneberger Lage?«

»Herr und Frau von Pokorny.«

»Und wer hat dir Zugang zum *Abendblatt* verschafft, weil er zufällig zusammen mit dem Chefredakteur Gründungsmitglied bei den Freunden der Hauptstadt ist? Und Präsident im Golfclub des stellvertretenden Chefredakteurs Heinrich Pompl?«

»Ach, in dem Golfclub ist doch jeder Mitglied, der auf wichtig macht.«

»Aber nicht Präsident. Und du bist nicht mal Mitglied.«

»Ich mache auch nicht auf wichtig.«

»Solltest du aber, kann nicht schaden in deiner Branche.«

»Von der du ja jede Menge verstehst.«

»Allerdings, zumindest mehr als du. Wer geht denn zu den wichtigen gesellschaftlichen Ereignissen? Den Vernissagen? Den Cluberöffnungen? Den Preisverleihungen?«

Alfred schaukelte missmutig auf seinem Stuhl vor und zurück und knabberte an seiner Unterlippe.

»Außerdem ist mein Vater nicht nur Präsident im Golfclub von Pompl, sondern auch mit ihm befreundet gewesen. Ohne ihn wärst du doch nie zum *Abendblatt* gekommen.«

»Stimmt.« Alfred hörte auf zu kippeln. »Dann hätte ich in Ruhe weiter Germanistik und Philosophie studieren können.«

»Und wärst immer noch nicht fertig. Und den Doktor hättest du eh nie gemacht.«

»Wozu auch, den braucht kein Mensch.«

»In deinen spätpubertären Kreisen vielleicht nicht. Aber meinen Eltern wäre das schon wichtig gewesen.«

»Ja, ja, deine ehrpusseligen Eltern mit ihrem Titelgehabe, nur weil sie ein ›von‹ vor ihrem Namen stehen haben. Ihr Geld machen sie trotzdem mit schnödem Immobilienhandel.«

Cordula schenkte sich noch einen Kaffee ein und übersah geflissentlich Alfreds leere Tasse.

»Wir Pokornys gehören eben zum alten ostelbischen Adel. Und darauf sind wir stolz. Können wir auch sein. Immerhin war mein Großvater Rittmeister unter Hindenburg und sein Vater sogar Oberst in der kaiserlichen Armee.«

»Deine militaristischen Vorfahren machen mächtig Eindruck auf mich.«

»Sollten sie auch. Wir haben eine Familientradition. Pokornys gab es schon im Dreißigjährigen Krieg, damals haben wir gegen Gustav Adolf die Heimat verteidigt.«

»Du auch?«

»Wieso?«

»Weil du ›wir‹ gesagt hast, als wärst du dabei gewesen.«

»War ich auch, in übertragenem Sinne. Wenn meine Familie etwas getan hat, dann habe auch ich es ein Stück weit mit getan, weil ich eine von Pokorny bin.«

»Kapier ich nicht, das hast du mir schon so oft weismachen wollen, aber ich kapier's nicht. Das ist doch Metaphysik. Schwachsinn.«

Cordula stand auf und setzte sich auf Alfreds Schoß, legte beide Arme um seinen Nacken und küsste ihn.

»Manchmal ist ein bisschen Metaphysik gar nicht schlecht. Und ein bisschen Traditionsbewusstsein in dieser schnelllebigen Zeit. Das musst du doch zugeben, mein kleiner Hase.«

Alfred schwieg und küsste seine Freundin.

»Wie lange sind wir jetzt schon zusammen?«, fragte er.

»Fünf Jahre, drei Monate und vier Tage.«

»Das weißt du so genau?«

»Weil ich den Tag, an dem du mich im Tiergarten unter der Rosenpergola zum ersten Mal geküsst hast, niemals vergessen werde, mein Schatz.«

»Und das meinst du nicht mal ironisch, richtig?«

»Genau. Das war der romantischste Tag meines Lebens. Und ich liebe dich noch wie an diesem Tag.«

»Ich liebe dich noch mehr.«

Cordula sah fast ein wenig erschrocken aus.

»Noch mehr?«

»Ja, tiefer. Meine Liebe ist irgendwie noch gewachsen. Trotz deines Familiengetues.«

»Was ist los mit dir, Alfred, so tiefsinnig kenne ich dich ja gar nicht?«

Cordula strich ihrem Liebsten sanft über das Haar.

»Na ja, mir ist auch klar, dass das jetzt ein großer Schritt für mich ist – vom Nobody zum Gastrokolumnisten des Berliner *Abendblatts*. Da kommt man schon ins Grübeln. Auch wenn ich den Verdacht nicht loswerde, dass ich nicht wegen meiner unübersehbaren Kompetenzen zu dieser Stellung gekommen bin, sondern aus taktischen Erwägungen unseres allseits geschätzten Herrn Chefredakteurs.«

»Willst du mich immer noch heiraten, lieber Alfred? Das wäre jetzt der richtige Moment für einen Antrag.«

»Ohne die Zustimmung von Mamá und Papá würdest du doch eh nicht ja sagen …«

»Stimmt. Aber nicht weil ich eine so gehorsame Tochter bin, sondern aus anderen Gründen.«

»Und bevor ich nicht meine erste Million gemacht habe, bin ich der Pokornys nicht würdig.«

»Quatsch. Um Geld geht es doch gar nicht. Aber meine Eltern wollen eben ihr einziges Kind nicht an einen hergelaufenen Schreiberling verschenken.«

Cordula sprang auf und lachte: »Oder an einen abgebrochenen Studenten. Auch wenn es der liebenswürdigste abgebrochene Student des Erdkreises ist. Und sie haben sogar recht: Ich will, dass was aus dir wird. Und ich habe es satt, Schulden zu machen und von der Großzügigkeit meiner Eltern abhängig zu sein.«

»Na, vielleicht wirst du ja bald berühmt und verdienst ein Schweinegeld mit deinen medialen Installationen.«

»Von wegen. Diese ganze Kunstsache ist schon ein schwerer Brocken. Ein Wunder, dass meine Eltern den geschluckt haben. Vielleicht liegt's daran, dass einer meiner Vorfahren ein berühmter Porträtmaler war.«

»Ja, der gute Gustav von Pokorny, Hofmaler beim ollen Kaiser Wilhelm und sogar geschäftlich hin und wieder am Zarenhof tätig. Ich kenne die Litanei.«

»Na und, wenn sie hilfreich ist bei der Bekämpfung von Schluckbeschwerden, kann sie nicht oft genug wiederholt werden. Immerhin hat Mutter sogar verstanden, dass man heute mit Porträts nicht wirklich berühmt wird in der

Kunstszene. Und dass Medienkunst ziemlich angesagt ist. Und nachdem Professor Urban bei meiner letzten Vernissage zu ›Behindertes Kind, horizontal‹ vor den Ohren meiner beeindruckten Mutter gesagt hatte, dieses Werk besitze ›soziale Kompetenz‹, haben sie mir sofort den digitalen Schneideplatz spendiert.«

»Na also, werde du doch reich und berühmt, und verschone mich mit deinem Ehrgeiz.« Alfred schenkte sich Kaffee nach, der natürlich mittlerweile kalt geworden war.

»Nix da, Alfredito. Wir werden beide berühmt. Und dann heiraten wir.« Cordula versuchte ein paar gezierte Tanzschritte zwischen Esstisch und Couch.

»So lange will ich aber nicht warten, entzückende Freundin.«

»Musst du aber, weil ich sonst nix vom beachtlichen Erbe abbekomme. Und du schon gar nicht, mein liebenswerter Kontoüberzieher. Ohne Nachwuchs kein Erbe.«

»Ohne Thronfolger, wolltest du wohl sagen.«

»Na, ein Mädchen darf es vorläufig wohl auch sein. Aber erst muss geheiratet werden.«

»Und berühmt geworden sein.«

»Reich und berühmt werden wir ein köstliches Luxusleben zwischen unserem Landsitz in Masuren, der Stadtwohnung in Berlin und unserer Sommerresidenz an der Côte d'Azur führen.« Cordula tanzte immer noch wie eine Möchtegern-Ballerina durch die Wohnung.

Alfred stand auf: »So reich sind deine Eltern nun auch wieder nicht.«

»Stimmt, die Villa in der Provence müssen wir uns schon selber kaufen. Aber es langt für den Anfang.«

»Leider sind sie so schrecklich altmodisch.« Seufzend ließ sich Alfred neben Cordula aufs Sofa fallen.

»Ja«, seufzte auch Cordula. »Altmodisch und traditionsbewusst. Aber für einen Enkel würden sie alles tun.« Sie schlang erneut die Arme um Alfreds Nacken.

»Dann lass uns am besten schon mal üben für den Ernstfall«, murmelte Alfred.

»Gute Idee«, sagte Cordula und zog Alfred zu sich heran.

9

Die Witwe trägt schwarz

Stubenrauch lenkte seinen Dienstwagen über das vom Dauerregen glitschige Kopfsteinpflaster. Die schmale Straße lag unter uralten Kastanien. Dahlem. Hier wohnten die wirklich etablierten Hauptstädter. Die Alteingesessenen. Die Westberlin auch nicht zu Mauerzeiten verlassen hatten. Die seit Jahrzehnten eine wichtige Rolle in der Stadt spielten. Was nicht weiter schwierig war, hatte die Konkurrenz doch lange geschwächelt. Keine Top-Manager, keine begabten Politiker oder Künstler. Westberlin war tiefste Provinz gewesen, Spielplatz der Unangepassten, die hier leichtes Spiel hatten, weil es eh nicht darauf ankam. Ganz anders in Ostberlin: Die wichtigen Leute lebten fast alle in der Hauptstadt. Im Westen gab es Hamburg, München oder Düsseldorf. Im Osten war jenseits von Berlin alles Provinz.

Dafür genossen die Übriggebliebenen, die Bodenständigen, heimatverhafteten Westberliner jetzt den Bonus gegenüber den seit 1990 Zugezogenen. Stubenrauch hasste diesen Haufen selbstzufriedener Spießer. Wir waren schon immer hier, wir halten die Fäden in der Hand und wir lassen die Hauptstadtparvenüs nicht an die wirklich wichtigen Tröge, war das Motto. Sie gehörten jetzt zu denen, die ihr Geld und ihren Einfluss nicht unbedingt zeigen mussten. Anders als im angeberischen Grunewald, wo sich Neuzugänge von Hertha BSC oder aus der Restrepublik zugereiste Chefredakteure und Vorstandsvorsitzende einkauften, versteckten sich die gediegenen Villen in Dahlem hinter hohen Hecken, tarnten sich unter alten Bäumen. Ihre Gärten sahen aus, als hätte sie nie ein Gärtner betreten.

Von so einem stilvollen Urwald umgeben war auch die Villa der Pompls in der Nähe des Rosenecks. Stubenrauch fand ohne Probleme genau gegenüber einen Parkplatz. Ein Privileg der Vorstädter, dachte Stubenrauch. Wenn er vom Dienst nach Hause kam in seine Wohnung am Prenzlauer Berg, in der er schon vor der Wende gewohnt und die er mittlerweile gekauft und grundlegend saniert hatte, musste er oft eine geschlagene halbe Stunde um den Block kurven, in der Hoffnung, dass irgendwann jemand sein Auto wegfahren würde.

Auch das war vor der Wende anders gewesen. Da war sein Wagen eines der wenigen Autos in der Straße, der kein Trabbi war. Und Parkplatzprobleme waren im real existierenden Sozialismus nicht existent. Mit zweiundzwanzig Jahren fuhr er als junger Kriminalbeamter mit höheren Ambitionen einen schicken Wartburg, während Arbeiter und Bauern zwanzig Jahre auf ihren Trabbi warten mussten. Dafür klopfte die Stasi in regelmäßigen Abständen bei ihm an und fragte, ob er nicht seine Tätigkeiten auf ihr Gebiet ausweiten wolle, ein so talentierter Polizist müsse seine Fähigkeiten doch in den Dienst des sozialistischen Vaterlandes stellen. Stubenrauch antwortete den dezenten Herren in

Trenchcoats immer damit, dass er seine Arbeit als Anwärter für den höheren Dienst bei der Kriminalpolizei sehr wohl unter patriotischen Gesichtspunkten sehen könne. Sein sozialistischer Patriotismus käme aber durchaus ohne Mitarbeit bei der Staatssicherheit aus.

Die Herren in den grauen Anzügen blieben lange Zeit höflich. Äußerlich. Als die Situation für Stubenrauch unhaltbar wurde und er sich mit dem Gedanken anfreundete, als IM hin und wieder harmlose kleine Dienste für die Stasi zu verrichten (es glaubten ohnehin schon längst alle, dass er für die Stasi arbeitete, in seiner Position, mit diesem Lebensstil, diesen Privilegien), gingen mutigere DDR-Bürger auf die Straße. Stubenrauch sympathisierte mit ihnen, traute sich aber nicht, offen Partei zu ergreifen. Statt in die Gethsemanekirche zu den konspirativen Gottesdiensten zu gehen, machte er Dienst nach Vorschrift und hielt die Männer in den grauen Anzügen hin. Dann rettete ihn die Wende. Er wurde in das Kommissariat des wiedervereinigten Berlin übernommen. Seine Stasiakte enthielt den Eintrag »noch wenig kooperativ« – sein Persilschein für die weitere Karriere.

Doch wenn Stubenrauch in Stadtteilen wie Dahlem, Wannsee oder Grunewald ermittelte, fühlte er sich immer noch als Ossi und als Eindringling. Hier war Berlin auch nach mehr als zwei Jahrzehnten Wiedervereinigung so westlich, wie es in Hellersdorf östlich geblieben war.

»Lächerlich!«, schimpfte er mit sich selbst, als er den Klingelknopf der Pompls drückte, der in einer ziemlich großen halbrunden Kupferschale versenkt war. Die wiederum war in die Natursteinmauer eingelassen, die das Anwesen zur Straße hin abschloss. Allein die Mauer hatte sicherlich mehr gekostet als seine Dreizimmerwohnung in der Senefelder Straße. Wenige Sekunden später ertönte der Summer, ohne dass jemand fragte, wer Zutritt begehre. Stubenrauch konnte keine Überwachungskamera entdecken, aber irgendwo hing sicher eine. Er drückte die schwere Tür auf und folgte einem schmalen Weg, der von herabhängenden Zweigen überwachsen war, von denen der Regen tropfte. In einem Bogen führte ihn der Weg nach etwa zehn Metern zur Haustür, wo ihn Karoline Pompl erwartete.

Als er sich aus seiner leicht gebückten Haltung aufrichtete, sagte Frau Pompl: »Entschuldigen Sie, Herr Kommissar. Ich müsste wirklich mal einen Gärtner bestellen. Heinrich wollte nie jemanden an seinen Garten lassen. ›Keine fremden Leute auf meinem Grundstück‹, pflegte er zu sagen. Das mache er lieber selbst. Aber er kam nur selten dazu. So ist unser Garten etwas verwildert mit der Zeit, fürchte ich.«

»Aber das hat doch auch seinen Charme«, sagte Stubenrauch lächelnd und hängte seinen Regenmantel über den Kleiderbügel, den ihm Frau Pompl reichte. Die Witwe trug Schwarz. Eine Farbe, die ihr ausgezeichnet stand, wie Stubenrauch feststellte, als sie vor ihm her ins Wohnzimmer ging, wo bereits eine japanische Teekanne aus dunkelgrauem Eisen auf dem niedrigen Rauchglastisch stand. So einen Tisch hatte er zuletzt im Wohnzimmer des Polizeichefs gesehen. Damals, als es noch Ostberlin gab. Und der Polizeichef so stolz war auf diese Errungenschaft, die er über dunkle Kanäle aus dem Westen bezogen hatte.

»Mögen Sie grünen Tee, Herr Kommissar?«

»Sehr freundlich, Frau Pompl, genau das Richtige an so einem ungemütlichen Tag.«

»Ja, es hört überhaupt nicht mehr auf zu regnen. Das hat die Beerdigung meines Mannes noch bedrückender gemacht, trotz der vielen Gäste.«

Als Heinrich Pompl am Vortag zu Grabe getragen wurde, schien es, als sei die komplette Berliner Gesellschaft anwesend – plus diverser Berühmtheiten von jenseits der Hauptstadtgrenze. Und alle hatten nur Gutes über den Verstorbenen zu berichten. Trotzdem war Stubenrauch sicher, dass sich der Mörder unter den Trauergästen befand. Wenn es denn einen Mörder gab.

»Noch einmal mein Beileid, Frau Pompl.« Karoline Pompl nickte. »Ich muss Ihnen aber leider noch ein paar Fragen stellen. In unserem ersten Gespräch erwähnten Sie, Ihr Mann sei krank gewesen.«

»Nun, ›krank‹ ist vielleicht nicht ganz das richtige Wort. Wie ich schon sagte: Er lebte ungesund. Berufsbedingt, aber auch von Haus aus. Mein Mann war ein Genießer in jeder Hinsicht. Aber Genüsse sind nicht immer das Beste für den Körper. Sein Arzt riet ihm immer wieder, kürzerzutreten, weniger zu essen, zu trinken, zu arbeiten und auch sonst mehrere Gänge zurückzuschalten. Aber das konnte Heinrich nicht.«

»Nahm er regelmäßig Medikamente?«

»Ja, ein Magenmittel. Und Antidepressiva.«

»Antidepressiva?«

»Das klingt aufregender, als es ist. Heinrich sah das eher als vorbeugende Maßnahme gegen Stress und schlechte Tage. Moderne Antidepressiva sind verglichen mit früheren Mitteln harmlos: Sie haben kaum Nebenwirkungen und machen nicht abhängig. Behauptete jedenfalls mein Mann.«

»Können Sie mir die Namen der Medikamente aufschreiben, Frau Pompl?«

»Die angebrochenen Packungen müssten oben im Medizinschrank liegen, ich kann sie Ihnen später geben.«

»Sehr freundlich.«

Stubenrauch nippte an seinem Tee.

»Ein ausgezeichneter Tee«, sagte er.

»Verstehen Sie etwas von Tee?«, fragte Frau Pompl.

Stubenrauch lächelte.

»Ein wenig. Obwohl ich eigentlich passionierter Kaffeetrinker bin. Aber das eine schließt das andere ja nicht aus. Das hier dürfte ein japanischer Sencha sein.«

»Respekt, Herr Kommissar. Schade, dass Sie nicht schon früher zu Gast bei uns waren. Da hätten wir ein gutes Gesprächsthema gehabt, mein Mann, Sie und ich.«

»Das ist sehr freundlich von Ihnen. Leider muss ich jetzt wieder auf unangenehmere Dinge zurückkommen. Zum Plaudern über Tee ergibt sich vielleicht ein andermal Gelegenheit …«

Karoline Pompl lächelte einladend. Stubenrauch konnte sich nicht ganz des Eindrucks erwehren, dass sie mit ihm flirtete. Oder vielleicht glaubte, er wolle mit ihr flirten. Auf jeden Fall fehlte der aggressive Unterton ihrer Unterredung im Simple völlig.

»Könnten Sie sich vorstellen, dass einer von den anonymen Anrufern und Briefeschreibern, die Sie erwähnt haben, ihm tatsächlich nach dem Leben getrachtet hat?«

»Natürlich.«

»Natürlich?«

»Kannten Sie meinen Mann?«

»Leider nicht persönlich.«

»Er konnte der liebenswerteste Mensch der Welt sein. Und im nächsten Moment eine arrogante Bestie.«

»Hat er Leute verletzt?«

»Er hat sie sich zu Todfeinden gemacht.«

»Können Sie Beispiele nennen?«

»Oh, die Beispiele sind Legion: Chefredakteur Bronner,

überhaupt die Mehrheit seiner Kolleginnen und Kollegen beim *Abendblatt*. Die hat er regelmäßig vor den Kopf gestoßen, und neidisch waren sie auch.«

»Aber können Sie sich wirklich vorstellen, dass die Ihren Mann umgebracht haben?«

»Bronner sicher nicht, dazu ist er zu feige. Aber vielleicht hat er einen Mörder gedungen?«

»Wissen Sie, was Sie da sagen, Frau Pompl?«

Karoline Pompl lachte kurz und bitter auf. »Natürlich, Herr Kommissar. Mein Mann ist tot. Und wenn er nicht eines natürlichen Todes gestorben ist, wovon Sie offenbar immer noch nicht ausgehen, muss ihn jemand umgebracht haben. Und wenn es wirklich so gewesen sein sollte, sähe ich diesen jemand gerne hinter Gittern.«

»Und wenn es Selbstmord war?« Stubenrauch beugte sich nach vorne.

»Nein!« Frau Pompl schüttelte den Kopf und verschränkte die Arme vor der Brust.

»Warum nicht?«

»Das schließe ich kategorisch aus. Dafür war mein Mann nicht der Typ. Selbstmord ist feige, stillos.«

Jetzt schüttelte Stubenrauch den Kopf.

»Ist das Ihre Meinung oder die Ihres Mannes?«

»Das war unser beider Meinung. Wissen Sie, es hat in unserem Bekanntenkreis Selbstmorde gegeben, ganz tragische Geschichten. Wir haben oft darüber gesprochen. Und beide immer gesagt, dass Selbstmord nicht in Frage kommt. Außerdem: Ich sehe absolut kein Motiv. Es ging ihm gut. Er hatte große Pläne. Wollte wieder ein Buch schreiben. Wollte ein neues Gourmet-Magazin gründen. Mit dem ZDF verhandelte er über eine Sendung, Porträts der größten Köche unserer Zeit. Heinrich steckte voller Leben.«

Ihre Stimme klang für einen Moment unsicher. Zum ersten Mal hatte Stubenrauch das Gefühl, dass diese Frau wirklich um ihren Mann trauerte. Und ihm wurde klar, dass sie ihre Gefühle hinter der harten Maske gut versteckte. So wie sich ihr Haus mit einem ungepflegten Garten tarnte. Als er zur Teetasse griff, stutzte er wieder über den Anachronismus des Rauchglastisches.

»Die Gerichtsmediziner haben tatsächlich einen Herzschlag als Todesursache festgestellt. Aber ich habe Grund zu der Annahme, dass dieser Herzschlag künstlich herbeigeführt wurde.«

»Darf ich diesen Grund erfahren, Herr Kommissar?«

»Spuren eines Giftes im Magen Ihres Gatten, Frau Pompl.«

Sie sah ihn triumphierend an.

»Gift? Wie ist es dort hingekommen?«

»Gute Frage, Frau Pompl. Entweder hat jemand Ihren Mann vergiftet. Oder er sich selbst.«

»Was ist mit dem Pudding?«

»Nichts. Keine Spuren von Gift.«

»Im Wein? Den anderen Speisen?«

»Fehlanzeige. Unser Labor hat alles untersucht. Jedes Getränk, alles, was an Ihrem Tisch gegessen wurde. Wir haben Jaspers Küche auf den Kopf gestellt, alle Abfälle und Reste untersucht. Nichts. Das Gift fand sich nur in mikroskopisch kleinen Spuren im Körper Ihres Mannes. Deshalb meine Frage nach den Medikamenten. Es kann sein, dass er sich das Gift aus Versehen zugeführt hat.«

»Aus Versehen, Herr Kommissar?«

»Ja. Vielleicht hat Ihr Mann mehrere Medikamente auf einmal eingenommen. Und die haben in seinem Magen eine chemische Reaktion ausgelöst, bei dem der giftige Stoff entstanden ist.«

Die Witwe sah ihn immer noch skeptisch an.

»Unsere Techniker können so etwas zumindest nicht ausschließen. Uns wäre sehr geholfen, wenn wir wüssten, welche Medikamente Ihr Mann genommen hat. Oder haben könnte.«

»Ich hole sie sofort!«, sagte Karoline Pompl. Und erhob sich. Die Skepsis war aus ihrem Gesicht gewichen.

»Erlauben Sie mir, mich so lange im Arbeitszimmer Ihres Mannes umzusehen?«

»Natürlich, Herr Kommissar, es ist gleich nebenan. Sehen Sie sich in aller Ruhe um.«

10
Zettels Traum

Hauptkommissar Hermann Stubenrauch wusste nicht genau, was er erwartet hatte. Wahrscheinlich stapelweise Manuskripte auf dem Boden, Skizzen, Entwürfe, genialisch über den Schreibtisch ausgebreitet. Aber ganz sicher nicht das hier. Pompls Arbeitszimmer wirkte wie die Ordination eines Starpsychiaters oder die Denkzelle eines wohlhabenden Philosophen. Die Villa der Pompls war gediegen mit einem Stich ins Altmodische. Aber hier, in Pompls Arbeitszimmer, gab es keinen Platz für Rauchglastische oder andere hochpreisige Geschmacksverirrungen der 70er Jahre. Das Erste, was man sah, wenn man die Tür zu Pompls Heiligtum – und diese Assoziation überkam einen sofort – öffnete, war das Bild, das über dem Schreibtisch hing. Eine Art Relief in Rot und Schwarz. Stilistisch keiner Epoche zuzuordnen, vermutlich zeitgenössisch. Der Maler hatte die Farbe fingerdick aufgetragen und musste mit allen zehn Fingern darin herumgewühlt haben. Es war nicht ganz klar, was es darstellte. Man konnte einen weiblichen Torso erkennen, seltsam verdreht und verzerrt. Wie unter großen Schmerzen oder in Ekstase. Rechts oben in der Ecke schien eine Fratze zu grinsen. Links unten sah man Geldscheine, halb übermalt, wie versunken im Farbbrei. Als der Kommissar sich in Pompls Sessel am Schreibtisch setzte, hatte er das ungemütliche Gefühl, als wolle das Bild in seinem Rücken ihm noch etwas sagen. Oder als stürze es jeden Moment auf ihn herab. Bei der Materialfülle wog es sicher mehrere Kilo. Vielleicht sollte er einen Kunstexperten vorbeischicken.

Auf der Platte des Schreibtischs lag nichts. Kein Staubkorn verunzierte die Oberfläche, die aus Stein zu sein schien. Polierter Schiefer? Oder ein sehr schweres, sehr hartes Holz? Stubenrauch klopfte auf die Oberfläche. So etwas hatte er noch nie gesehen oder gespürt. Er strich vorsichtig über das kühle Material. Es fühlte sich wundervoll an.

Dann fiel sein Blick auf die gegenüberliegende Wand. Sie war mit einem dunkelblau schimmernden Stoff bespannt, der auch die Innenseite der Tür bedeckte. Diese Wand wurde von oben indirekt beleuchtet. Während das Bild sich bedrohlich über seinem Kopf wölbte, strahlte diese blaue Wand Zuversicht aus, Leichtigkeit. Und kein Möbel verstellte diesen Anblick.

Falls es hier überhaupt irgendwelche Unterlagen gab, mussten sie in eingelassenen Schränken in der dem riesigen Fenster gegenüberliegenden linken Wand sein. Das Fenster gab den Blick frei in den Garten. Und von hier aus wirkte die Wildheit erst recht absichtsvoll. Das Chaos des Gartens kollidierte auf spannungsvolle Weise mit der strengen Gestaltung des Raumes.

Stubenrauch zog sich dünne Lederhandschuhe über und öffnete ein riesiges Schubfach, das sich über die gesamte Breite des Schreibtisches erstreckte. Hier fand er das Pendant zum Garten draußen vor dem Fenster: Hunderte von Notizzetteln, Quittungen, Visitenkarten, Rechnungen, Streichholzschachteln, Spielkarten, Reißzwecken, Kontoauszüge, einen Impfpass, Bleistifte, einen Jagdschein, Kugelschreiber, eingepackte Minen, ein Maßband, mehrere Rollen Tesafilm, ein Opernglas, Tintenpatronen in Blau, Schwarz und Grün, etliche Armbanduhren, die sämtlich nicht gingen, ungestempelte U-Bahnfahrkarten aus mehreren Städten, Taxiquittungen, mehrere Würfel, eine Plastikrose, ein Fieberthermometer, einige Halbedelsteine und gleich mehrere Packungen Tabletten. Darunter waren Kopfschmerztabletten, ein Aufputschmittel auf Koffeinbasis, aber auch solche, deren Zweck sich Stubenrauch nicht erschloss. Alle waren angebrochen. Stubenrauch steckte sie in ein Plastiksäckchen.

Dann entdeckte er noch Karten für eine Vorstellung am kommenden Sonntag in der Deutschen Oper: Verdis *Simon Boccanegra* – ein grausames Drama um Macht und unmögliche Liebe zur Zeit der Dogen in Genua. Stubenrauch hatte die Inszenierung vor einigen Wochen gesehen. Der Kommissar gestattete sich ein kurzes Schwelgen in Erinnerungen an einen denkwürdigen Opernabend, das von Karoline Pompl unterbrochen wurde, die mit weiteren Tablettenpackungen ihres Mannes hereinkam. Sie hatte sich in der Zwischenzeit umgezogen. Aus dem schlichten schwarzen Kleid war ein enganliegender brauner Zweiteiler geworden, der ihre schlanke Figur noch besser zur Geltung brachte.

»Hier sind seine Medikamente: Ein Mittel gegen zu viel Magensäure, das mein Mann seit einem halben Jahr täglich einnahm, um einem Magengeschwür vorzubeugen. Und ein mittelstarkes Antidepressivum.«

»Vielen Dank für Ihre Mühe.« Stubenrauch steckte die halbvollen Packungen zu den anderen Tabletten.

»Haben Sie gewusst, dass Ihr Mann in seinem Schreibtisch noch weitere Medikamente aufbewahrte?«

Frau Pompl schien erstaunt. »Nein, was sind das für Mittel?«

»Kopfschmerztabletten, Aufputschmittel und andere, deren Zweck ich nicht kenne.«

»Aufputschmittel?«

»Ja, aber etwas Harmloses, glaube ich.«

»Das sieht Heinrich gar nicht ähnlich. Er verabscheute Drogen.«

Stubenrauch sagte nichts. Dann fragte er: »Wo bewahrte Ihr Mann seine wichtigen Unterlagen und Manuskripte auf? Ich kann hier keine Schränke entdecken.«

»Die sind in die Wand eingebaut.« Karoline Pompl drückte gegen die bis zur Decke holzvertäfelte Wand gegenüber des Fensters, die sich daraufhin öffnete. Und wie Stubenrauch vermutet hatte, befand sich dahinter ein umfangreicher Bücherschrank, der auch als Archiv diente.

Der Kommissar erhob sich, um Pompls Privatbibliothek zu studieren. Zeig mir deine Bücher, und ich sag dir, wer du bist. Stubenrauch ließ seinen Blick über eine Reihe philosophischer Monographien gleiten – von Nietzsche, Schopenhauer, Foucault, Barthes, Lyotard, Slavoj Zizek und anderen, deren Namen ihm nichts sagten, über Werke der Weltliteratur, chronologisch geordnet von mittelalterlichen Epen rund um die Artusrunde in mittelhochdeutschen Ausgaben und hochdeutschen Übersetzungen, über den Simplicissimus, Tristram Shandy, Shakespeare, Gottsched, Lessing, Goethe, Schiller, Flaubert, Heinrich und Thomas Mann bis zu zeitgenössischen Romanen von Eco, DeLillo, Carver, O'Nan und Houellebecq. Dazu gesellte sich ein Regalbrett mit Lyrik in verschiedenen Originalsprachen, Geschichtsbücher, Bücher über Musik, Malerei, Architektur, Stadtplanung. Nichts über Essen. Nichts über Wein. Nichts über das, womit sich Pompl täglich beschäftigt haben musste.

Karoline Pompl öffnete die rechte Tür. Hier stand Pompls Handbibliothek mit ein paar wenigen Büchern über Wein und Lebensmittel, Biografien großer Köche, Kochbüchern von Bocuse bis Ferran Adrià, Wörterbüchern, Atlanten und Ordnern mit Aufzeichnungen und Manuskripten nach Jahren geordnet. Stubenrauch zog den letzten Ordner heraus: Internetausdrucke, Manuskripte, offenbar ganze Kapitel zu einem Buch. Stubenrauch ließ sich wieder hinter Pompls Schreibtisch nieder und blätterte durch die Unterlagen. Es handelte sich um das Manuskript für ein Buch über die Gastroszene Berlins.

»Darf ich das mitnehmen? Wissen Sie etwas über dieses Buchprojekt? Ist das je erschienen?«

»Nein, daran hat mein Mann die letzten Monate intensiv gearbeitet. Es sollte eine Abrechnung mit dem Berlinhype der letzten Jahre werden. Ich habe das Manuskript nicht gelesen. Obwohl ich für gewöhnlich Heinrichs erste Leserin war, seine Lektorin oder Korrektorin sozusagen.«

Karoline Pompl lachte.

»Gott sei Dank war mein Mann ein guter Stilist, und diese unbezahlte Arbeit meist ein Vergnügen.«

»Ich werde das Manuskript mit Ihrer Erlaubnis mitnehmen, vielleicht enthält es wichtige Hinweise.«

»Aber bitte geben Sie nichts vom Inhalt an die Presse weiter. Das ist teilweise brisantes Material. Und ich überlege, es zu veröffentlichen.«

»Sie können sicher sein, dass ich die Lektüre nur für unsere Ermittlungen nutzen werde.«

»Gut. Dann lassen Sie uns zurück zum Tee gehen. Ich

habe einen neuen aufgesetzt, einen First Flush Sencha Hiki, der soeben aus Japan eingeflogen wurde. Mit einem herrlich fruchtigen Abgang!«

So gingen sie plaudernd zurück zum Rauchglastisch. Und sprachen in der nächsten halben Stunde angeregt über die unterschiedlichen Anbaumethoden in den großen Teeländern dieser Welt. Karoline Pompl führte den Kommissar in die Geheimnisse der chinesischen Teezeremonie ein. Stubenrauch hatte nicht gewusst, dass es außer der japanischen noch die chinesische gab. Man verwendet dabei kleine Teekannen und winzige Tassen wie aus einer Puppenstube. Portionsweise wurden die kostbaren Blätter immer wieder mit heißem, nicht mehr kochendem Wasser übergossen und anschließend, wie bei einer Runde Schnaps, in einem Zug in die Tässchen gegossen. So offenbarte jeder Schluck eine neue Nuance des gleichen Teeblattes, je nachdem wie lange welcher Aufguss gezogen hatte. Als der Kommissar das letzte Tässchen des sechsten Aufgusses genossen hatte, stellte er es auf das mit Bast belegte Tablett, lehnte sich zurück und sagte:

»Sie sind jetzt um rund eine Million Euro reicher, Frau Pompl.«

Karoline Pompl verzog keine Miene und stellte ebenfalls ihre Tasse zurück.

»Ja, die Lebensversicherung meines Mannes.«

»Wussten Sie von dieser Versicherung?«

»Natürlich.«

Sie schaute den Kommissar unverwandt an.

»Wir hatten wenige Geheimnisse voreinander, mein Mann und ich.«

»So?«

»Warum sollte Heinrich mir verschweigen, dass ich die Begünstigte seiner Lebensversicherung bin?«

Stubenrauch schwieg. Dann fragte er:

»Auch sonst erben Sie eine Menge, vermute ich. Das Haus …«

»Gehört mir längst.«

»Die Zeitung.«

»Ja, Heinrich und ich besaßen das *Abendblatt* je zur Hälfte.«

»Und jetzt gehört es Ihnen ganz.«

»Worauf ich keinen großen Wert lege. Ich wollte nie mit der Presse und dem Verlagswesen zu tun haben.«

»Aber Ihr Vater …«

»Sie sind gut informiert, Herr Kommissar.«

»Das gehört zu meinem Beruf.«

»Mein Vater setzte mich zur Alleinerbin des Verlages ein, dem das *Abendblatt* gehört. Ich wusste, wie wichtig ihm diese Zeitung war. Und dass außer mir niemand zur Verfügung stand, um sein Lebenswerk fortzusetzen. Alle, fast alle Gespräche mit ihm drehten sich um Politik, Kultur, die Macht und Ohnmacht der Presse.«

»Als Ihr Vater starb, waren Sie fünfundzwanzig und unverheiratet …«

»Ja, ich war ziemlich allein.«

»Und da tauchte Heinrich Pompl auf, damals noch ein unbedeutender Journalist.«

»Und ich schnappte ihn mir, heiratete ihn und ließ ihn die Drecksarbeit machen … Wollten Sie das andeuten, Herr Kommissar?«

»Ich hätte es anders ausgedrückt …«

Karoline Pompl stand auf.

»Einen Drink, Herr Kommissar? Ohne Tee?«

Stubenrauch nickte.

»Ich bin zwar im Dienst.« Er blickte auf die Uhr. »Aber angesichts der vorgerückten Stunde kann man wohl ein Auge zudrücken.«

»Whisky, Herr Kommissar?«

»Whisky, Frau Pompl.«

Die Witwe trat zur Bar, die sich auf einem Wagen befand, und schenkte beiden einen Malt ein.

»Kennen Sie sich etwa mit Whisky auch aus, Herr Kommissar?«

»Ein bisschen. Was haben wir im Glas?«

»Einen Dalwhinnie.«

»Ah, ich hätte es schmecken müssen, einer der mildesten Malts überhaupt.«

»Ein Damenwhisky …«

»Ich glaube nicht, dass Sie auf Damenwhiskys zurückgreifen müssen, Frau Pompl.«

Ihre Augen blitzten kurz auf.

»Was wollen Sie damit andeuten, Herr Kommissar?«

»Ich will damit sagen, ohne Ihnen nahe treten zu wollen, dass Sie sehr wohl auch härtere Sorten vertragen.«

Stubenrauch hob sein Glas und hielt den Inhalt gegen das Licht. Wundervolle Farbe. Goldbraun mit einem Stich ins Karamellige. Sehr hell für einen Malt. Man sah, dass er wenig vom Holzton des Fasses aufgenommen hatte.

»Was werden Sie jetzt mit Ihrem Erbe anfangen? Werden Sie sich einen neuen Ehemann suchen, der Ihren Verlag leitet?«

»Wären Sie interessiert?«

Stubenrauch lachte laut auf.

»Ich bewundere Ihren Sinn für Humor, Frau Pompl.«

»Für einen Polizisten sind Sie sehr charmant.«

Der Kommissar erhob sich etwas vom Sofa, um eine Verbeugung anzudeuten.

»Leider habe ich keine Ahnung vom Verlagswesen. Mir graut schon vor jeder Pressekonferenz.«

»Dann werde ich wohl allein dafür sorgen müssen, dass das *Abendblatt* die gute Zeitung bleibt, die sie immer war.«

Stubenrauch stand auf und reichte der Witwe die Hand.

»Es war mir eine Freude und Ehre, Sie etwas näher kennenlernen zu dürfen.«

Karoline Pompl nahm die Hand des Kommissars.

»Ganz meinerseits, Herr Hauptkommissar.«

11 Zurück zu den Ursprüngen

Hauptkommissar Stubenrauch saß in seinem Büro und las in den Papieren des Opfers. Draußen regnete es wie an den letzten Tagen. Auch wenn es im Westen ein wenig heller zu werden schien.

> Ganz Europa ist besetzt. Ganz Europa? Nein, hier und da halten sich kleine weiße Flecken tapfer gegen die Übermacht. Lauter Individualisten, eigenbrötlerische Starrköpfe, junge Hitzköpfe, gestandene Mannsbilder, sogar ein paar Frauen. Manche von ihnen haben nie eine andere Küche als die ihrer Mutter gesehen und erfinden seit Jahren abgeschieden auf einer Alp im Aubrac oder im Keller eines unscheinbaren sechziger-Jahre-Baus im Piemont die Landküche neu. Oder stellen in einem kleinen Kaff bei Barcelona oder London unsere Vorstellungen von gepflegtem Essen seit Escoffier auf den Kopf.
>
> Das war nicht immer so. Bis vor kurzem brauchte

man, um die europäische Topküche zu erleben, nicht in die Provinz zu reisen. München, Paris, London, Mailand reichten. Eigentlich jede größere Stadt (außer Berlin natürlich). Denn überall wurde das Gleiche gekocht. ›Die Haute Cuisine française beherrscht Europa, vergleichbar mit dem Imperium Romanum in der Antike oder dem napoleonischen Einflussbereich um 1800. Der neue Code Napoleon heißt Michelin.‹ Wenn ich mich ausnahmsweise mal selbst zitieren darf.

Mit meinem Ruf ›Auf zum Essenziellen!‹ setzte ich mich an die Spitze der eigenbrötlerischen Guerilla, der Kochlöffel schwingenden Widerstandskämpfer gegen die Dreisterneliga von Michelin. Und machte mich einmal mehr unbeliebt bei Lesern und Gastronomen. Kaum einer hat mich verstanden.

›Was will Pompl?‹, stöhnte Wolfram Siebeck in der *Zeit*. ›Sich von den Kompliziertheiten der Spitzenköche, der Nouvelle Cuisine und der Molekularküche im Wirtshaus erholen? Seinen Lobgesang auf die Currywurst meinte er hoffentlich nicht wirklich ernst.‹

Hier irrt Wolfram Siebeck. Das meinte ich sehr ernst. Eigentlich wollte ich noch einen Band über Bulette und Bratwurst folgen lassen. Vielleicht erinnern sich noch einige meiner Leserinnen und Leser an meine Sendung aus einer Weddinger Currybude. Während ich über die Errungenschaften und Neueröffnungen der Berliner Edelgastronomie schwadronierte, briet, schnitt und verkaufte ich fetttriefende, höllisch scharfe Currywürste. Wenn sich jemand beschwerte, bekam er zu hören: ›Stellen Sie sich nicht so an, schließlich sind Sie im Fernsehen.‹ Das Chilipulver staubte nur so durch die Gegend. ›Noch ein Nachschlag scharfe Zwiebeln, die Dame?‹ Ehe die Frau im

Kostüm, die nur hergekommen war, weil der berühmte Pompl hier seine neue Show drehte, und sich bei der Gelegenheit von meiner trüben Sonne bescheinen lassen wollte, protestieren konnte, hatte sie einen Löffel mehr auf dem Pappteller. ›Und schön aufessen, gell!‹.

Stubenrauch lächelte. Die Sendung hatte er gesehen. Ein schwitzender, feixender, von seiner eigenen Brillanz überwältigter Pompl im Imbisswagen, Currywürste am Fließband zubereitend. Stubenrauch hatte nicht gewusst, ob er das jetzt lustig finden oder ob er sich über die Eitelkeit Heinrich Pompls aufregen sollte. Damals hatte er irgendwann abgeschaltet. Jetzt entschied er sich weiterzulesen. Und zwar nicht nur, weil er nach einem Motiv für den Mord an Heinrich Pompl suchte. Wenn man dem feisten Pompl nicht bei der Ausübung seines Berufes zuschauen musste, war er durchaus zu ertragen. Vor allem wenn er mit offensichtlicher Selbstironie ans Werk ging.

Jo Jasper kocht verkannt im Bundestag eine wundervolle, revolutionäre Küche. Sein Credo ›Nicht mehr als drei Dinge gleichzeitig‹ kann ich nur unterschreiben.

An den Rand des Manuskripts hatte Pompl notiert:

Bin gespannt, was Jasper mit seinem Simple vorhat und ob das die Berliner verstehen. Freue mich tatsächlich auf die Eröffnung. Das kam in den letzten Jahren ja nicht mehr allzu oft vor.

Dann las Stubenrauch weiter im Computerausdruck:

Reduktion auf drei Dinge: Das bedeutet das Ende der Haute Cuisine, wie wir sie kennen, die zur überteuerten Showküche verkommen ist, zur Angeberküche für Leute, die beeindruckt werden wollen. Gleichzeitig ist das auch ein Affront gegen die komplizierten, artifiziellen Aromakompositionen und Texturen der Molekularküche eines Ferran Adriàs und seiner Nachahmer. Eher noch geht es in Richtung der radikal regionalen Küche der Skandinavier.

Es gibt Dinge, die braucht man nicht neu zu erfinden. Ein Teller Pasta mit frisch gekochter Tomatensoße, frisches Brot mit Olivenöl, ein gegrillter fangfrischer Fisch, Knoblauch, Butter, Sahne, frische Kräuter, Wasser, Wein und ein frisch gezapftes Bier – das sind die Zutaten, die ich brauche, um kulinarisch glücklich zu werden. Keine Gänsestopfleber, ich hasse Gänsestopfleber, nicht nur aus tierrechtlichen Überlegungen. Ich brauche auch keine Trüffel, nicht wirklich. Ein saftiger, pfeffriger Grüner Veltliner ist mir lieber als Champagner. Meistens. Spaghetti Napoli sind in ihrer genialen Schlichtheit einfach nicht mehr zu verbessern.

Man könnte höchstens über eine Veredelung der Tomatenqualität nachdenken. Aber bitte nicht via Genmanipulation. Es kommt darauf an, zu den Ursprüngen zurückzukehren, zu den einfachen Dingen. Nicht umsonst nennt man mich den Zen-Buddhisten des Essens. Obwohl ich mit Religion weiß Gott nichts am Hut habe und mit dem asiatischen Kram schon gar nicht.

Der Hauptkommissar lächelte wieder. Der fette Pompl wurde ihm immer sympathischer. Aber kann man das wirklich schreiben? »Asiatischer Kram«? Spaghetti Napoli als der Gipfel der europäischen Kochkunst?

Das Kochen ist über uns gekommen wie eine biblische Plage. Kein Fernsehsender, der nicht seinen Starkoch mit Promis und Laien für ein Millionenpublikum kochen lässt. Und viele der Großen der Zunft lassen mittlerweile Hinz und Kunz in ihre Töpfe schauen.

Heute glaubt jeder, kochen zu können oder gar zu müssen! Welcher Hipster behauptet nicht, er sei zum Foodie berufen? Früher konnte niemand kochen, unsere Mütter quälten uns mit Mehlschwitzen, fettigen Bratkartoffeln, paniertem Fischfilet und Götterspeisen. Dann kam die Neue deutsche Küche, plötzlich konnte man in keinem deutschen Restaurant mehr einen anständigen Schweinebraten bekommen. Die Wirtshausküche verkam endgültig zum Billigfraß. Wenn man Innereien oder einen wirklich guten Kartoffelsalat bekommen wollte, musste man nach Österreich reisen. Alle kannten nur noch Broccoli und Rucola und verehrten den lieben Wolfram Siebeck als ihren neuen Propheten. Bei allen Verdiensten meines geschätzten Kollegen: Die Neue deutsche Küche ist vielleicht gesünder als die alte, aber sie hat das Kinde mit dem Bade ausgeschüttet.

Ja, ja, ich weiß, ich tue ihm Unrecht, er hat wahrscheinlich mehr für den Fortschritt in unserem kulinarisch lange (und überwiegend noch heute, man fahre nur mal nach Brandenburg oder Sachsen, Siebeck sei bei uns!) rückständigen Land getan als alle Bocuse und Ducasse zusammen. Er hat die Leute (zumindest im Westen) dafür sensibilisiert, dass frisches Gemüse besser schmeckt als das aus der Dose. Dass Schalotten feiner sind als gewöhnliche Zwiebeln. Ja, dass es auch rote und weiße Zwiebeln gibt und was man damit alles Feines anstellen kann. Er sorgte durch Artikel und Glossen und seine höchst erfolgreichen Kochbücher dafür, dass es so etwas in Deutschland überhaupt zu kaufen gab. Er machte auf seine charmante, verschmitzte Art auch ganz normalen Bürgern klar, dass Toast Hawaii das richtige Gericht für einen Kindergeburtstag ist, aber nicht, um damit sein ganzes Leben zu verbringen. Und dass weniger manchmal mehr sein kann.

Aber er war mir immer zu sehr geprägt von der französischen Haute Cuisine. Seine Verehrung für Eckart Witzigmann und dessen teure Miniportiönchen ist mir auf die Nerven gegangen. Auch sein ganzes Gehabe als sinnenfreudiger Lebemann und genialer Hobbykoch. Heute wollen alle Gourmets sein, jeder hergelaufene Manager parliert mit mir über Rotweine aus der Neuen Welt, jeder hat seinen Parker gelesen und glaubt, mitreden zu können.

Vielleicht sollte ich noch von Heston Blumenthal in England erzählen. Der schreckt die Leute mit seinen wilden Experimenten auf. Er bricht wie Ferran Adrià eherne Regeln, kocht Gemüse in ungesalzenem, aber kalziumarmen Wasser, weil es für die Farbe des Gemüses auf den Kalziumgehalt des Kochwassers ankomme, nicht auf das Salz, wie alle glauben. Er kombiniert Senf und Süßes, Krabben mit Tauben, macht aus Senf Eis und Gazpacho aus Kohl. Klingt schauerlich, riecht ein bisschen nach Show, ist es wohl auch, viele halten ihn für einen

Scharlatan, ein ›Medienprodukt‹, aber mich interessiert der Mann, einfach weil auch er für den Ausbruch der modernen Gastronomie aus den Fesseln der Haute Cuisine française steht. Vielleicht sind seine Attacken auf die Geschmacksnerven genau das Richtige für mich. Das Einzige, was noch hilft. Auch Lazarus ist von den Toten auferstanden.

An dieser Stelle brach das Manuskript erneut ab. Genug für heute, dachte Stubenrauch, und klappte die Akte Pompl zu. Durch die Fenster des Kommissariats lachte eine späte Märzsonne, und Stubenrauch beschloss, bei einem kleinen Spaziergang seinen Kopf durchzulüften.

12

Verglühende Sterne

Stubenrauch saß wieder an seinem Schreibtisch. Er hatte weiter in Pompls Manuskript gelesen. Jetzt starrte der Kommissar aus dem Fenster. Der kleine Spaziergang hatte ihn erfrischt, aber auch ein bisschen melancholisch gemacht. Er konnte sich nur noch schwer auf die Lektüre konzentrieren. Es zogen schon wieder neue Wolken auf. Es war eindeutig noch nicht Frühling.

Am liebsten wäre er jetzt nach Hause in den Prenzlauer Berg gefahren. Dort im Getümmel rund um den Kollwitzplatz fühlte er sich am wohlsten, auch wenn ihm die aufgedrehten Frauen mit ihren von wahnsinnig angesagten Berliner Designern gestylten Kleidern auf die Nerven gingen, die sich jeden Samstag vor seiner Haustür auf dem Kollwitz-Markt dem Bio-Kaufrausch mit handverlesenen Kalamata-Oliven, Käse von glücklichen Ziegen und Weinen, die zu bestimmten Mondphasen gekeltert wurden, hingaben.

Stubenrauch seufzte. Viele seiner Kollegen hielten ihn wohl auch für einen Bohemien. Er pflegte schon einen individualistischen Lebensstil, als es noch nicht so einfach und verbreitet wie heute war. Die Attitüde des Andersseins in einem Staat, zu dessen Doktrin gehörte, dass alle gleich zu sein hatten, trug er damals in schwarzen Klamotten vor sich her. Das war seine Art des Widerstands. Er ging nicht in Kirchen, genauso wenig wie er später bei Lichterketten mitmachte. Er war noch nie auf einer Demo gewesen, weder vor noch nach 1989. Trotzdem hielt er sich für einen politisch aufgeklärten, ja engagierten Menschen. Er kämpfte aktiv durch seinen Lebensstil gegen die allgemeine Verdummung und Nivellierung.

Stubenrauch lachte und verfolgte ein paar Regentropfen, die an der großen Scheibe seines Büros herunterliefen. Wahrscheinlich hatte er für seine Mission den falschen Beruf gewählt. Was hatte die Polizei davon, dass einer ihrer Kommissare samstagabends nicht vor der Glotze hing? Einen Hipsterbart hatte er sich aber noch nicht wachsen lassen.

Sein Blick senkte sich auf die Papiere, die vor ihm auf dem Schreibtisch ausgebreitet lagen. Pompls Vermächtnis, sein letztes, unveröffentlichtes Buch und diverse Notizen. Auch Heinrich Pompl legte Wert auf Distinktion, auf die feinen Unterschiede, die Qualität ausmachen. Das Manuskript las sich über weite Strecken wie ein großer Abschied. Stubenrauch hatte im Internet über Pompls Karriere als Autor recherchiert. Pompl hatte schon diverse Bücher veröffentlicht, meistens Kochbücher mit Titeln wie *Die besten Rezepte der besten Köche, Geheimnisse von Bocuse & Co, Die ländliche Küche, Die urbane Küche, Zu Gast in Paris*. Letzteres war aus einer Serie über die kulinarischen Metropolen Europas. Berlin fehlte. Sollte dieses Manuskript das fehlende Glied sein? Dazu fiel es aber allzu depressiv und kritisch aus. Wer sich durch Pompls Analysen und Tiraden gelesen hatte, würde Berlins Restaurants wohl eher meiden. Überall nur Mittelmaß, Nepp, lieblose Abschreibungsprojekte gepaart mit Größenwahn und kurzlebigen Trends für Hipster und Foodies.

Da hatte Stubenrauch als Laie einen anderen Eindruck: Er liebte es, über die Street-Food-Märkte zu schlendern, die sich in letzter Zeit etabliert hatten. Sicher, dort bekam man keine Haute Cuisine vorgesetzt, aber die suchte er gar nicht. Ein argentisches Steak in einem guten Brötchen, erstklassige Käsespätzle aus Vorarlberg oder eine wirklich gute Bratwurst genügten ihm vollkommen. Dazu eines dieser gehaltvollen Craftbiere aus kleinen Bauereien, betrieben von ehemaligen Rockmusikern: So stellte sich der Kommissar einen gelungenen kulinarischen Samstagnachmittag vor. Und wenn er es mal etwas gehobener haben wollte, gab es Leute wie Tim Raue oder die Garde der jungen Wilden, die immer wieder neue Konzepte ausprobierten, alles weit entfernt vom Fine Dining der letzten Jahrzehnte, das Stubenrauch genau wie Pompl stinklangweilig und überteuert fand.

Pompls Bücher erschienen alle im Verlag des Berliner *Abendblatts* und waren Bestseller. Stubenrauch hatte sich bei einer Freundin erkundigt, die Buchhändlerin war. Kochbücher, Satiren auf den Niedergang der westlichen Welt und Autobiografien von Prominenten aus Sport und Showbiz – das seien die Titel, die momentan am besten gingen, hatte sie gesagt. Und Pompls Rezeptsammlungen, immer mit süffisanten kulturkritischen Seitenhieben garniert, galten als »Stapelware«, erreichten Auflagen bis zu fünfzigtausend Stück. Pompl war eine multimediale Vermarktungsmaschine seiner selbst. Jedes Jahr kam ein Buch von ihm heraus, das bei genauem Hinsehen oft nur eine Sammlung seiner leicht überarbeiteten Kolumnen im *Abendblatt* war.

Das nannte man wohl effizient. Einmal essen gehen, die Ausgaben von der Steuer absetzen und daraus eine Rezension, eine Kolumne, eine Bemerkung in der TV-Show und eine Seite, am besten gleich ein ganzes Kapitel in einem Buch machen. Heinrich Pompl war unbestritten der populärste und einflussreichste Gourmetkritiker Deutschlands, der Reich-Ranicki der Gastroszene. Und genauso gefürchtet. Er konnte in seinen Kritiken und Porträts sowohl ätzend als auch hymnisch werden. Darin übertraf er noch den ebenfalls verstorbenen Literaturpapst.

Doch das Buch, an dem er bis zu seinem plötzlichen Tod geschrieben haben musste, schien etwas anderes zu sein. Es war keine Sammlung alter Rezensionen, sondern eine generelle Abrechnung, der Bericht einer Krise. Mit wenig Hoffnung für die Zukunft.

Pompl beschrieb nicht den Niedergang der Kochkunst generell, sondern konzentrierte sich auf betriebswirtschaftliche Aspekte. Die Top-Gastronomen eröffneten zu viele Restaurants, zu viele Ableger. Wie in der Wirtschaft, so in der Gastroszene:

> Diversifizierung war plötzlich das große Modewort. Wenn du mit A Erfolg hast, warum nicht auch mit B, C oder D. Oder noch besser mit AB und AC und BC und so fort. Da gründeten berühmte Köche Cateringfirmen, belieferten Airlines mit Sandwiches, fabrizierten unter ihrem leuchtenden Namen exklusive Dosensuppen, pflanzten in anderen Städten Dependancen ihres Stammlokals, versuchten, auch in mittlere Preislagen vorzudringen. Nicht zu viele Köche verderben den Brei, sondern zu viele Töpfe. Wenn der Gast ins Stammhaus von Starkoch A geht und viel

Geld für ein mehrgängiges Menü ausgibt, dann erwartet er auch, dass Starkoch A anwesend ist. Nicht um ihm die Hand zu schütteln, sondern um sein Menü von A persönlich zubereiten zu lassen. Doch A ist nicht anwesend. A delegiert, weil er in einer seiner Dependancen weilt, um dort nach dem Rechten zu sehen und weiter zu delegieren. So hetzt der arme Mann von Ort zu Ort, ist überall und nirgendwo, während seine Gäste von einem gewiss gut eingespielten Team bekocht werden – mit routinierter Arbeit auf hohem Niveau, aber eben ohne den speziellen Touch, für den A zu Recht berühmt ist. Dafür sind Gourmets bereit zu zahlen, viel zu zahlen, wenngleich nicht so viel wie in Frankreich, wo ein Menü locker dreihundert Euro kosten darf. Selbst die Hälfte legt der deutsche Gast nur unwillig hin. Wenn dann noch die Gegenleistung nicht mehr stimmt, ist es aus.

Pompl nannte noch mehr Gründe für den Niedergang einst berühmter Häuser und Küchen. Die Zutaten seien zu teuer. In den Boomjahren hätten sich die Spitzenköche gegenseitig übertreffen müssen. Wenn es Hummer gab, und Hummer musste es schon sein, dann nur den allerbesten von der bretonischen Küste. Da aber europaweit alle Spitzenköche bretonischen Hummer auf ihre Speisekarten setzten, wurde der ohnehin knappe bretonische Hummer noch knapper und damit unbezahlbar.

Dennoch: Der verwöhnte Gast verlangt bretonischen Hummer, weil er glaubt, dadurch seine Kennerschaft unter Beweis stellen zu können. Und die Gastronomen spielen das Spiel mit. Keiner traut sich auszuscheren und zuzugeben, dass Hummer von der Westküste der USA genauso gut, wenn nicht besser schmeckt und dreißig Prozent weniger kostet. Das Gleiche gilt für Trüffel. Alle wollen Trüffel, natürlich nur den besten. Und den Gast interessiert es nicht, wenn mal eine Trüffelernte nicht so gut ausgefallen ist, guter Trüffel aus dem Piemont noch rarer ist und damit noch teurer. Der Gast denkt: Ich bezahle fünfzig Euro für einen Teller Pasta mit frischen Trüffeln, dann will ich aber auch ordentlich Trüffel dafür haben. Und zwar aus dem Piemont und nicht etwa aus Istrien, obwohl die mindestens genauso gut schmecken. Und verlangt vom Kellner, jetzt hobel mal schön. Schnell liegen da zum Preis von fünfzig Euro Trüffel für neunzig Euro auf dem Teller. Dem Gast ist es egal, er kennt die Marktpreise nicht. Aber der Wirt zahlt drauf.

Pompl machte eine klare Rechnung auf:

Achtzig bis hundert Euro pro Menü sind zu billig. Dreißig Prozent gehen für die Zutaten drauf, von denen das meiste weggeworfen wird. Achtzig Prozent eines Salatkopfes landen im Müll, weil man, vornehm wie man ist, nur das edle Herz servieren möchte. Vierzig Prozent des Menüpreises machen die Personalkosten aus, teure Bestecke, Geschirr, Gläser, Dekorationen. Das muss alles stets vorhanden sein, auch wenn nur drei von fünfzehn Tischen besetzt sind. In wie vielen Lokalen habe ich in letzter Zeit diniert, wo die Anzahl der Kellner die Zahl der Gäste bei weitem übertraf. Am Ende bleibt ein Euro

Gewinn pro Menü übrig. Die Lösung? Man schließt sein Restaurant an ein Tophotel an und kocht dort für Hotelgäste und Stammkundschaft. Nach wie vor zu nicht marktkonformen Preisen, aber subventioniert durch das Hotel. Zudem könnten sich hier wunderbare Querfinanzierungen ergeben, die nur schwer zu durchschauen sind. Ein Sternerestaurant als Abschreibungsprojekt. Oder als Möglichkeit, dubiose Gelder zu waschen. Da gibt es einige Neueröffnungen, die diesen Verdacht nahelegen. In einem Fall habe ich sogar Beweise.

An einer anderen Stelle stutzte Stubenrauch. Ein dünner schlangenförmiger Bleistiftstrich zog sich neben einer längeren Passage die Seite hinab. Daneben hatte Pompl handschriftlich *überarbeiten* notiert. Er erzählte darin von einem befreundeten Koch in New York, einem gewissen Tony.

Einer der wenigen Amis, die ich leiden kann. Er besitzt an der Lower Eastside eine abgeranzte, aber prächtige Brasserie. Er ist ein erklärter Anhänger der französischen Küche. Ich hasse außerhalb von Frankreich Speisekarten auf Französisch. Aber bitte: Für einen New Yorker ist das wahrscheinlich der Inbegriff von Kultur. Und schließlich hat Tony sein Handwerk in Good Old Europe gelernt. Selbst die italienische Küche hat er mittlerweile lieben gelernt. Meine Frau war ganz verliebt in Tony, als wir ihn letztes Jahr in New York besuchten. Waren es seine dunklen, romantischen Augen? Die tiefen Furchen rund um seine mächtige Nase? War es die schonungslose Hingabe an seinen Job, der Habitus eines Workaholics, dem nichts wichtiger ist als Entenconfit zu erhitzen, *saucisson de canard*, Confit-Mägen, *saucisson de Toulouse, poitrine* und Entenfett mit diesen wunderbaren Tarbais-Bohnen, das Ganze in einen irdenen Topf zu löffeln und mit Brotbröseln zu bestreuen?

Wir haben ihm dabei zugesehen. Haben beobachtet, wie er inmitten des hektischen Küchenbetriebs den Gerichten den letzten Schliff gab, während um ihn herum der Souschef tobte und sein Gardemanger Dressings anrührte und Geflügelschlegel mit Meersalz einrieb, ein Latino dicke Fleischstücke und Fische auf den Grill warf, der Ansager wirre Bestellungen in einem Gemisch aus Spanisch, Italienisch und Englisch durch die Küche bellte. Schimpfwörter flogen hin und her, derbe Scherze gehören zum guten Ton in dieser multikulturellen Küchencrew. Da gibt es Araber, Puertoricaner, einen Österreicher, einen Bengalen, einen Bretonen, mehrere Italiener.

Im nächsten Moment briet Tony in einer gusseisernen Pfanne Knoblauch für ein *filet poivre* an. Stand nicht auf der Karte, aber der Kellner hatte es dem Gast versprochen, schließlich isst der regelmäßig bei ihnen. Als das Filet fertig war, und Doogie, der Kellner, es serviert hatte, wurde er vom Chef zur Sau gemacht: ›Doogie, du syphilitischer, weißarschiger, Mayonnaise fressender Möchtegern – das nächste Mal, wenn du mir eine Sonderbestellung unterjubelst, ohne zu fragen, weißt du, was dann passiert? Ich und Carlos bohren dir zwei Löcher in den Hals und rammen dir unsere Schwänze rein!‹ Meine Frau hat sich totgelacht. Doogie auch, obwohl sein Lachen auch ein bisschen nervös klang. Ich hatte von der Tirade nur die Hälfte verstanden. Ist auch nicht ganz meine Wellenlänge, ehrlich gesagt.

Hier endete die geschwungene Linie am Rand. Stubenrauch stand auf. Er war sich sicher, dass er diese Story so oder ähnlich schon einmal gelesen hatte. Tony? Und plötzlich wusste er, wieso ihm Pompls Freund bekannt vorkam: Anthony Bourdain! Er hatte das Buch vor Jahren von einer Kollegin geschenkt bekommen. Mit dem Kommentar, dass er, nachdem er das gelesen hätte, nie mehr ein Restaurant aufsuchen würde. »Alles Junkies, diese Köche«, hatte sie gesagt und ihr Pausenbrot ausgepackt. Stubenrauch war danach genauso gern essen gegangen wie vorher, aber das Buch hatte ihn trotzdem beeindruckt. Der Küchenjargon war von einer solchen Deftigkeit, dass er ein paarmal in der U-Bahn laut losgelacht hatte – und irgendwie kam ihm, was Pompl hier schrieb, mehr als nur ähnlich vor. Er beschloss, zu Hause nachzuschauen.

Vorher musste er aber dem Simple einen weiteren Besuch abstatten. Er klappte seine Pompl-Akte zu und griff zum Telefon. Jetzt am Nachmittag hatte der Meisterkoch sicher Zeit, einige Fragen zu beantworten. Jasper behauptete sogar, er freue sich auf den Besuch des Kommissars und werde ihm ein leichtes, spätnachmittägliches Menü bereiten. Nun gut, dachte Hermann Stubenrauch, warum nicht die Pflicht mit dem Angenehmen verbinden.

Wenig später saß Stubenrauch in Simple und trank noch einen Kaffee. Er hatte vorzüglich gegessen. Wenn Pompl in Berlin nur Mittelmaß an den Herden fand, konnte er nicht bei Jo Jasper gegessen haben. »Heinrich Pompl hätte ganz bestimmt seine Freude an Ihrem Lokal gehabt, Herr Jasper«, sagte Stubenrauch und wischte sich den Mund ab.

»Dieser Freude schriftlich Ausdruck zu geben, hat er nun leider keine Gelegenheit mehr«, erwiderte Jasper.

»Das hat ja sein Nachfolger beim *Abendblatt* übernommen.«

»Nichts gegen den jungen Brinkmann, aber aus Pompls Feder hätte es mehr Gewicht gehabt. Andererseits bin ich mir nicht sicher, ob der Text dann auch so positiv ausgefallen wäre. Pompl war unberechenbar und manchmal sehr ungerecht. Aus einer Laune heraus hat er Existenzen vernichtet. Er hat Dinge behauptet, die einfach an den Haaren herbeigezogen waren oder schlicht nicht stimmten. Ich weiß, wovon ich spreche, Herr Kommissar. Man soll über Tote nicht schlecht reden. Aber Heinrich Pompl war unglaublich eitel. Er sonnte sich in seiner Macht, genoss es, wenn erfahrene Köche vor ihm zitterten. Und die hatten Grund zu zittern: Sie konnten so gut kochen wie sie wollten. Wenn es dem Herrn Kritiker einfiel, mal wieder einen der Zunft über die Klinge springen zu lassen, dann musste der springen. Und Pompl hatte auch seine konservativen Seiten: Mit den Experimenten eines Ferran Adrià oder der zugegeben manchmal etwas befremdlichen, radikalen Regionalküche eines NOMA in Kopenhagen konnte er nichts anfangen. Er weigerte sich dazuzulernen, schade.«

Schon nahte der Nachtisch, eine Zimtzabaione.

»Garantiert ganz ohne Gift, Herr Kommissar.«

»Wie können Sie da so sicher sein?« Stubenrauch lächelte.

»Weil in meinem Essen kein Gift ist. Deswegen sind Sie doch gekommen.«

»Eigentlich nicht. Ich wollte Sie nach dem Ursprung der Millionen fragen, die Sie für teures Mobiliar wie diesen Stuhl ausgegeben haben, auf dem ich sitze.«

»Diese Anschaffungen waren nötig, Herr Kommissar. Solche fein designten Sachen geben dem Simple die Atmosphäre, die es braucht: Ein Ort für besondere Anlässe. Hierhin lädt man Geschäftspartner und Geliebte ein, um sie zu beeindrucken.«

»Anders als ins Bistro des Bundestages.«

»Dort wurde ich immer für meine Küche gelobt, aber der lieblose Service und das unterkühlte Ambiente hat die verwöhnten Gäste eher an eine Kantine als an ein Gourmetrestaurant erinnert.«

»Nun ist ein Bistro ja auch kein Gourmetrestaurant.«

»Richtig. Aber ich wollte so etwas machen.«

»Da haben Sie sich aber einen schlechten Zeitpunkt ausgesucht. Wir haben bei Pompl das fast fertige Manuskript für ein Buch über den Niedergang der Edelgastronomie unter besonderer Berücksichtigung Berlins gefunden.«

»Tatsächlich?«, fragte Jasper. Er wandte sich kurz ab, um seiner Kellnerin zu winken. »Möchten Sie vielleicht noch einen kleinen Grappa, Herr Kommissar?« Jaspers Stimme krächzte beim Wort »Grappa«. Er räusperte sich. »Verkühlung im Anflug.«

Stubenrauch setzte erneut an: »Nach einer ersten Durchsicht der Papiere Pompls drängt sich mir der Verdacht auf, dass die Gastronomieszene auf sehr tönernen Füßen steht, besonders die hochpreisige. Die Pleiten häufen sich, die Diskrepanz zwischen Anspruch, Preis und Angebot wird immer eklatanter. Und da kommen Sie und machen eines der teuersten Lokale auf, die Berlin je gesehen hat, während der Markt für solche Etablissements immer schwieriger wird. Sie müssen ein mutiger Mann sein.«

»Weniger mutig, als Sie glauben, Herr Kommissar. Vielleicht ein bisschen leichtsinnig, auf alle Fälle besessen. Sehen Sie, bis zur Eröffnung des Simple, meines ersten eigenen Restaurants, war ich Koch in verschiedenen guten und gehobenen Restaurants, das Bistro hatten wir ja schon erwähnt. Ich lernte an der Akademie des großen Bocuse in Paris, danach in einem sehr engagierten, familiär geführten Betrieb im Piemont. Ich habe eine Zeitlang auf einem Kreuzfahrtschiff gekocht, war in einer großen Hotelküche für die Desserts zuständig. Ich kenne die Branche. Ich weiß nicht, was Pompl in seinem Buch schreiben, welche Schweinereien und unhaltbaren Zustände er anprangern wollte. Wir arbeiten in einem Hochleistungsgewerbe, in dem alle Beteiligten unter Dauerdruck stehen. Wenn es acht Uhr ist und alle Tische besetzt, muss es in der Küche wie am Schnürchen laufen. Und das klappt nur, wenn alle genau wissen, was zu tun ist. Und wenn klar ist, wer in welchem Kochtopf rühren darf. Eine Küche ist auch ein bisschen ein Kasernenhof, besonders große Hotelküchen oder die auf meinem Traumschiff. Da arbeiten dreißig Leute unter einem meist leicht wahnsinnigen Küchenchef, den der Stress und die beschissenen Arbeitszeiten zum Choleriker haben werden lassen. Der seine Lehrlinge quält, seine Marotten auslebt, herumschreit. Das wirkt auf Außenstehende manchmal etwas irritierend. Die erwarten, dass Köche feinsinnige, zarte Menschen sind, darauf bedacht, in aller Beschaulichkeit noch der letzten Geschmacksnuance hinterherzuschmecken. Dazu ist aber im Alltag keine Zeit mehr. Da geht es um exakte Abläufe und darum, dass fünfzig Menschen zur rechten Zeit ihren Zwischengang auf den Teller bekommen.«

Stubenrauch nickte: »Das erzählt Pompl in seinem Manuskript auch.« Dann wandte er sich kurz seiner Zabaione zu. Genießen und fragen ging nicht gleichzeitig.

Nach einigen Löffeln fragte er dennoch: »Was mich viel mehr interessiert, sind die finanziellen Aspekte Ihres Gewerbes. Pompl berichtet von einer regelrechten Pleitewelle in Ihrer Branche.«

»Da hat er recht. Mit dem Platzen der Internetblase um 2001 und dann der Finanzkrise von 2007 sind auch manche hochfliegenden Restauranttträume geplatzt. Eine Zeitlang, in den späten achtziger und in den neunziger Jahren, haben die Leute viel Geld fürs Essen ausgegeben. Das scheint vorbei zu sein.«

»Jetzt sind die Spesenkonten geschmolzen. Wie wollen Sie mit den wenigen Tischen ihren Aufwand hereinholen?«

»Die ersten Tage nach der Eröffnung waren recht vielversprechend«, sagte Jasper. »Uns ist natürlich klar, dass die meisten Gäste momentan nicht in erster Linie wegen meiner Küche kommen, sondern wegen des besonderen Kitzels, den der Ort eines Verbrechens verspricht. Wenn man dann auch noch exquisit speisen kann, umso besser. Gundel hat schon vorgeschlagen, einen Tatortzuschlag zu erheben. Insbesondere bei den Nachspeisen.«

»Wirklich köstlich, Ihre Zabaione, Herr Jasper.«

»Und dabei so schlicht: geschäumte, erwärmte Eier, etwas frisch gemahlener Zimt und Marsala.«

»Und warum schmeckt es dann nicht überall so gut wie bei Ihnen?«

»Es kommt darauf an, was für Eier man verwendet, bei welcher Temperatur man sie schlägt, wie viel und welchen Marsala man dazugibt. Gerade bei den einfachen Sachen kann man viel falsch machen, Herr Kommissar.«

Stubenrauch rührte noch einmal in seiner Eierspeise, dachte an glücklich im Freien pickende Hühner und an Menschen, die Pentatin-Chlorophenol in Schokoladenpudding mischten.

»Sehen Sie, Herr Jasper. Also … Ich glaube nicht an Selbstmord. Nehmen wir mal an, dass jemand ein sehr heimtückisches Gift in den eigentlich mehr als bekömmlichen Pudding des bedauernswerten Heinrich Pompl gemischt hat. Mit einer handelsüblichen Spritze für Insulin geht das sehr einfach, unauffällig, praktisch im Vorbeigehen. Und die Puddingschälchen standen ja längere Zeit auf der Anrichte. Ich will gar nicht behaupten, dass einer Ihrer Mitarbeiter Hand angelegt hat. An der Anrichte geht jeder und jede vorbei auf dem Weg zur Toilette oder um einen anderen Gast zu begrüßen.«

Jasper seufzte. »Es war eine Menge los an dem Abend. Da war die Gelegenheit wahrscheinlich günstig.«

»Sie saßen ja selbst am Tisch Pompls. Wenn Sie noch einmal den Abend rekapitulieren, welche Gäste sind denn zwischenzeitlich mal verschwunden?«

»Puuh, da fragen Sie mich was. Ich habe doch nicht darauf geachtet, wer alles gerade für kleine Jungs oder Mädchen musste. Meine Gedanken waren in der Küche und beim Service. Außerdem musste ich mit Pompl Konversation machen. Schließlich kam es darauf an, was er schreiben würde am nächsten Tag.« Jasper seufzte noch einmal und nahm einen Schluck aus seiner Kaffeetasse. »Aber lassen Sie mich überlegen: Ich selber war mit Pompl im Weinkeller. Das war kurz vor dem Dessert.«

»Und was haben Sie da gemacht?«

»Was man in einem Weinkeller eben so macht, Herr Kommissar. Man renommiert mit seinen Schätzen. Ich habe Pompl ein paar seltene Flaschen gezeigt und ihn von meinem Eiswein und einem ganz besonderen Haselnussschnaps kosten lassen.«

»Und wer verabsentierte sich sonst noch?«

»Ich glaube, nach der Suppe verschwand der junge Kollege von Pompl. Und wenig später Pompl selber. Sie kamen, meine ich, zusammen zurück, als der Fisch aufgetragen wurde. Als Pompl und ich aus dem Weinkeller zurückkamen, unterhielt sich die Freundin von Alfred Brinkmann mit Bekannten ein paar Tische weiter, und Stolzenburg hielt einen Plausch mit seinen Leuten aus dem Verein. Am Tisch saßen zu diesem Zeitpunkt nur noch Pia Graf, der Minister und Frau Pompl. Ob die zwischenzeitlich mal weg waren, entzieht sich leider meiner Kenntnis. Doch halt, Frau Graf war auch mal auf der Toilette, ich weiß allerdings nicht mehr wann.«

Stubenrauch hatte sich alles notiert. Jetzt klappte er das Notizbuch zu.

»Noch eine letzte Frage zu den Finanzen: Haben Sie eigenes Geld in das Simple investiert?«

»Bin ich wahnsinnig? Nein, das Simple gehört Stolzenburg und seinem Verein. Von denen stammen die Millionen.«

»Und woher hat Stolzenburg das Geld?«

»Keine Ahnung.«

»Sollten Sie aber haben.«

Jasper sah den Kommissar an.

»Wieso? Stolzenburg ist an mich herangetreten und hat mir angeboten, eine bestimmte Summe in eine Art Lokal zu investieren, das in Berlin noch fehle. Dazu ist sein Verein der Hauptstadtfreunde schließlich da, um zu investieren, die Wirtschaft zu unterstützen. Stolzenburg ist ein erfahrener Geschäftsmann. Seine Idee war überzeugend, und seine Vorstellungen trafen sich mit meinen. Ich hatte einfach Glück. Das war die Chance, auf die ich so lange gewartet hatte.«

»Mir ist allerdings zu Ohren gekommen, dass das Geld des Vereins nicht ganz sauber sein soll.«

»Was soll daran nicht sauber sein? Das höre ich zum ersten Mal.«

»Schwarzgeld, Herr Jasper.«

»Schwarzgeld?«

»Ja, Ihr Lokal könnte als Geldwäscherei dienen.«

»Sie machen Scherze!«

»Nein, keineswegs. Sie wären nicht der Erste. Auch das ist bei Pompl nachzulesen.«

»Dass ich Geldwäscherei betreibe?«

»Dass andere das tun.«

»In Berlin?«

»Gerade in Berlin.«

»Höre ich zum ersten Mal.«

»Das glaube ich Ihnen nicht.«

Jasper stand auf.

»Ich muss mich jetzt leider um meine Küche kümmern, Herr Kommissar.«

Auch Stubenrauch erhob sich.

»Tun Sie das, Herr Jasper. Solange Sie noch können.«

Jasper begleitete den Kommissar zur Tür und holte per Knopfdruck den Fahrstuhl.

»Legen Sie mir Beweise auf den Tisch, Herr Stubenrauch. Dann fange ich an, mir Sorgen zu machen. Bis dahin halte ich das für üble Nachrede der Konkurrenz. Und wenn Sie's von Pompl haben, muss ich Ihnen sagen, dass auch der große Meister schon manchen Blödsinn erzählt hat.«

Die Türen des Lifts öffneten sich. Und Stubenrauch fuhr wieder hinunter in den Märzregen, den Geschmack von Zimt noch auf den Lippen.

13

Schweigsame Lebende, redselige Tote

»Hermann, sie ist unsere Hauptverdächtige!«

Erwin Schultheiß nippte mit wohligem Gesichtsausdruck an seinem Espresso.

»Stimmt. Sie hat anscheinend das beste, sagen wir, eindeutigste Motiv: Alleinerbin des Verlags und der übrigen Besitztümer des Verstorbenen.«

»Und einer Million in bar, Hermann.«

»Trotzdem: Nach allem, was wir wissen, hat sie nie besonders Wert darauf gelegt, den Verlag selbst zu führen. Deshalb hat sie doch Pompl geheiratet. Er war ihr Strohmann, ihn schickte sie vor, um selbst im Hintergrund bleiben zu können.«

»Und die Fäden zu ziehen.«

»Keine Ahnung, ob sie die Fäden gezogen hat.«

»Jede Wette.«

»Wir sollten den Chefredakteur, diesen Bronner fragen.«

»Was war das für eine Ehe, Hermann?«

Stubenrauch zuckte die Achseln.

»Sie sagt kein schlechtes Wort über ihn. Um die Wahrheit herauszubekommen, muss ich wohl noch ein Paar Tassen mehr mit der Witwe trinken.«

»Na, ich kann mir Schlimmeres vorstellen!«

»Willst du mitkommen, Erwin?«

»Nee, danke, das kannst du besser.«

»Da bin ich mir nicht so sicher.« Stubenrauch schwieg nachdenklich. Dann sagte er:

»Noch ein Tässchen?«

»Aber immer. Schön, dass du trotz deiner neu entdeckten Teeleidenschaft noch die Kraft der Bohne zu schätzen weißt.«

»Tee trinke ich schon seit meiner Kindheit. Der Kaffee war bei uns ja früher ungenießbar. Guten russischen Tee gab es immer. Wann hast du deinen ersten italienischen Espresso getrunken?«

»Im November 1989, in einer kleinen Bar in Kreuzberg.«

»Bei mir war's der erste Rombesuch, im Frühjahr 1990.«

»Was steht eigentlich in dem Manuskript?«

»Tja, eine Menge Philosophisches, einiges Unappetitliche zum Thema Kochen und diverse Lobgesänge auf die Großen der Zunft.«

»Und sonst?«

»Enthüllungen über die finanziellen Hintergründe einiger Großgastronomen unserer wundervollen Hauptstadt und im ganzen Lande. Zumindest deutet da Pompl einiges an.«

»Was denn?«

»Da haben einige im Hintergrund reichlich Dreck am Stecken.«

»Wer? Mein Gott, Hermann, lass dir doch nicht alles aus der Nase ziehen!«

»Zum Beispiel dieser soignierte Herr Stolzenburg von den Freunden der Hauptstadt. Dessen Hauptfunktion scheint darin zu liegen, schmutziges Geld durch üppige Investitionen zu waschen. Unter anderem in Edelrestaurants.«

»Ach nee, und wessen Kohle?«

»Das schreibt Pompl leider nicht. Nur, dass die Herkunft der Millionen, die zum Beispiel ins Simple geflossen sind, im Dunklen liegen.«

»Weiß Jasper davon?«

»Angeblich nicht. Sagt er.«

»Glaubst du ihm?«

Stubenrauch zuckte die Achseln.

»Deine schweigsamen Toten sind wahrscheinlich ehrlicher.«

»Und gar nicht so schweigsam. Tote können sehr geschwätzig sein.«

Beide schwiegen einen Moment. Dann brummte Schultheiß:

»Wir wissen immer noch nicht, wie das Pentatin-Chlorophenol in seinen Körper gelangt ist.«

»In den Tabletten war es nicht?«

»Nicht direkt. Das Problem mit Pentatin-Chlorophenol ist, dass es sehr leicht als Abfallprodukt von ganz harmlosen Mitteln entstehen kann. Wenn die richtigen Substanzen zusammenkommen, kann es eine chemische Reaktion geben, bei der Pentatin-Chlorophenol entsteht. Das wissen wir mittlerweile sicher.«

»Von dem Zeug, das Pompl schluckte, war da was dabei, das zu dieser Reaktion führen kann?«

»Zoltralex ist ein Teufelszeug.«

»Ich dachte, diese neue Generation von Psychopharmaka sei harmlos?«

»Erzählt uns die Pharmaindustrie. Für sich genommen stimmt das auch. Aber niemand weiß, wie das Zeug in Verbindung mit anderen Substanzen reagiert. Einiges hat man ausgetestet, sonst hätte der Hersteller ja nicht die Zulassung bekommen. Aber wer kann schon alle Kombinationen durchspielen?«

»Und war bei Pompl eine Kombination dabei, die ihm gefährlich wurde?«

»Bei den Medikamenten, die du angeschleppt hast, nicht, das haben wir getestet.«

»Was haben die Kollegen von der Technik in seinem Büro im Verlag gefunden.«

»Der Bericht liegt seit Stunden auf deinem Schreibtisch.«

»Was steht drin? Hatte noch keine Zeit, ihn zu lesen.«

»Gehst lieber mit Witwen Tee trinken.«

»Und Whisky.«

»Whisky auch? Während der Dienstzeit?«

»Während der Überstunden. Also, was haben wir in den Redaktionsräumen des *Abendblatts* gefunden?«

»Weitere Beruhigungsmittel, Aufputschmittel, Schmerztabletten. Pompl scheint sich alles reingepfiffen zu haben, was er in die Hände bekommen hat. Das haben wir noch nicht durchgetestet. Ist auch so gut wie unmöglich. Schließlich haben wir keine Ahnung, in welcher Dosierung er das Zeug geschluckt hat, und wir wissen nicht, ob das alles ist.«

»Mmh. Also hätte er reichlich Gelegenheit gehabt, sich aus Versehen zu vergiften.«

»Oder er ist vergiftet worden. Im Simple.«

»Hat aber nichts davon gemerkt. Ein bisschen komisch für einen ausgewiesenen Feinschmecker.«

»Na, ich habe die Zeugen noch einmal dazu befragt, ob ihnen etwas an Pompl aufgefallen ist.«

»Und?«

»Er hat wiederholt sein Gesicht verzogen. Jasper soll schon ganz nervös geworden sein. Aber der Brinkmann hat bestätigt, dass Pompl das immer so machte, gleich ob ihm etwas schmeckte oder nicht.«

»Gab es diese Grimassen auch vor dem Pudding?«

»Ja. Da war sich der Landwirtschaftsminister ganz sicher. Und der saß ihm direkt gegenüber.«

Stubenrauch stand auf und sah aus dem Fenster seines Büros auf den Regen, der sich schon wieder über Berlin ergoss.

»Also haben wir zwei Möglichkeiten«, sagte Schultheiß. »Pompl wurde vergiftet. Hat das Zeug vielleicht sogar geschmeckt und es trotzdem geschluckt. Oder er hat sich selbst vergiftet, absichtlich oder aus Versehen.«

»Hätte er es absichtlich getan und die Versicherung bekäme davon Kenntnis, wäre seine Witwe um eine Million Euro ärmer.«

»Wieso?«

»Bei Selbstmord wird die Lebensversicherung nicht ausgezahlt. Und die Auszahlungssumme beträgt tatsächlich eine stolze Million Euro. Hatte schon einen Anruf vom Regionalleiter der Hamburg-Mannheimer, der sich geflissentlich nach unseren Erkenntnissen in Bezug auf Selbstmord erkundigte«, sagte Stubenrauch. »Und jetzt muss ich zu Bronner. Da gibt es einige Fragen.«

»Hoffentlich hat er die Antworten.«

Schultheiß stand auf.

»Danke wie immer für den Kaffee.«

»Es war mir wie immer eine Freude.«

Die beiden Kollegen lächelten sich an, und Schultheiß machte sich auf seinen Weg zur Gerichtsmedizin in die unteren Geschosse, wo seine geschwätzigen Toten auf ihn warteten.

»Wie geht es eigentlich dem *Abendblatt*, finanziell gesehen?«

Gustav Bronner wirkte ein klein bisschen erschrocken.

»Fallen Sie immer so mit der Tür ins Haus, Herr Kommissar?« Aber er hatte sich schnell erholt und lächelte: »Eine Tasse Kaffee gefällig?«

»Warum nicht, Herr Bronner.« Stubenrauch legte ein Bein über das andere und strich mit der Hand über den edlen Stoff seiner Paul-Smith-Hose.

Bronner beugte sich nach vorne, drückte einen Knopf und rief etwas zu laut: »Erika, bitte Kaffee für zwei!« Und an den Polizisten in seinem Büro gewandt: »Milch oder Zucker?«

»Schwarz.«

»Einmal wie immer, einmal schwarz.« Diesmal hätte dem Chefredakteur fast die Stimme versagt. Er räusperte sich vernehmlich. Stubenrauch blickte sich um. Der Gegensatz zu Pompls Arbeitszimmer hätte nicht krasser sein können: Hier war alles eine Nummer zu groß, war inszeniert, um zu beeindrucken, Ausdruck der Machtposition eines Chefredakteurs. Obwohl Bronner kein schmächtiger Mann war, verschwand er hinter seinem überdimensionierten Schreibtisch. Der von Pompl in der Redaktion war schon groß, aber dieser hier war riesig, dick und tonnenschwer. An der Wand hingen diverse Urkunden, die davon zeugten, dass das *Abendblatt* in seiner über vierzigjährigen Geschichte jede Menge Preise gewonnen hatte. Für innovativen Journalismus, für gelungene Marketingaktionen, für einen Relaunch vor drei Jahren.

Stubenrauch ließ den Blick über die Diplome und Auszeichnungen wandern. Eine besonders große und gerahmte Urkunde kam von den Freunden der Hauptstadt: »Unserem Mitgründer und treuen Förderer Gustav Bronner«, stand da zu lesen. »Zum zehnjährigen Bestehen unserer Vereinigung.«

»Sie haben den Verein der Hauptstadtfreunde mitgegründet?« Stubenrauch wies auf die Urkunde schräg rechts hinter Bronners Kopf.

»Es war sogar meine Idee. Ich hatte schon früh die Ahnung, dass dieser Hype um Berlin schneller vorbei sein würde, als viele damals wahrhaben wollten. Deshalb habe ich angeregt, dass sich die führenden Kräfte dieser Stadt zusammentun sollten, um einen nachhaltigen Aufschwung zu fördern.«

»Was tut Ihr Vorsitzender genau?«

Bronner lehnte sich in seinem Ledersessel nach hinten und legte die Hände an den Hinterkopf.

»Marketingmaßnahmen steuern, Gelder auftreiben, Kredite für vielversprechende Projekte einfädeln, Ideen sammeln, Leute zusammenbringen, Lobbyismus, politische Arbeit.«

»Ich hörte, der Verein war auch maßgeblich am Zustandekommen des Simple beteiligt?«

»Das ist richtig.«

»Er hat viel Geld in das Edelrestaurant investiert.«

»Auch das ist richtig.« Bronner ließ die Hände sinken und griff nach seinem Waterman-Füller, um ihn von einer Hand in die andere wandern zu lassen.

»Eigenes Geld?«

»Wie soll ich das verstehen?«

»Geld des Vereins?«

»Der Verein verfügt über keine eigenen Geldmittel. Nur so viel, wie für die laufenden Kosten benötigt wird.«

»Also wo kam das Geld her?«

»Muss ich Ihnen darauf antworten, Herr Kommissar?«

»Ich denke schon, Herr Bronner, oder fallen Sie und Ihr Verein unter das Bankgeheimnis?«

»Das nicht, aber unsere Geldgeber wollen in den meisten Fällen ungenannt bleiben.«

»Kommt das Geld aus Berlin?«

»Ja. Das ist bei unseren Projekten fast immer so. Manchmal finden sich auch Geldgeber aus anderen Bundesländern oder aus dem Ausland. Meistens Menschen, die eine enge Bindung zu Berlin haben und etwas für die Stadt tun wollen.«

»Ganz uneigennützig?«

Leider wurde der Kommissar an dieser Stelle durch das Eintreten von Erika gestört, einer unscheinbaren Frau in einem grauen Kostüm, deren Alter irgendwo zwischen dreißig und fünfzig liegen konnte. Nachdem sie das Tablett mit dem Kaffee auf Bronners Schreibtisch abgestellt und den Raum geräuschlos verlassen hatte, hatte sie der Kommissar augenblicklich wieder vergessen.

»Für Sie Kaffee schwarz, Herr Kommissar.«

»Vielen Dank.«

Für einen Moment schwiegen die beiden Männer und rührten versonnen in ihren Tassen. Bronner überlegte, wie viel er der Polizei erzählen sollte. Und Stubenrauch, wie er den Chefredakteur dazu bringen konnte, mehr zu erzählen, als dem lieb war.

»Handeln solche Finanziers uneigennützig, wenn sie ihr

Geld in Lokale wie das Simple stecken, oder sind sie dann auch an den Umsätzen und Gewinnen beteiligt?«

»Wir fungieren eher wie eine Bank oder ein Investor: Wir stellen das nötige Kapital zur Verfügung, um die Dinge ins Rollen zu bringen. Natürlich sind wir dann auch an den Gewinnen beteiligt. Aber wir nehmen inhaltlich keinen Einfluss.«

»Und was konnte Ihnen Jo Jasper für Sicherheiten bieten?«

»Seinen guten Namen, seine Kochkunst, seine unkonventionellen Ideen.«

»Riskantes Geschäft.«

»Ohne Risiko kein Erfolg, Herr Kommissar. Berlin braucht mutige Pioniere.«

»Und wie steht es mit der Unabhängigkeit der Presse? Was wäre passiert, wenn Heinrich Pompl das Simple, an dem Sie ja in Ihrer Funktion als Mitglied im Verein der Hauptstadtfreunde beteiligt sind, gnadenlos verrissen hätte?«

»Bei aller Unberechenbarkeit von Heinrich Pompl: Aber für einen gnadenlosen Verriss kocht Jo Jasper einfach zu gut.«

»Und wenn die Kritik nur lauwarm ausgefallen wäre?«

»Dann hätten wir sie so gedruckt.«

»Keine Werbung für das Simple durch das *Abendblatt*?«

»In einer Anzeige immer. Vielleicht würden wir da Herrn Jasper preislich ein bisschen entgegenkommen.«

»Verstehe. Strikte Trennung der Interessenssphären.« Stubenrauch nahm wieder einen Schluck von seinem Kaffee. »Aber vielleicht ist es ja auch ganz egal, ob das Simple etwas abwirft oder nicht«, überlegte er laut weiter.

»Wie meinen Sie das, Herr Kommissar?«

Stubenrauch versuchte den Blick Bronners einzufangen,

doch der wich ihm geschickt aus. »Nun, da gibt es verschiedene Möglichkeiten: Entweder benutzen die ungenannten Spender das Simple als Steuerabschreibungsmodell. Es gibt unappetitlichere Methoden, um Verluste zu machen und Steuern zu sparen. Und – beziehungsweise oder – sie benutzen das Simple, um Schwarzgeld zu waschen.«

»Schwarzgeld? Wir sind doch nicht auf dem Balkan, Herr Kommissar!«

»Nun, der ist nicht weit, und nicht nur auf dem Balkan wird Geld gewaschen. Also: Wer sind die Finanziers des Simple?«

»Werde ich Ihnen nicht sagen, ganz egal, mit welchen unsinnigen Unterstellungen Sie noch kommen, Herr Stubenrauch. Ich halte es da wie unser Altkanzler und stehe zu meinem Wort.«

»Oho, die hohe Schule der Moral, wenn es um sechs Millionen Euro geht?«

»Moralische Integrität ist nie fehl am Platz, Herr Kommissar.«

»Ein weises Wort, Herr Bronner.«

Stubenrauch strich sich übers Knie, spürte die angenehme Weichheit der Coolwool. Eigentlich eine Sommerhose. Aber vielleicht bestand die Möglichkeit, mit der Wahl der Garderobe den Jahreszeiten ein bisschen auf die Sprünge zu helfen. Nach dieser kleinen Pause fragte Stubenrauch: »Wie geht es denn nun Ihrer Zeitung in diesen schlechten Zeiten? Bräuchte das *Abendblatt* nicht auch mal eine Finanzspritze durch die Freunde der Hauptstadt?«

»Ganz so schlimm ist es Gott sei Dank noch nicht. Obwohl auch wir uns vom allgemeinen Abwärtstrend nicht völlig frei machen können. Uns brechen die Anzeigen weg. Allein im Stellenmarkt am Wochenende fehlen uns mehr als zwanzig Seiten. Und die Werbebudgets der Firmen schmelzen immer mehr zusammen.«

»Wie stark trifft das eine renommierte Zeitung wie das *Abendblatt*?«

»Vom Ruhm alleine kann man nicht überleben, Herr Kommissar. Wir mussten einigen unserer Redakteure bereits die Dienstwagen streichen.«

»Eine substanzielle Geldspritze käme wahrscheinlich nicht ungelegen ...«

Bronner seufzte. »Die könnte unsere defizitäre Wochenendbeilage am Leben erhalten.«

»Nach dem Tod Heinrich Pompls müsste Karoline Pompl jetzt die Alleinbesitzerin sein, wenn ich mich nicht täusche.«

»Ja. Es gibt noch ein paar stumme Gesellschafter, aber nur mit sehr geringen Anteilen. Zu mehr als 90 Prozent gehört jetzt alles ihr.«

»Und wird sich dadurch etwas ändern?«

Bronner lächelte verbindlich: »Betriebsgeheimnis, Herr Kommissar. Warum interessiert Sie die finanzielle Situation unseres Blattes? Was hat das mit dem Tod meines geschätzten Kollegen und Freundes zu tun?«

»Nun, wir sind noch auf der Suche nach einem Motiv.«

»Verstehe«, Bronner nickte und blickte den Kommissar an: »Kann mir nicht vorstellen, dass der Mörder in unserem Hause zu finden ist.«

»Natürlich nicht, Herr Bronner. Obwohl es ja kein Geheimnis ist, dass Pompl auch intern viele Feinde hatte.«

»Ach, ›Feinde‹ ist ein großes Wort, Herr Kommissar. Einige werden ihn beneidet haben. Aber der Tod Heinrich Pompls ist ein großer Verlust für unser Haus, sowohl menschlich als auch journalistisch.«

»Sie haben den jungen Brinkmann zu seinem Nachfolger gemacht.«

»Nachfolger ist sicher zu hoch gegriffen. Brinkmann übernimmt die Redaktion unserer Rubrik *Essen & Trinken* und schreibt bis auf weiteres Pompls Gastrokolumne. Was mit Pompls Fernsehsendung, über die er ja noch viel mehr Menschen als durch das *Abendblatt* erreicht hat, passiert, ist völlig offen.«

»Sie sagten, bis auf Weiteres wird Brinkmann Pompls Funktion in der Redaktion übernehmen?«

»Auch das stimmt nicht wirklich: Brinkmann ist natürlich nicht stellvertretender Chefredakteur, dazu ist der Kollege bei aller unbestrittener Kompetenz noch etwas zu unerfahren.«

»Wer ist jetzt Ihr Vize?«

»Niemand. Momentan lenke ich die Geschicke des *Abendblatts* allein. Bis auf Weiteres.«

Bronner sah dabei nicht besonders glücklich aus.

»Wird sich Frau Pompl jetzt intensiver um die Belange der Zeitung und des Verlages kümmern?«

»Das weiß ich nicht. Bis jetzt hat sie alles ihrem Mann und mir überlassen. Sie sagte immer, sie sei nicht fürs Zeitungsmachen geboren. Aber wer kennt schon die Frauen, Herr Kommissar.«

»Haben Sie Angst vor Frau Pompl, Herr Bronner?«

»Angst?« Bronner lachte. »Respekt, durchaus. Frau Pompl ist immer willkommen bei uns. Und ich bin natürlich bereit, sie in die Politik des Blattmachens einzuweihen, wenn sie das wünscht.«

Stubenrauch sagte eine Weile nichts. Dann stand er auf.

»Ich muss wieder, Herr Bronner. Ich danke Ihnen für Ihre offenen Worte. Wenn Sie Ihre Meinung in Bezug auf die Geldgeber des Simple ändern sollten, lassen Sie es mich wissen.« Er reichte Bronner seine Karte.

Bronner kam hinter seinem monströsen Schreibtisch hervor und begleitete den Hauptkommissar verbindlich lächelnd zur Tür.

14 Erlebnisgastronomie

Alfred spazierte am Auswärtigen Amt vorbei. Er hatte eben ein interessantes Gespräch mit einem Kollegen geführt. Der Kollege war vom Fernsehen. Einem Medium, mit dem Alfred inhaltlich wenig anfangen konnte. Keine zwei Wochen in Amt und Würden, und Alfred Brinkmann wurde sogar von den Massenmedien hofiert. Sein neuer Job fing an, ihm Spaß zu machen, auch wenn er manchmal immer noch träumte, er sitze im falschen Film und werde jeden Moment nackt in einem grell erleuchteten Kinosaal aufwachen. Oben steht der Regisseur des Films vor der Leinwand, zeigt mit dem Finger auf ihn und krümmt sich vor Lachen. Aber sein neues Büro war wirklich prächtig. Es war zwar nicht das von Pompl, aber es war ebenfalls geräumig und hatte eine schöne Aussicht. Und vor allem: Er hatte hier seine Ruhe. Nie wieder Großraumbüro, schwor sich Alfred.

»Könnten Sie sich vorstellen, Pompls Sendung zu übernehmen?«, fragte ihn Programmchef Hellnwein ohne lange

Umschweife, nachdem er Alfred in seinem schicken Sendergebäude am Werderschen Markt empfangen hatte.

»Wir hätten da ein paar schöne Ideen. Wir wollen neuen Pep in das Format bringen. Und zählen auf Ihren jugendlichen Elan. Bei allen Meriten, die sich Heinrich Pompl in seinen Jahrzehnten als Kritiker verdient hatte, passte er eigentlich nicht wirklich in unser Sendeformat. Wir wollen Leute zwischen zwanzig und fünfunddreißig ansprechen. Die gehen doch auch essen. Und wollen nicht unentwegt erzählt bekommen, dass man das in Hamburg oder München viel besser kann als in Berlin.«

Der Programmchef, kaum älter als Alfred, aber bereits mit beängstigend tiefen Geheimratsecken gesegnet, legte dem Redakteur kumpelhaft die Hand auf die Schulter. »Wir würden Ihnen sogar unsere beliebte Talkerin Ivana an die Seite stellen. Das wär doch was, oder? Sie könnten sich gegenseitig die Bälle zuspielen.«

»Und zusammen kochen? Wie bei Kochduell? Oder diesem Mälzer?«

»Nur ein bisschen frecher, Herr Brinkmann, jünger, dynamischer, aufregender, mit mehr Sexappeal.«

Alfred lachte.

»Sexappeal?«

Hellnwein lachte nicht: »Sie sind unser Mann, Herr Brinkmann! Frisch, unverbraucht, ein neues Gesicht in der Szene.«

»Ivana hat Sexappeal genug für uns beide. Wenn auch sonst nicht sehr viel.«

»Sie unterschätzen Ivana Grohlmann, Herr Brinkmann. Nur weil sie die Exfreundin eines Schlagerproduzenten ist. Jetzt enttäuschen Sie mich aber.«

»Ach hören Sie, das ist doch Ivanas Masche. Ich bin doof,

gebe zu, dass ich doof bin. Damit können sich Millionen Deutsche identifizieren. Und bewundern Ivana dafür, dass sie ihre Doofheit stellvertretend für alle frech zur Schau trägt.«

»Sie spielt natürlich eine Rolle, Herr Brinkmann, das Ganze ist sehr ironisch, selbstironisch angelegt. Aber das muss ich Ihnen ja nicht erzählen. Sie kennen ja das Geschäft.«

»Nun, das Fernsehgeschäft eher weniger.«

»Dann wird es Zeit, es kennenzulernen, Herr Brinkmann!«

Hellnwein grinste, als wollte er Alfred eine zwanzigbändige Enzyklopädie mit Goldrand verkaufen.

»Ganz bestimmt nicht an der Seite von Ivana, Herr Hellnwein. Das kann ich mir nicht vorstellen. Das passt auch nicht zum *Abendblatt*. Ein bisschen Seriosität muss schon noch sein.«

»Sie denken in eingefahrenen Bahnen, Brinkmann. Wie Heinrich Pompl. Der hat sich auch allen Neuerungen verschlossen. Was sich leider zuletzt ziemlich negativ auf die Einschaltquoten ausgewirkt hat.«

»Von Ihrer Ivana war er auch nicht so begeistert, oder?«

»Ivana hätte auch nicht zu ihm gepasst, da war der Abstand doch zu groß.«

»Und da haben Sie gehofft, jetzt kommt der junge, forsche, profilierungssüchtige Brinkmann, dem drehen wir Ivana an, und schon schnellen die Quoten wieder nach oben.«

Der Programmchef grinste wieder. »Wir hatten allerdings ein wenig Hoffnung, die gute Zusammenarbeit mit dem *Abendblatt* fortzusetzen. Wir sind ja auch ein treuer Anzeigenkunde und Medienpartner.«

Alfred stand auf.

»Nichts für ungut, Herr Hellnwein, ich weiß Ihr Angebot zu schätzen. Aber Fernsehen ist nichts für mich. Ich bin voll und ganz ausgelastet mit meiner neuen Aufgabe beim *Abendblatt*. Lassen Sie Ivana doch alleine auftreten. Ivana verrät ihre geheimen Rezepte, Pasta, um Männer weich zu kochen, oder so ähnlich. Kommt bestimmt tierisch gut an.«

Alfred erschrak ein bisschen über sich selbst. Aber dieser Hellnwein war ihm dermaßen unsympathisch. Oder war es das eigene Büro in der Redaktion des *Abendblatts*, dass ihn so mutig machte?

»Nun, Sie unterschätzen offensichtlich auch das Privatfernsehen. Ein bisschen mehr fällt uns schon ein. Vielleicht überlegen Sie sich das Ganze noch einmal. Noch haben wir keine Eile. Erst mal liegt Pompls Show auf Eis. Allein schon aus Gründen der Pietät müssen wir ein paar Wochen Pause machen. Ich werde bei Gelegenheit mal ein Wort mit Oskar Maleschka aus Ihrer Anzeigenabteilung sprechen. Und mit Gustav Bronner.«

Während Alfred an der Baustelle zum neuen alten Stadtschloss vorbeispazierte, musste er sich eingestehen, dass er vielleicht doch ein Feigling war – zumindest schrecklich altmodisch. Von diesem Gespräch durfte er Cordula nichts erzählen. Die würde ihn umgehend zurück zu Hellnwein schicken. Mensch, diese Publicity! Und denk an das Geld! Wo kann man mehr Geld in den Medien verdienen als beim Privatfernsehen? Diese unsägliche Ivana wickelst du doch um den Finger! Scheiß auf die Pietät!

Letzteres würde sie natürlich etwas dezenter ausdrücken. Das seien doch alles bloß Lippenbekenntnisse, würde sie noch hinzufügen. Und dem Maleschka und dem Bronner tust du noch einen Gefallen. Bekommen sie ein paar ganzseitige Anzeigen mehr von den Fernsehfuzzis. Eine Absage kann dir nur schaden.

In der U-Bahn zurück in den Verlag war er sich dann wieder sicher, dass er die richtige Entscheidung getroffen hatte. Er konnte sich wirklich nicht vorstellen, neben dieser hysterischen Dampfplauderin ernsthaft kulinarische Genüsse zu diskutieren. Für Alfred waren Kochen und Essen eine ernsthafte Angelegenheit. Da fühlte er sich tatsächlich ganz in der Nachfolge Heinrich Pompls.

Was er auch heute mit seinem gnadenlosen Verriss des neuen Mega-Event-Lokals an der Oranienburger Straße unter Beweis gestellt hatte, wie er fand. 4000 Zeichen lang gute Argumente, warum Ecevit Öcalan mit seiner neuesten Errungenschaft erneut voll danebenlag. Öcalan war genau einer dieser Berliner Gastronomen, die Alfreds Meinung nach die Stadt kaputt machten und leider zum neuen Berlin passten: laut, protzig, neureich, immer mit dem Holzhammer in der Hand jeden Trend adaptieren und klein schlagen. Groß geworden mit einer optisch aufgepeppten türkischen Küche in mittlerweile fünf Restaurants, hatte er vor zwei Jahren eine Lounge-Bar aufgemacht mit den üblichen Sitz- und Liegegelegenheiten fürs junge urbane Volk. Die musste allerdings vor einem halben Jahr schließen. Und der Überraschungseffekt seiner Köfte und Adana-Spieße an Rucola war mittlerweile auch verflogen.

Also setzte Öcalan jetzt auf den neuesten Trend: angeblich authentisch asiatisch. Reduziertes, aber teures Styling, shabby chic, Bambussträucher außen und innen, viel helles Holz kombiniert mit gesandstrahltem Metall und einer Küche, die sich nicht entscheiden kann, wie weit sie sich an den europäischen Gaumen anpassen soll. Dazu laute, elektronische Musik. Alle Kellnerinnen haben einen asiatischen

Einschlag, agieren übertrieben freundlich und tragen enge Oberteile. Auf so was steht das Szenepublikum mit Geld. Bis das nächste In-Lokal mit einer neuen Form der authentisch global-regionalen Küche aufmacht. Und man nicht mehr in Öcalans Panasia & Co geht, sondern eben dorthin. Aber bis dahin ist erst mal gutes Geld zu verdienen.

Wenn der Laden gut ankommt. Darüber entscheiden bei dieser Art von Erlebnisgastronomie die ersten Tage. Wer kommt zur Eröffnung? Was schreiben die einschlägigen Blätter? Was sagt die Mundpropaganda? Niemand hat Zeit, wie sonst in der Gastrobranche üblich, hundert Tage mit einer Kritik zu warten. Öcalan nicht, das begierig nach neuen Highlights suchende Publikum nicht und die Presse auch nicht. Wer solch ein Lokal erst Wochen nach der Eröffnung besucht, outet sich als rettungslos hausbacken. Und das konnte sich selbst das ehrwürdige *Abendblatt* nicht leisten. Deshalb musste Alfred etwas tun, wovon ihm Pompl immer abgeraten hatte: ein neues Lokal zu früh besuchen, bevor sich Küche und Service eingespielt haben. Das sei unfair, hatte Pompl gepredigt und im Fall des Simple ihn vorgeschickt, fiel Alfred ein. Hätte der Meister einige Wochen oder Monate später nachgehakt?

Zumindest bei der Eröffnung am Wochenende war das Panasia & Co brechend voll. Und so manche Sternschnuppe und Halbprominenz anwesend. Ecevit Öcalan wich zunächst nicht von Alfreds Seite, wenn er nicht gerade von Marietta, der schrillen Chefredakteurin des Gratis-Stadtmagazins, belagert wurde. Die fand alles todschick und »so herrlich londonesk«. Dass im Stadtmagazin eine Lobeshymne erscheinen würde, war schon vor dem fünften Glas Champagner klar, das sich die Kollegin auf Kosten des Hauses servieren ließ. Doch Öcalan wollte mehr, er wollte auch das seriöse

Abendblatt erobern und den Boulevard. Kollege Meier in seinem unvermeidlichen Sakko mit Ellenbogenaufnähern aus Kunstleder schwänzelte ständig um den Stargastronomen herum und bekam auch seinen Champagner ab. Und natürlich jubelte Meier in der heutigen Ausgabe des *Blitzkuriers* im typischen Stakkatostil seines Blattes: »Tolles Publikum, tolles Essen, tolle Cocktails. Der Champagner floss in Strömen, die gute Laune näherte sich der Hochwassermarke. Ecevit Öcalan hat wieder einen Volltreffer gelandet. Prädikat: unbedingt hingehen!« Die Eingangszeilen dieser tiefschürfenden Kritik waren gefüllt mit Namedropping aus der Berliner Szene oder dem, was der *Blitzkurier* und sein Gastrokritiker Meier darunter verstanden: Stars aus Vorabendserien, Fernsehmoderatorinnen, lokale Wirtschaftshelden, ein paar Politiker aus der zweiten Reihe, die sich bei jeder Gelegenheit jung-dynamisch unters Volk mischten. Hellnwein war natürlich auch da und zwinkerte Alfred vielsagend zu. Alfred ging ihm aus dem Weg und streifte ziemlich lustlos durch das Etablissement. Zum Glück gehörte es nicht zu seinem Jobprofil, mit Anke und Wiebke aus GZSZ Smalltalk zu halten oder mit der ebenfalls anwesenden ntv-Wetterfee über die neuesten Gewitterwarnungen zu plaudern.

Oskar Maleschka winkte ihm von der Bar zu. Als Alfred zum Anzeigenchef des *Abendblatts* hinüberging, rieb der Daumen und Zeigefinger gleich beider Hände aneinander: »Hörte, Sie steigen mit Ivana in den Ring? Das ist super, habe mit Hellnwein schon ein paar nette Anzeigenkampagnen durchgesprochen. Das ziehen wir groß auf: Das *Abendblatt* kocht mit Ivana, Body and Brain am Kochtopf, tolle Sache!«

»Da hat Ihnen Hellnwein aber zu viel versprochen. Ich

habe ihm einen Korb gegeben: Body and Brain, das ist doch nichts für uns, Maleschka! Wie weit wollen Sie die Boulevardisierung unseres Blattes noch treiben? Anzeigenkrise hin oder her, wir müssen auch an unseren Ruf denken.« Damit stand Alfred wieder auf. So hatte er als Frischling in der Redaktion noch nie mit dem Anzeigenleiter gesprochen. Nun, es wurde Zeit, ein paar Pfähle einzuschlagen.

»Ihren Ruf können Sie sich daheim an die Wand nageln, wenn wir alle pleitegegangen sind, Brinkmann!«, rief ihm Maleschka hinterher. Und grinste feist. »Noch'n Bier, schöne Frau!«, sagte er der Dame hinter der Bar. Für ihn war die Sache mit dem Fernsehen noch nicht ausgestanden. Er hielt Alfred Brinkmann ohnehin für eine Pfeife, der nur wegen seiner guten Beziehungen zu Pompl auf dessen Stuhl saß. Vorläufig.

Ein paar Minuten blieb Alfred bei Hans Hansen, dem Kollegen vom *Tagesanzeiger* stehen, der ihm zur Pompl-Nachfolge gratulierte und das wahrscheinlich sogar ehrlich meinte. Auch Hansen stand Öcalan eher skeptisch gegenüber. Auch ihm war das alles zu platt und aufgeblasen. Trotzdem fiel seine Kritik des Eröffnungsabends wie immer sehr abwägend und letztlich todlangweilig aus. Kein Mensch konnte dem Text entnehmen, ob sich ein Besuch nun lohnte oder nicht. Aber das war eben die Blattlinie der Kollegen vom Anhalter Bahnhof: Der Leser soll sich seine Meinung selbst bilden. »Und, Brinkmann, bedenken Sie: Öcalan pfeift auf dem letzten Loch. Am Boden Liegende soll man nicht treten. Wahrscheinlich erledigt er sich bald ganz von selbst.«

»Und wenn er Erfolg hat mit diesem asiatischen Nepplladen?«, fragte Alfred. »Dann werden wir ihn überhaupt nicht mehr los.«

»Lieber Brinkmann, solche wie Öcalan werden wir auch

noch verkraften. Außerdem wäre ich im Falle Öcalan vorsichtig. Der Mann hat Beziehungen, und nicht zu den allerfeinsten Leuten. Vom Meier habe ich gehört, Öcalan habe ihm vor Jahren mal persönlich gedroht, als er dessen erste Dönerbude in einem berlinweiten Dönertest durchfallen ließ.«

»Im Ernst?« Alfred lachte. »Wahrscheinlich jubelt er deshalb jede Neugründung des Dönerkönigs in den Himmel.«

Auch Hansen lachte.

Pompl hatte immer die Unabhängigkeit der Presse beschworen: »Wir müssen dem Leser sagen, was Sache ist. Wenn er unser Urteil anzweifelt und sich sein eigenes machen will, bleibt ihm das unbenommen. Aber die Welt ist viel zu unübersichtlich, um sich über alles und jedes selbst eine Meinung bilden zu können. Dafür gibt es Journalisten, Fachleute auf ihrem jeweiligen Gebiet. Und die sollen gefälligst ihre Meinung kundtun. Das ist ihr Job. Deshalb kaufen sich die Leute das *Abendblatt*. Damit sie nicht überall selbst hingehen müssen und trotzdem eine Meinung haben können.«

Das predigte Pompl in den Redaktionssitzungen und in Gesprächen mit Alfred. Meinung, Meinung, Meinung. Die natürlich auf Fakten beruht. Fakten, die gründlich recherchiert und verständlich vorgetragen werden. Jeder Sowohl-als-auch-Artikel hatte Probleme, von Pompl ins Blatt gelassen zu werden. Das galt nicht so streng für den Nachrichten- und Wirtschaftsteil. Aber für die Kultur. »Feuilleton ist Meinung, sonst ist es tot!«, rief Pompl, wenn wieder einmal ein Kollege auf Fairness bestand und darunter Hofberichterstattung verstand.

Auch Pompl waren die Ideen des Shootingstars Öcalan immer zu billig gewesen. Er hatte dessen Restaurants in seinen Kolumnen regelmäßig als Negativbeispiele für Fehlentwicklungen in der Berliner Gastrokultur herangezogen. »Eventgastronomie« war immer ein Schimpfwort für Heinrich Pompl gewesen. Und genau dafür stand Öcalan. Das wusste Öcalan natürlich ganz genau. Deshalb hoffte er, Pompls Nachfolger stünde seinen innovativen Konzepten aufgeschlossener gegenüber. Zunächst versuchte er es bei Alfred mit Charme. Beglückwünschte ihn wortreich zu seiner neuen Position, stieß mit ihm immer wieder auf gute Zusammenarbeit an. Als Alfred ihm entlocken wollte, was er sich unter einer guten Zusammenarbeit vorstellte, grinste Öcalan maliziös. Er habe Verbindungen, könne Alfred die eine oder andere Insiderneuigkeit zuspielen. Als Öcalan das sagte, wirkte er wie die türkische Ausgabe von Don Corleone. Alfred konnte sich schon vorstellen, was Öcalan für Verbindungen hatte. Das Gerücht, dass er seine erste Million im Rotlicht gemacht habe, führte ein Eigenleben. Öcalan bemühte sich auch gar nicht, es aus der Welt zu schaffen. Ihm gefiel sein Gangsterimage. Er umgab sich mit aufgedonnerten, gut gebauten jungen Frauen und spendierte Geschäftsfreunden die eine oder andere Line erstklassigen Koks.

Auch am Eröffnungsabend schien er »gut drauf« zu sein. Er sprudelte förmlich über, überschüttete alle, nicht nur Alfred, mit seinem südländischen Charme, machte Andeutungen, Anspielungen, gab sich den Anstrich des ultimativen Insiders. Der er zweifellos auch war. Wenn jemand die schmutzigen Tricks der Berliner Gastroszene kannte, dann Öcalan.

Mittlerweile war Alfred in der Redaktion angekommen. Die Redaktionsassistentin teilte ihm mit, dass ein Herr Öcalan angerufen habe. Er werde sich noch einmal melden.

Das war zu erwarten gewesen, dachte Alfred. Das konnte der nicht einfach so auf sich sitzen lassen. Alfred blätterte in einem Fachmagazin über Wein. Dann setzte er sich an seinen Computer und redigierte einen Text für die Wochenendbeilage. Aber er konnte sich nicht konzentrieren. Öcalan ging ihm nicht mehr aus dem Kopf. Das Schlimmste war, dass sich Alfred von ihm angezogen fühlte. Die Aura dieses Mannes unterschied sich so radikal von der steifen, verkniffenen Atmosphäre, in der die täglichen Redaktionssitzungen beim *Abendblatt* stattfanden. Besonders seit Pompl nicht mehr die Sitzungen leitete. Bronner war einfach ein Langweiler und Besserwisser. Und die Kollegen kuschten vor ihm, weil sie alle hofften, doch noch zu seinem Stellvertreter befördert zu werden. Dagegen war dieser etwas feiste Gastronom um die vierzig ein Mann von Welt, auch wenn seine Witze manchmal etwas platt und laut daherkamen. Immerhin machte er Witze.

Trotzdem war Alfred nichts anderes übrig geblieben, als das Panasia & Co zu verreißen. Wenn er ganz ehrlich war: wahrscheinlich gerade deshalb. Er wollte persönliche Sympathien aus seiner journalistischen Arbeit heraushalten. Außerdem war ihm seine Sympathie für Ecevit Öcalan suspekt. Er wollte sich und Öcalan beweisen, dass man ihn nicht einwickeln konnte.

Wenn er ehrlich war, waren ihm einige Formulierungen etwas harscher geraten als unbedingt nötig.

Als endlich das Telefon klingelte, war Alfred regelrecht erleichtert, den Wundergastronomen an der Strippe zu haben. Bringen wir es hinter uns, dachte er.

»Herr Brinkmann, *merhaba*, ich grüße Sie! Habe gerade Ihre Zeilen im *Abendblatt* gelesen. Nun, was soll ich sagen. Sie treten ja voll in die Fußstapfen Ihres Vorgängers. Schade.

Ich hatte erwartet, dass Sie ein bisschen mehr eigenes Profil zeigen würden. Nun, vielleicht kommt das ja noch.«

»Das hat nichts mit persönlichem Profil zu tun, Herr Öcalan.«

»Offenbar ist Ihnen das Neuartige des Panasia & Co entgangen. Ihre Kollegin vom Stadtmagazin hat den metropolitanen Stellenwert meiner Neuschöpfung sofort erkannt. Und Herr Meier vom *Blitzkurier* ebenfalls. Selbst der *Tagesanzeiger* zeigte sich wohlwollend.«

»Nun, das tut er doch immer. Dann haben Sie ja genügend Lobeshymnen bekommen. Da wirkt mein Verriss doch wie das Salz in der Suppe.«

»Vielleicht etwas viel Salz auf einmal, Herr Brinkmann. Mir geht es auch ums Prinzip. Ich möchte Sie gerne überzeugen, gerade Sie als Mann mit Zukunft. Sie sollten sich den neuen Konzepten der internationalen Gastronomie nicht verschließen … Wann waren Sie das letzte Mal in New York, Herr Brinkmann?«

»London oder New York, wo auch immer Sie die durchsichtige Idee Ihres Trendlokals abgekupfert haben, sind mir ziemlich egal, Herr Öcalan. Ich bin der Überzeugung, dass Berlin ein eigenes Profil braucht. Und nicht übergestülpte Ideen aus Trendmetropolen, um hier den schnellen Euro zu machen. Das bringt uns nicht wirklich weiter.«

»Das sagt der Richtige! Was bringt ›uns‹ denn weiter? Sie und Ihr Blatt stellen sich unter Gastronomie doch immer noch dezente, überteuerte Lokale vor, über deren dicke Teppiche französisch sprechende Kellner schleichen, um unter viel Gedöns viel zu teure Flaschen Bordeaux zu öffnen. Lächerlich! So was will doch kein Mensch mehr, schon gar nicht im brodelnden Berlin. Sie sind trotz Ihrer Jugend ein gestriger Mensch, Herr Brinkmann. Sie sind kein bisschen besser als Pompl, dieser arrogante Fettsack, entschuldigen Sie. Ich bin es leid, mir von Ihrem ignoranten Blatt das Geschäft kaputt machen zu lassen! Kommen Sie endlich in der Jetztzeit an, Herr Brinkmann, Sie und das *Abendblatt*!«

Bevor er richtig laut werden konnte, legte Öcalan auf. Alfred blickte auf den Hörer in seiner Hand und sah, dass seine Hand leicht zitterte. Er konnte es nicht ausstehen, beschimpft zu werden. Und er war ein wenig überrascht. Öcalan schien ein echtes Problem zu haben. Konnte es sein, dass das Wohl und Weh seiner Restaurants tatsächlich vom *Abendblatt* abhing? Waren sie wirklich so mächtig? Pompl hätte sicher voller Selbstzufriedenheit zugestimmt. Und Hans Hansen auch. Alfred war von der Macht der Presse nicht ganz so überzeugt. Letztlich war auch er ein Teil der Unterhaltungsindustrie. Die Leute lasen seinen Verriss, amüsierten sich im besten Fall ein bisschen und gingen dann, neugierig geworden, trotzdem ins Panasia.

Vielleicht reagierte Öcalan auch deshalb so empfindlich, weil er finanziell angeschlagener war als allgemein bekannt? Hatte Hansen auch da recht? Vielleicht hatte er sich mit dem Panasia und all dem teuren Metall und seinen vielen Kellnerinnen übernommen? Und wenn er trotz seiner Charmeoffensive am Wochenende kein gutes Wort von Alfred Brinkmann im *Abendblatt* las, hatte ihn das wohl auch persönlich getroffen. Sollte Alfred nun mit sich zufrieden sein? Hatte er die Unabhängigkeit der Presse bewiesen? Oder sich auf Kosten Öcalans nur selbst etwas bewiesen? Alfred sah sich um in seinem schönen neuen Büro. Und fühlte sich plötzlich gar nicht mehr wohl in seiner Haut.

15 Verdächtig

Hermann Stubenrauch hatte sein vierköpfiges Ermittlungsteam im Fall Heinrich Pompl zur Zwischenbesprechung in den Konferenzraum gebeten.

»Also, meine Damen und Herren, der Chef will einen Bericht haben. Heute um Punkt 18 Uhr habe ich einen Termin bei ihm. Was haben wir ihm zu bieten, nach immerhin vierzehn Tagen Ermittlungen?«

Draußen lugte die frühe Aprilsonne vorsichtig zwischen den Regenwolken hervor. Schultheiß, der neben ihm saß, blinzelte und hielt sich die Hand vor die Augen.

»Soll ich das Rollo herunterlassen, Hermann?«

»Wieso, hast du was gegen den Frühling?«

»Er blendet.«

Die anderen lachten.

»Ich bewundere eure gute Laune. Meine ist zum Kotzen. Zwei Wochen Arbeit. Und bis auf ein paar vage Vermutungen und ein ausschweifendes gastronomisches Manuskript mit Spuren, die sich im Nichts verlieren: nada.«

»Nun, wir haben immerhin Verdächtige«, sagte Eva Pomellen, die sich mit allen Beteiligten und Zeugen dieses Falls mehrfach unterhalten hatte.

»Gut, Eva, machen wir eine Liste.«

Stubenrauch stand auf und zückte einen dicken Fasermaler, um am Flipchart mitzuschreiben.

»Zunächst: Pompl selbst«, sagte Eva. Und Stubenrauch schrieb »Heinrich Pompl« oben auf die Seite.

»Puuh«, machte die versammelte Runde der Kriminalen. »Das kannst du vergessen, Eva, nirgendwo finden wir Hinweise darauf, dass sich Pompl das Leben nehmen wollte«, sagte Kommissar Uli Hofstätter und drehte sich wie immer bei Sitzungen eine Zigarette.

»Die rauchst du aber bitte draußen, wenn du fertig bist.«

»Ja, Chef.«

»Und was ist mit dem resignativen Unterton im Pompls Buchmanuskript, Hermann?« Eva wollte ihren ersten Kandidaten nicht widerspruchslos streichen lassen.

»Na ja, die Lage ist objektiv betrachtet nicht rosig momentan. Nicht nur in der Gastrobranche. Ich gebe zu, Pompls Buch liest sich manchmal, als ob er an seiner Zunft zweifle. Aber auch er wird gewusst haben, dass Krisen endlich sind und dass die Leute immer essen gehen werden. Sollte er sich deshalb das Leben nehmen?«

»Wie war seine Ehe mit dieser undurchsichtigen Karoline?«, fragte Mathilde Mutschellen, die, wäre sie nicht eine Frau und aus dem Westen gewesen, vor zwei Jahren Stubenrauchs Job bekommen hätte. Was aber zwischen den beiden kein Problem darstellte. Sie hatten sich gründlich ausgesprochen, und damit war die Sache klar. Hoffte Stubenrauch. Schließlich war er ein fairer und kompetenter Chef. Davon war sogar der Kriminaldirektor überzeugt, auch wenn dem

Stubenrauchs Extravaganzen, dessen teure Knitteranzüge und dieses seltsame schwedische Auto, das aussah wie ein Kindersarg, auf die Nerven gingen.

»Tja, nach allem, was wir herausfinden konnten, durchaus glücklich, oder Eva?«

»Die beiden waren seit siebenundzwanzig Jahren verheiratet. Die Zeit der großen Leidenschaft war vorbei. Ihre Ehe ist kinderlos geblieben. Sie hatten sich arrangiert. Er machte nach außen hin den großen Max, aber zu Hause hatte wohl eher sie die Hosen an. Sie brachte als Aussteuer das *Abendblatt* mit in die Ehe, sonst hielt sie sich von den Geschäften fern.«

»Wahrscheinlich führten die beiden von Anfang an eine Zweckehe«, ergänzte Stubenrauch. »Sie wollte nichts mit dem Verlag ihres Vaters zu tun haben und sich lieber weiter privat der Literatur und Kunst widmen, sich höchstens ab und zu ein wenig für die Allgemeinheit engagieren, indem sie als Verlegergattin bei Spendenaktionen und anderen wohltätigen Veranstaltungen auftrat. Sie zog es vor, das Leben einer Aristokratin zu führen, obwohl oder gerade weil sie aus einem extrem bürgerlichen Haus stammt. Ihr Vater, der Gründer des Verlages, hatte vor dem Krieg als einfacher Reporter angefangen. Ich sehe nicht, dass sie ihren Lebensstil ändern wollte.«

»Aber sie mischt doch jetzt im *Abendblatt* mit, oder?« Hofstätter klopfte mit seiner fertig gedrehten Zigarette auf die zerkratzte Resopaloberfläche des Tisches. »Sie hat vor, das Geld von Pompls Lebensversicherung sofort in den angeschlagenen Verlag zu investieren, zumindest hat sie diese Absicht sehr deutlich gemacht. Der Bronner zittert doch schon vor dem wachsenden Einfluss der Schwarzen Witwe. Mit Pompl hatte er ein Arrangement getroffen, mit ihr offensichtlich noch nicht.«

»Und? Macht sie das verdächtig?« Stubenrauch blickte in die Runde.

»Die Presse glaubt jedenfalls felsenfest an ihre Schuld.« Hofstätter sah den Hauptkommissar an, als mache auch er ihm deswegen Vorwürfe.

»Also, ich sehe nicht, dass sie in solch einem Maße vom Tod ihres Mannes profitiert, dass das für ein Motiv ausreicht.«

»Außerdem hat gerade sie die Selbstmordthese immer vehement bestritten«, sagte Eva. »Obwohl sie das entlastet hätte.«

»Und was ist mit der Lebensversicherung?« Hofstätter ließ nicht locker. »Eine Million Euro nenne ich ein schönes Motiv.«

»Geld spielte bei Pompls eher keine Rolle«, sagte Eva Pomellen.

»Das sagen viele. Und bringen sich dann doch wegen weniger als einer Million um«, murmelte Mathilde Mutschellen.

»Okay, okay. Solange wir keine wirklichen Beweise für ihre Unschuld haben, lassen wir sie auf unserer Liste stehen. Schade. Und diese Liste wird noch sehr lang werden, fürchte ich.« Stubenrauch schrieb den nächsten Namen an die Tafel: Jo Jasper.

»Der hätte am einfachsten das Gift in Pompls Pudding bringen können«, sagte Erwin Schultheiß. »Der kennt sich mit speziellen Zutaten aus. Wenn denn jemals Gift im Pudding war. Vielleicht war's im Schnaps. Wir konnten definitiv nirgends Gift nachweisen. Außer in Pompls Magen. Und wie es dahin gekommen ist, muss offen bleiben.«

Und Jaspers Motiv? Er hätte es in den Schnaps geben können, den er mit Pompl allein im Weinkeller verkostete, überlegte Stubenrauch.

»In der Tat«, sagte Mathilde. »Das wäre die beste Gelegenheit gewesen. Und die Geschichte mit dem Extra-Pudding nur Ablenkung. Er hatte Angst, dass Pompl die fadenscheinige Finanzierung seines Restaurants ausplaudern könnte.«

»Und das reicht für einen Mord?« Eva schüttelte den Kopf.

»In der Gastroszene sind alle sehr nervös«, sagte Mathilde.

»Und Stolzenburg am allernervösesten«, ergänzte Hofstätter.

»Vielleicht haben sie es gemeinsam getan?«, fragte Schultheiß. »Schließlich haben uns die Kollegen von der Wirtschaftskriminalität gesteckt, dass Stolzenburgs Verein äußerst zwielichtig ist und die Finanzierung des Simple wahrscheinlich tatsächlich der Geldwäsche dient.«

»Aber beweisen können es die lieben Kollegen nicht«, seufzte Stubenrauch.

»Wie immer«, sagte Hofstätter.

»Trotzdem«, Stubenrauch schüttelte den Kopf. »Ich kann mir Jasper nicht als kaltblütigen Mörder vorstellen, der ausgerechnet am Eröffnungstag seines Restaurants einen Starkritiker vergiftet.«

»Publicity hat's ihm zumindest gebracht. Du hast doch erzählt, dass er damit sogar angegeben hat«, widersprach Hofstätter.

»Nun, angegeben ist vielleicht zu viel gesagt. Außerdem ist das Zufall. Das hätte auch anders kommen können.«

»Jedenfalls halte ich es auch für abstrus, dass ein Gastwirt in seinem eigenen Lokal einen prominenten Gast ermordet und das als Publicitygag ausschlachtet«, sagte Eva.

»Vielleicht blieb ihm nichts anderes übrig?« Alle blickten zu ihrem Vorgesetzten, der spitzbübisch lächelte. »Vielleicht drängte die Zeit. Vielleicht hatte Pompl die beiden erpresst?«

»Heinrich Pompl als Erpresser kann ich mir erst recht nicht vorstellen«, sagte Eva.

»Oh doch«, widersprach Mathilde. »Vielleicht wollte er sich nur wichtig machen bei Stolzenburg. Und sagte ihm auf die Nase zu, dass er Beweise für seine Machenschaften habe. Wahrscheinlich dachte er, es reiche aus, damit zu drohen, um Stolzenburg gefügig zu machen und damit indirekt seinen Chefredakteur Bronner, der ja mit Stolzenburg befreundet war, unter Druck zu setzen.«

»Seltsames Spiel«, sagte Eva.

»Ja, aber das würde zu diesem Intrigantenstadel *Abendblatt* passen«, sagte Hermann Stubenrauch. Er unterstrich den Namen Stolzenburg und setzte hinter Jasper ein Ausrufezeichen.

»Und was ist mit Brinkmann?« fragte Erwin Schultheiß. »Ist dem ein Mord zuzutrauen, um in die Fußstapfen des großen Pompl zu treten?«

Alle Anwesenden wiegten zweifelnd den Kopf.

»Ich bringe doch niemanden um, nur um seinen Job zu kriegen!«, rief Eva.

»Immerhin geht es hier um einen ganz besonderen Job: Gastropapst!«, warf Mathilde ein. »Für einen bislang eher erfolglosen Journalisten ein ziemlicher Karrieresprung.«

»Das stimmt, Mathilde«, sagte Stubenrauch. »Ich bin auch noch nicht wirklich schlau daraus geworden, warum Bronner ausgerechnet den unerfahrenen Brinkmann zu Pompls Nachfolger bestellt hat.«

»Aber das entlastet doch Brinkmann«, sagte Hofstätter. »Der konnte doch nicht davon ausgehen, dass ihn Bronner an Pompls Stelle setzt.«

»Vielleicht schon. Brinkmann war so etwas wie Pompls Lieblingsschüler. Vielleicht hatte er darauf spekuliert, dass ihn Bronner zum Nachfolger Pompls bestimmt. Einfach, weil alle anderen Kandidaten in Bronners Augen zu gefährlich waren.«

»Pompl mochte und schätzte Brinkmann«, sagte Eva. »Das bestätigen alle beim *Abendblatt* und auch Pompls Witwe. Sie sagt, dass ihr Mann sich wiederholt sehr lobend über Brinkmann geäußert hätte.«

»Eigenartig«, sagte Stubenrauch. »Mit diesem Urteil steht Pompl ziemlich alleine da. Alle anderen halten Brinkmann für eine ziemliche Pfeife.«

»Diese Meinung könnte aber auch von Neid genährt sein«, gab Hofstätter zu bedenken. »Die lieben Kollegen sind doch alle sauer, dass sie's nicht geworden sind.«

»Vielleicht musste ihn Bronner zu Pompls Nachfolger bestellen. Vielleicht gab es da Vereinbarungen?«, murmelte Stubenrauch.

»Du meinst ein Testament?«, fragte Mathilde.

»Vergiss es, Chef«, sagte Hofstätter. »Pompl hat kein Testament gemacht. Jedenfalls ist bis jetzt keins aufgetaucht.«

»Was auch gegen die Selbstmordthese spricht«, rief Mathilde. »Ein so mächtiger Mann tritt doch nicht ohne Testament ab, wenn er das selbst plant.«

Stubenrauch malte ein Fragezeichen hinter Brinkmanns Namen.

»Streich ihn«, sagte Hoftstätter. »Als ich ihn hier auf dem Kommissariat vernommen habe, machte er einen glaubwürdig harmlosen Eindruck. Eher traue ich seiner ambitionierten Freundin einen Mord zu.«

»Puhh, nur weil du Probleme mit selbstbewussten Frauen hast, Uli!«, riefen Eva und Mathilde wie aus einem Mund.

»Ich habe keine Probleme, werte Kolleginnen«, sagte Hofstätter. »Aber diese von Pokorny kommt mir schon suspekt vor.«

»Vermutungen, Ahnungen, Gefühle, Meinungen! Damit kann ich Lockenhaus nicht kommen. Wir brauchen Tatsachen, Beweise, geschätzte Kolleginnen und Kollegen.« Stubenrauch klopfte an das Flipchart.

»Wir haben doch Tatsachen«, sagte Hofstätter. »Erstens: Jaspers Lokal wurde aus unsauberen Kassen finanziert.«

»Vermutet die Wirtschaftskriminalität, kann es aber nicht beweisen«, warf Stubenrauch ein.

»Zweitens: Stolzenburgs Verein ist zwielichtig und steckt hinter dem Simple. Und das wusste Pompl und wollte es in seinem nächsten Buch publik machen.«

»Doch wussten Stolzenburg und Jasper davon, dass Pompl das schreiben wollte? Ich hatte bei meinen Gesprächen mit Jasper nicht den Eindruck, dass ihn das groß kümmerte. Kann aber auch Tarnung gewesen sein. Und Kamerad Stolzenburg und sein Spezi Bronner haben natürlich alles abgestritten.« Hauptkommissar Hermann Stubenrauch seufzte deutlich vernehmbar. »Und solange wir ihnen nichts nachweisen können, können sie das auch tun. Damit ist unser kleines Brainstorming beendet, Kollegen, ich möchte euren Tatendrang nicht bremsen, wir haben schließlich noch andere Fälle zu lösen.«

Der Kommissar blickte missmutig in den blauen Himmel über Berlin. Es war tatsächlich Frühling geworden. Was seine Laune allerdings nicht heben konnte.

16

Kunstgenuss

Natürlich hatte er eine Einladung. Es war ja ein gesellschaftliches Ereignis. Aber er wäre auch freiwillig gekommen. Nur hätte er für diese Premiere keine Karten mehr bekommen. Weil so gut wie alle Tickets an die Freunde des Hauses und Honoratioren der Stadt gegangen waren. Und zu Letzteren gehörte Alfred Brinkmann, seit er die Nachfolge Pompls angetreten hatte. Das waren die Annehmlichkeiten, die seine neue Stellung mit sich brachte. Täglich bekam er Einladungen nicht nur zu Restauranteröffnungen in Berlin und in der ganzen Republik, sondern auch zu Vernissagen, Gala-Diners, Einweihungen, Festakten.

Dass er jetzt »dazugehörte«, mussten sogar Cordulas dünkelhafte Eltern zugeben. Als sie vorgestern zu Besuch in der Pokornyschen Villa in Nikolassee waren, fragte Cordulas Vater mehrfach im vertraulichen Murmelton nach intimen Neuigkeiten aus der Berliner Society. Er kannte nur die alte Berliner Gesellschaft und die Reste des ostpreußischen Junkertums und hoffte offensichtlich, durch Alfred

Zugang zum »Neuen Berlin« zu finden. Leider musste ihn Alfred enttäuschen. Es war nicht so, dass er sich bei offiziellen Empfängen sofort mit dem Regierenden Bürgermeister über dessen familiäre Angelegenheiten unterhielt. Mehr als unverbindliche Höflichkeiten wurden selten ausgetauscht. Und noch hatte Alfred keinen Antrag auf Mitgliedschaft in Pompls Club gestellt, wo dieser mit Leuten wie dem Regierenden oder seinem Chefredakteur zu golfen pflegte. Obwohl auch dieses Angebot, eigenhändig vom Präsidenten des Ersten Berliner Golfclubs in Wannsee unterzeichnet, bereits auf seinem Schreibtisch lag. Aber 55 800 Euro Aufnahmegebühr konnte und wollte sich Alfred noch nicht leisten. Vielleicht wäre das ein passendes Hochzeitsgeschenk. Bis dahin musste er Vertraulichkeiten mit dem Regierenden vertagen.

Schon erstaunlich: Allein die Tatsache, dass Alfred jetzt Pompls Kolumne verfasste und in seinen selbstkritischen Augen mehr schlecht als recht mit Leben füllte, führte dazu, dass er von den Chefköchen Berlins und Deutschlands hofiert und in vertrauliche Fachgespräche über die richtige Zubereitung von Hummerschwänzen verwickelt wurde – ohne dass er in diesen Gesprächen mit echtem Fachwissen glänzen musste. Er brauchte nur ab und zu bedächtig zu nicken, die eine oder andere belanglose Bemerkung zum richtigen Zeitpunkt fallen lassen – seine Kompetenz auf dem Gebiet der Kulinarik stand außer Zweifel. Das konnte nicht an den wenigen Kritiken liegen, die er noch zu Lebzeiten Pompls verfasst hatte, und sicher auch nicht an seinen älteren Artikeln über verkehrspolitische Probleme oder über allgemeinästhetische Fragestellungen. Immer hatte sich Alfred als Blender und Hochstapler gefühlt, während Cordula stolz seine neuesten Elaborate am gemeinsamen Frühstückstisch verlas.

Ist Macht vererbbar?, fragte sich Alfred jeden Morgen,

wenn er sich an seinem Schreibtisch im ehemaligen Büro der Lokalchefin niederließ. Auch jetzt, als er von einer lächelnden, ausgesprochen hübschen jungen Frau zwei Gläser Champagner in die Hand gedrückt bekam, gratis natürlich, schließlich war er ein VIP, er wurde von ihr sogar mit seinem Namen angesprochen. Er hatte diese Frau noch nie zuvor gesehen. Verwirrt lächelte Alfred zurück.

Immerhin fühlte er sich auf dem Parkett des heutigen Abends relativ heimisch. In die Oper war er schon gegangen, als sein Name noch nicht mit goldener Tinte auf Einladungskarten kalligraphiert wurde. »Warum wird ausgerechnet immer die Deutsche Oper zur Schließung aufgefordert?«, fragte Alfred Cordula, als er sich endlich im Foyer zu ihr hatte durchdrängen können.

»Weil sie so ein nüchterner, funktionaler Nachkriegsbau ist«, antwortete Cordula.

Gerade das Nüchterne, Zurückhaltende gefiel Alfred – anders als Cordula, die wohl genetisch einen Hang zum feudalen Prunk hatte. Cordula sah wieder prächtig aus. Alfred war fast ein wenig bei ihrem Anblick zusammengezuckt, als er sich ihr mit den Champagnergläsern näherte. Hin und wieder passierte es ihm, dass er vergaß, was für eine phantastisch aussehende Lebenspartnerin er an seiner Seite hatte. Es war wirklich jede Anstrengung wert, sich ihrer Liebe und Treue immer wieder neu zu versichern.

Cordula genoss festliche Anlässe wie diesen in vollen Zügen – unabhängig davon, ob sie inhaltlich etwas mit dem Dargebotenen anfangen konnte. Sie begleitete ihn genauso gerne zu Vernissagen oder politischen Vorträgen. Ihr kam es darauf an, den jeweils geltenden Dresscode ein klein bisschen mit ihrer Garderobe zu unterwandern. Das Ganze war ein hochkompliziertes, intelligentes Spiel, dessen Regeln

Alfred nicht bis in die allerletzten Verästelungen durchschaute. Wenn Cordula wie jetzt wieder die Garderoben der Frauen und Männer kommentierte, dann ging es da weniger um Äußerlichkeiten. Für sie war Mode ein Kommunikationsmittel. Cordula beherrschte diese Sprache perfekt, sie spielte ironisch mit Erwartungshaltungen, unterschwelligen Assoziationen, Gefühlen, Träumen. Sie durchschaute die anderen und ließ sich selbst nur selten in die Karten blicken. Ihr knapp sitzendes Cocktailkleid machte sie heute Abend zur erotischsten Erscheinung weit und breit, ohne dass ihr jemand vorwerfen konnte, sie appelliere allzu offensichtlich mit der Tiefe ihres Ausschnitts an niedere Instinkte. Er war so tief, dass er andeutete, und geschlossen genug, um nicht zu viel zu verraten. Allerdings war nicht klar, ob sie unter dem Kleid einen BH trug. Immer wieder glitten die Blicke der Männer, egal welchen Alters, zu ihr hinüber – was ihr unübersehbar bewusst war und ihre flirrende Ausstrahlung noch verstärkte.

»Hast du eigentlich ein Höschen an?«, flüsterte Alfred ihr ins Ohr.

»Rate mal!«, antwortete Cordula.

»Na, ich werde es wohl im Laufe des heutigen Abends noch erfahren«, murmelte Alfred.

»Hoffen wir das Beste für dich.«

Unabhängig vom gesellschaftlichen Auftritt, der einer von Pokorny würdig war, und der in Aussicht stehenden Befriedigung ihrer erotischen Bedürfnisse, die den familiären Gepflogenheiten auf diesem Gebiet gelegentlich zuwiderliefen, freute Cordula sich heute Abend auf die *Meistersinger*. Sie liebte Wagner. Alfred ging der ganze Mythenschmonzes genauso auf die Nerven wie der Stuck in Opernhäusern.

Nachdem er seinen Blick von Cordulas Kleid losgerissen

hatte, ließ er ihn durch das säulenlose Vestibül schweifen, das nur spärlich verziert war mit ein paar zeitgenössischen Bildern und Plastiken. Die Botschaft war klar: Hier ging es um die Menschen, die Zuschauer. Die Fans der Oper. Nicht das gesellschaftliche Ereignis »Opernbesuch« stand im Vordergrund, sondern die Kunst.

Diese Menschen, meist Männer jenseits der Sechzig, die ihre Rente in Opernbesuche investierten, hatten Abonnements gleich an mehreren Häusern, kannten jede Inszenierung, jede Variante, jeden Sänger. Sie sahen Oper mittlerweile wie eine Sportveranstaltung. Ihnen ging es nur noch darum, ob und wie Sänger A einen bestimmten hohen Ton meisterte. Der Rest der Aufführung war Staffage, Vorbereitung auf die zwei oder drei Momente, auf die es wirklich ankam. Aber wenn er sich über die technischen Fertigkeiten eines Kochs ausließ oder über die Raffinessen und Varianten einer bestimmten Soße, überlegte er, war das nicht genauso dekadent und oberflächlich wie das Gerede über hohe Cs, die ohnehin meist nur Hs oder Bs waren?

»Was würdest du vorziehen?«, fragte er Cordula. »Einen fangfrisch zubereiteten Seeteufel in einer leichten Salbeisoße? Oder eine perfekte Arie von Herrn Bariccio beim Preissingen auf der Wartburg?«

»Wieso muss ich mich da entscheiden?«, lächelte Cordula. »Erst das Preissingen, danach den Fisch!«

Alfred lachte und erkannte aus dem Augenwinkel ein bekanntes Gesicht. Sofort stellte er sein Lachen ein. »Was macht der denn hier?«, fragte er seine Freundin und nickte unauffällig Richtung CD-Stand.

»Ist das nicht der Stubenrauch?«, sagte Cordula und nippte an ihrem Champagner. »Wahrscheinlich vom Polizeipräsidenten zwangsverpflichtet.«

Alfred grinste. Auch er konnte sich nicht vorstellen, dass ein Polizist freiwillig in die Oper ging. War der etwa dienstlich hier? Wurden sie beschattet? Beide hatten längst auf dem Kommissariat ihre Aussagen gemacht. Und Alfred war dabei das Gefühl nicht losgeworden, dass er in den Augen der Polizei keineswegs völlig zweifelsfrei klarstellen konnte, dass er kein Gift in den Pudding getan hatte. Allerdings würdigte der Kommissar sie beide keines Blickes und stöberte stattdessen eifrig in den CDs.

Da ertönte der erste Gong, und die Zuschauer setzten sich langsam in Bewegung, um ihre Plätze einzunehmen. Cordula hakte sich bei Alfred unter.

»Auf zu den hohen Tönen und vor allem zur besten Ouvertüre der Opernliteratur!«

»Na, da fallen mir aber noch ein paar andere ein. Zum Beispiel die vom *Tannhäuser* oder zur *Macht des Schicksals*. Auch von Rossini gibt es schwungvolle Vorspiele.«

»Pah, dieser oberflächliche Rossini, das kannst du doch nicht mit Wagner vergleichen!«

»Immerhin war er auch ein begnadeter Feinschmecker. Tournedos à la Rossini … mmmh … Musik, Witz und die hohe Kochkunst, bei Gioachino Rossini haben sie sich glücklich vereint. Dazu war er noch erfolgreich und hatte die Dreistigkeit, sich auf dem Höhepunkt seines Erfolges zurückzuziehen, um sich nur noch dem Wohlleben und seinen Tournedos zu widmen …« Und er hatte jede Menge hohe Cs geschrieben, dachte Alfred grimmig.

»Nicht zur Nachahmung empfohlen, mein Lieber, erst müssen noch ein paar Erfolge her!«

»Jawoll, Frau von Pokorny! Erfolge!«

Und damit verschwanden sie in der zwölften Reihe Parkett.

In der Pause lief Alfred dem Kommissar praktisch in die Arme. Cordula hatte eine alte Freundin entdeckt und stand mit ihr plaudernd einen Stock tiefer. Diesmal sprach ihn der Polizist an.

»Herr Brinkmann! Sind Sie etwa auch ein Opernfeinschmecker?«

»Nun ja, kein Fachmann«, sagte Alfred. »Aber ich komm schon ganz gern her. Cordula schwärmt für Wagner.«

»Oh ja, das tun viele Frauen, obwohl er doch ein rechtes Ekel gewesen sein soll, rein menschlich«, sagte Stubenrauch.

»Tja, dämonische Männer wirken auf überraschend viele Frauen sexy«, antwortete Alfred und lachte.

»Und wie gefällt Ihnen der Einstand unseres neuen Intendanten?«, fragte Stubenrauch.

Alfred wunderte sich über die Wortwahl des Polizisten. Wollte der angeben mit »unserem« Intendanten?

»Die ersten beiden Akte waren ein Genuss«, sagte Alfred. »Die reduzierte Bildsprache, das karge Bühnenbild Timmermanns hat etwas für sich und vertreibt jeden Anflug von biedermeierlicher Idylle.«

»Da gebe ich Ihnen recht, gerade den Meistersingern tut das gut. Bin gespannt, was sie mit dem deutschtümelnden Schluss machen.«

»Ich muss gestehen, ich habe Sie unterschätzt, Herr Stubenrauch. Ein Kriminalbeamter, der etwas von Oper versteht, passte bislang nicht in mein Weltbild.«

Stubenrauch lachte: »Das macht nichts, das geht vielen so. Manchmal frage ich mich selbst, was ich eigentlich bei der Polizei verloren habe. Vor allem an Tagen wie diesen, wenn die Arbeit nicht vom Fleck kommt. Der Fall Ihres Vorgängers, beispielsweise. Wir ermitteln nun schon geschlagene drei Wochen – und sind im Grunde keinen Schritt weiter. Für die Boulevardpresse ist der Fall sonnenklar: Die Schwarze Witwe war's. Sie erbt ein kleines Vermögen und einen florierenden Zeitungsverlag, kann endlich aus dem Schatten ihres angeblich übermächtigen Gatten treten und zieht jetzt die Fäden. Ich weiß nicht, mit wem die Herren vom *Blitzkurier* gesprochen haben. Von Bronner können sie es nicht haben, der behauptet steif und fest, Frau Pompl mische sich nicht in die Belange der Redaktion ein, wolle mit dem ganzen Verlagsgeschäft nichts zu tun haben. Das hat sie auch mir gegenüber so formuliert. Aber vielleicht lügt sie. Und Bronner. Jede Menge Leute scheinen in diesem Fall zu lügen. Wie geht's denn Ihnen beim *Abendblatt*?«

»Wieso, gut, natürlich.«

»Nun, Sie sind ja auch einer der großen Nutznießer.«

»Was wollen Sie damit andeuten, Herr Kommissar?«

»Ich will damit andeuten, Herr Brinkmann, dass Sie mir ausgesprochen sympathisch sind. Ich bewundere Ihren charmant getarnten Ehrgeiz, Ihre Fassade der harmlosen Betulichkeit, hinter der Sie knallhart Ihre Interessen verfolgen. Sie sind durch den Tod Pompls die Karriereleiter hinaufgefallen. Etwas, das Ihnen zu seinen Lebzeiten nie gelungen wäre, wie mir verschiedene Quellen aus Ihrem Verlagshaus bestätigen.«

»Was für Quellen?«, krächzte Alfred.

»Verlässliche Quellen, die alle darin übereinstimmen, dass Ihre Qualitäten keineswegs ausreichen, um Sie alternativlos zum Nachfolger Pompls zu machen.«

»Und warum bin ich's dann trotzdem geworden, Herr Hauptkommissar?« Alfreds Stimme klang wieder halbwegs normal.

»Weil Bronner die Chance beim Schopfe packte, die Macht im Blatt an sich zu reißen, nachdem sein Widersacher Pompl aus dem Weg war. Sie sind nur eine Marionette in seinem Spiel. Und das wissen Sie ganz genau. Darauf haben Sie spekuliert.«

»Ich soll Heinrich Pompl vergiftet haben, um zu einer Marionette im Machtspiel beim *Abendblatt* zu werden?« Alfred lachte.

Es gongte bereits zum zweiten Mal. Er sah, wie Cordula ihm zuwinkte und zum Aufbruch drängte.

»Zumindest vorübergehend, Herr Brinkmann. Das könnte ausreichen, um Ihre familiären und finanziellen Probleme zu lösen, habe ich nicht recht?«

In diesem Moment erschien Cordula.

»Guten Abend, Herr Kommissar. Darf ich Ihnen meinen Mann entführen?«

»Ach, ist es schon so weit, Frau von Pokorny?«

»Womit, Herr Kommissar?«

»Mit der Hochzeit! Alles schon geregelt und unter Dach und Fach?«

»Äh, wieso?«

»Weil Sie eben ›mein Mann‹ sagten.«

»Ach, das passiert mir öfter. Aber Sie haben recht, wir werden noch dieses Jahr heiraten, gell, Alfredito …?«

Alfred räusperte sich: »Aber das war doch schon seit Monaten verabredet.«

»Aber seit du der Chefkritiker dieser pulsierenden Stadt bist, reicht dir mein lieber Vater noch bereitwilliger die Hand seiner einzigen Tochter …«, lachte Cordula, ohne auf den Arm zu achten, der sie Richtung Parkett, zwölfte Reihe ziehen wollte.

»Sie müssen wissen, Herr Stubenrauch«, plauderte sie munter weiter, »meine Eltern sind jetzt sehr stolz auf ihren künftigen Schwiegersohn.«

»Das kann ich mir vorstellen, Frau von Pokorny«, lächelte der Kommissar. »Wird Ihr Mann eigentlich dann auch von Pokorny heißen, oder geben Sie etwa Ihren guten Namen für das bürgerlich-schnöde Brinkmann her?«

»Cordula, könntest du dich jetzt bitte losreißen, ich habe keine Lust, zu spät zu kommen!« Alfred zog seine Braut fast mit Gewalt Richtung Eingangstüren zum Parkett.

»Ich wünsche Ihnen beiden viel Glück«, rief Stubenrauch und eilte auf die Tür etwas weiter links zu. Er hatte seinen Platz einige Reihen vor Alfred und Cordula. »Und viel Vergnügen beim Sängerkrieg.«

17

Reinickendorf

Während des Essens im Ristorante Puccini ganz in der Nähe der Oper erzählte Alfred Cordula nichts von den Andeutungen Stubenrauchs. Cordula schwärmte noch von der Aufführung. Und der Tenor hatte alle technischen Herausforderungen mit Bravour gemeistert. Auf der Abendkarte ihres Stammlokals nach Opernbesuchen fand sich tatsächlich Seeteufel. Alfreds Laune war dennoch dahin. Was wollte Stubenrauch von ihm?

»Sag mal, Cordula, wer, glaubst du, hat Heinrich Pompl ermordet?«

Jäh herausgerissen aus ihren Opernträumen und dem Genuss ihres Fisches, antwortete Cordula unwillig: »Ich tippe immer noch auf Selbstmord. Oder auf die undurchsichtige Witwe. Die Polizei scheint ja unfähig zu sein, die Wahrheit ans Licht zu befördern.«

»Mmmh«, brummte Alfred und verstummte. Cordula konnte wieder ihrer Wagnerliebe nachhängen. Nachdem sie die Rechnung beglichen und wie immer auf Kosten des Hauses einen Espresso und einen sehr feinen Grappa aus dem Friaul genossen hatten, liefen sie schweigend durch den Berliner Aprilabend. Es war ein schöner Tag gewesen, der völlig verregnete März war nur mehr eine böse Erinnerung, die Wärme lag noch zwischen den Charlottenburger Häusern. Sie bogen von der Bismarckstraße in eine stille Seitenstraße ab, um durch den gediegenen Charlottenburger Kiez über den Savignyplatz, Kantstraße, Europacenter und Nollendorfplatz nach Hause in die Goltzstraße zu laufen.

Es war einer jener Abende, an denen Berlin all seinen Charme spielen lässt. Nach langen, dunklen, feuchten Wintermonaten wurden die Straßen wieder grün. Die ersten Gastwirte stellten bereits Tische und Stühle auf die Straße. Auch jetzt noch lag ein Versprechen von Wärme, Sonne und Sommer in der Luft. Aus offen stehenden Fenstern drang der Soundtrack der Großstadt auf die Straße: Hip-Hop, schmutzige Gitarren, dazwischen ein Klavier-Arpeggio. Aus einem kleinen italienischen Restaurant schallte laute Opernmusik.

»Rossini?«, fragte Cordula.

»Puccini«, antwortete Alfred.

Am Savignyplatz blieben sie auf einen Schlummertrunk in Alfreds Lieblingsbar hängen, die nach ihrem Umzug leider etwas von ihrem französischen Charme verloren hatte. Cordula fiel hier in ihrem Abendkleid nicht sonderlich aus dem Rahmen, auch wenn Alfred den Eindruck hatte, der Kellner würde sich um sie besonders bemühen. Und das konnte ausnahmsweise nichts mit seinem Beruf zu tun haben, hier wusste niemand, wer er war, man kannte sich vom Sehen, das war alles, zumindest hoffte er das. Auch ein Grund, nicht ins Fernsehgeschäft einzusteigen. Dann könnte er nirgends mehr in Ruhe etwas trinken. Der Preis des Ruhms. Alfred nippte selig erschauernd an seinem Mint Julep.

Dann schlenderten sie weiter die Kantstraße hinunter Richtung Bahnhof Zoo. Hier zeigte Berlin wieder das hässliche Gesicht einer kriegsversehrten deutschen Großstadt. Das einstmals moderne Europacenter aus den sechziger Jahren hätte fünfzig Jahre später eher ins Zentrum einer x-beliebigen westdeutschen Stadt gepasst. Die Geschäftsinhaber klagten über zurückgehende Umsätze. Es gibt Orte in einer Stadt, die man planerisch nicht in den Griff bekommen konnte. Lediglich die Ruine der Kaiser-Wilhelm-Gedächtnis-Kirche verlieh der Gegend so etwas wie Würde. Aus dem gegenüberliegenden altehrwürdigen Café Möhring war eine weitere Filiale von H&M geworden, das in den zwanziger und dreißiger Jahren legendäre Romanische Café war längst verschwunden, untergegangen wie die übrige ruhmreiche Vergangenheit Berlins im Bombenhagel des Zweiten Weltkriegs. Jetzt hatte man hier nach langen Diskussionen ein paar gesichtslose Hochhäuser hochgezogen. Lediglich ein neues Designhotel im Bikinigebäude versprach frischen Wind für die Gegend. Die Bar im obersten Stock war gleich nach der Eröffnung zum Anlaufpunkt der Szene geworden. Alfred nahm sich vor, demnächst einen Artikel über den Wandel von Hotelbars zu schreiben.

Als Alfred und Cordula Arm in Arm an der farblich changierenden Lichtsäule des Europacenters auf der Tauentzienstraße vorbeiliefen, hielt eine große, dunkle Limousine neben ihnen. Ein südländisch aussehender junger Mann beugte sich aus dem Fenster und sprach die beiden an. Er wollte wohl eine Wegbeschreibung. Cordula löste sich aus Alfreds Arm und trat an das Auto heran. In diesem Moment öffnete sich die Tür, der Mann packte Cordula und zog sie blitzschnell ins Auto. Hinter der Limousine kam ein großer Geländewagen zum Stehen, zwei Männer sprangen heraus, packten Alfred und schleppten ihn zum Jeep. Bevor Alfred um Hilfe rufen konnte, bekam er einen Schlag auf den Kopf. Benommen spürte er, wie man ihm im Inneren des Autos einen Sack über den Kopf zog. Dann sank er ohnmächtig auf der Rückbank zusammen.

Er wachte wieder auf, als der Geländewagen über eine Bodenschwelle rumpelte, um zwei Ecken fuhr und abrupt stehen blieb. Man stieß ihn aus dem Auto und riss ihm den Sack vom Kopf. Alfred konnte erkennen, dass sie sich auf einem unbeleuchteten Gewerbehof befanden. Wortlos wurde er durch eine Metalltür in einen leeren Lagerraum gestoßen. Drinnen wurde gerade Cordula auf einen Stuhl gefesselt, das Gleiche geschah nun mit ihm. Sein Stuhl stand drei Meter neben dem von Cordula. Im Zwielicht konnte er erkennen, dass wiederum drei Meter von ihren Stühlen entfernt zwei Männer an einem großen Tisch saßen. Die Szenerie wirkte wie die Karikatur einer Gerichtsszene. Plötzlich flammten an der Decke stark blendende Scheinwerfer auf. Dann dröhnte eine Stimme mit starkem Akzent:

»Willkommen beim Kommando 9. April!«

Sollte das ein Scherz sein? Waren sie aus Versehen in die Dreharbeiten zu einem B-Movie geraten? Alfred versuchte, mit Cordula Blickkontakt aufzunehmen. Doch die starrte nur auf die Männer hinter dem Tisch. Einer von ihnen stand jetzt auf. Er sah arabisch oder türkisch aus, trug einen wie von Motten zerfressenen Bart und konnte nicht älter als dreißig sein. Langsam ging der Mann um den Schreibtisch herum. Direkt vor Cordula blieb er stehen. Er hatte einen Tschako in der Hand, den er vor Cordulas Gesicht wirbeln ließ.

»Tut weh, wenn man so etwas ins Gesicht bekommt«, sagte er langsam und vollkommen akzentfrei. War das ein verkleideter Schauspieler? Alfred schwirrte der Kopf.

»Das hinterlässt hässliche Spuren – besonders in so einem hübschen Gesicht wie deinem.«

Der Mann stoppte mit der rechten Hand die Bewegungen des Tschakos.

»Was soll das?«, rief Alfred. Seine Stimme krächzte. »Wer sind Sie? Was wollen Sie von uns?«

»Ah, der Herr Redakteur hat seine Sprache wiedergefunden.«

»Sie wissen, wer ich bin?«

»Natürlich.« Der Mann stand immer noch dicht vor Cordula, die mittlerweile am ganzen Körper zitterte. »Aber ich interessiere mich eigentlich viel mehr für deine schöne Freundin.«

Er streckte seine Hand aus, griff Cordula unters Kinn und hob ihr Gesicht empor.

»Schön und jung.« Er schlug ihr mit der flachen Hand heftig ins Gesicht. Cordula schrie auf, und Alfred wollte instinktiv aufspringen. Die Fesseln, mit denen seine Hände hinter der Stuhllehne zusammengebunden waren, schnitten ihm in die Haut. Sein Stuhl wackelte und drohte umzukippen.

Der dritte Mann hatte sich an den Tisch gesetzt und feixte.

»Der Herr Redakteur möchte helfen«, sagte sein Nachbar und grinste ebenfalls, zwei Goldzähne entblößend.

»Aber er kann nicht, denn er ist festgebunden«, sagte der andere.

»Wie gemein«, sagte wiederum der Erste. Sie lachten meckernd.

Danach herrschte für einen Moment Schweigen, nur unterbrochen durch das leise Schluchzen Cordulas. Das war kein Film, raste es durch Alfreds Kopf, das war echt. Er musste etwas unternehmen. Hilflos zerrte er an seinen Fesseln.

»Was soll das?«, rief er verzweifelt. »Was wollen Sie von uns? Wer sind Sie?«

»Du beginnst dich zu wiederholen, Kumpel«, blaffte ihn der stehende Mann an. Die beiden am Tisch lachten erneut wie zwei Bergziegen. Auch sie trugen Bärte, die genauso zerfressen aussahen wie der ihres Anführers.

»Mich interessiert nur die Frau. Sie kann zwar nichts dafür, dass du so eine Pfeife bist, aber sie ist hübscher als du.« Der Mann öffnete seine Gürtelschnalle. »Sie soll dafür bezahlen, dass du so ein schlechter Journalist bist.«

Schlechter Journalist? Wovon faselte der?

»Lassen Sie meine Frau in Ruhe!« Alfreds Stimme überschlug sich. Der Mann öffnete jetzt die Knöpfe seiner Hose und ließ sie langsam direkt vor dem Gesicht Cordulas heruntergleiten. Er trug keine Unterhose, und sein Glied war erigiert. Alfred rüttelte weiter an seinen Fesseln. Da spürte er, wie sich die Schnur an seiner rechten Hand zu lösen begann. Die beiden Männer am Tisch sprangen auf und rannten auf Alfred zu. In diesem Moment schrie der Mann, der vor Cordula stand, vor Schmerzen auf. Alfred konnte nicht genau erkennen, was passiert war. Hatte ihn Cordula gebissen? Alfred nutzte die Verwirrung und zerrte weiter an seiner rechten Hand. Plötzlich bekam er sie frei. Er sprang auf und schwang mit seiner linken, noch an den Stuhl gefesselten Hand diesen mit voller Wucht ins Gesicht des auf ihn zulaufenden Mannes. Dabei löste sich auch die Fessel der linken Hand. Mit einem Stöhnen brach der Mann zusammen. Aus Alfreds Unterbewusstsein tauchten die vor knapp einem Jahr während des Karatetrainings einstudierten Bewegungen auf. Er hatte damals dem Drängen Cordulas nachgegeben und sich ein paar intensive Monate lang tatsächlich sportlich betätigt. Bis ihm sein Trainer im Vorbeigehen heftig in die Magengrube schlug. »Immer die Körperspannung halten!«, hatte er dem sich auf dem Boden krümmenden Alfred zugerufen, der danach nie wieder zum Training erschienen war.

Alfred griff jetzt mit beiden Händen nach dem Stuhl und schlug ihn dem anderen Mann auf dem Kopf. Dabei zersprang der Stuhl in mehrere splitternde Holzteile. Auch der zweite Mann brach zusammen und fiel quer über den bereits am Boden liegenden. Das Ganze hatte nicht mehr als ein paar Sekunden gedauert.

Der Anführer versuchte, mit schmerzverzerrtem Gesicht seine heruntergelassene Hose wieder nach oben zu ziehen, dabei geriet er ins Straucheln und fiel nach hinten um. Alfred rannte auf ihn zu und trat mit aller Gewalt gegen seinen Kopf. Er traf ihn voll ins Gesicht und hörte, wie seine Nase unter seinem Schuh knirschend brach. Alfred drehte sich um und versuchte, Cordulas Fesseln zu lösen. Doch ohne ein Messer oder eine scharfe Kante konnte er die Knoten nicht aufbekommen. Kurz entschlossen, trug er Cordula samt Stuhl bis zum Tisch. Er hob sie an die Tischkante des Metalltisches und rieb Cordulas gefesselte Handgelenke daran hin und her. Woher er die Kraft dafür nahm, war ihm selbst ein Rätsel. Das konnte nicht mehr am Karatetraining liegen. Adrenalin macht so manches möglich. Cordula sagte kein Wort und starrte ihn fassungslos an. Nach einer endlosen Minute lösten sich ihre Fesseln. Sie befreite sich und stand auf.

»Los, nichts wie weg hier!«, rief Alfred und lief auf die geschlossene Metalltür zu. Er drückte auf die Türklinke und die Tür schwang nach außen auf. Draußen herrschte absolute Dunkelheit.

»Wo sind wir?«, fragte Cordula heiser, nachdem sie endlich ihre Sprache wiedergefunden hatte.

»Keine Ahnung«, sagte Alfred. Im Dunkeln konnte er die beiden Autos schemenhaft erkennen.

»Zum Jeep!«, befahl er und zog Cordula hinter sich her. Er öffnete die Fahrertür. In diesem Moment kamen zwei der Männer aus der Lagerhalle gerannt. Einer trug keine Hose.

»Schnell, rein ins Auto!« Alfred setzte sich hinter das Steuer und fingerte nach dem Zündschlüssel, der tatsächlich noch im Schloss steckte. Er trat die Kupplung, drehte den Schlüssel und der Motor sprang an. Mittlerweile war Cordula um das Auto herumgelaufen und rüttelte an der verschlossenen Beifahrertür. Alfred beugte sich zu ihr hinüber und öffnete die Tür von innen. Dabei rutschte er von der Kupplung. Der Wagen machte einen Sprung nach vorne, und ehe Alfred auf die Bremse steigen konnte, krachte der Jeep mit seinem verchromten Kuhfänger gegen die Lagerhallenwand. Alfred legte den Rückwärtsgang ein und ließ die Kupplung kommen. Der Wagen sprang nach hinten und überfuhr dabei einen der beiden heranstürmenden Männer. Cordula schrie auf. Alfred bremste, stieß erneut die Beifahrertür auf.

»Los, steig ein, schnell!«

Cordula hechtete auf den Beifahrersitz. Alfred schaltete wieder in den ersten Gang, schlug das Lenkrad scharf links ein und fand dabei auch den Knopf für die Scheinwerfer. Sie sahen in den über den Hof streifenden Lichtkegeln, wie der zweite Mann auf die Limousine zulief. Alfred gab Gas und fuhr auf das geschlossene Hoftor zu. Der Jeep rumpelte über den bereits am Boden liegenden Mann. Alfred drückte das Gaspedal voll durch, und der Jeep durchbrach das Hoftor. Holzsplitter flogen durch die Luft, die Windschutzscheibe bekam einen Riss, Cordula schrie auf und schlug die Hände vors Gesicht. Alfred stieg auf die Bremse, der Jeep schleuderte einmal um die eigene Achse und blieb mitten auf der Straße stehen.

Sie befanden sich auf einer breiten Straße in einem Industriegebiet. Niemand war zu sehen. Alfred nahm seine zitternden Hände vom Lenkrad und versuchte, Cordula zu beruhigen. Da hörten sie vom Hof die quietschenden Reifen der Limousine.

»Schnall dich an, Cordula, es ist noch nicht vorbei!«, rief Alfred und gab erneut Gas. Er hatte keine Ahnung, wo sie sich befanden. Im Rückspiegel sah er, wie die Limousine aus der Hofeinfahrt schoss.

Alfred jagte den Jeep die Straße hinunter. Sie lag verlassen im Licht der wenigen Straßenlaternen. Rechts und links schossen dunkle Gewerbebauten an ihnen vorbei. Die Straße machte einen Bogen und mündete in eine Hauptstraße. Ein Lkw mit Anhänger fuhr vorbei, und sie mussten warten. Im Rückspiegel sah Alfred, wie die Limousine sich ihnen näherte. Endlich war die Straße frei, und Alfred konnte losfahren.

»Wo willst du hin?«, rief Cordula.

»Keine Ahnung. Auf alle Fälle müssen wir das andere Auto abschütteln!«

»Was ist bloß los, Alfred?«, schluchzte Cordula. »Wer sind diese Männer, was wollen die von uns?«

»Wenn ich das wüsste.«

Der Verkehr wurde dichter.

»Wir sind in Reinickendorf«, rief Cordula. »Hier war ich schon mal!«

Sie fuhren jetzt auf einer vierspurigen Straße. Cordula drehte sich um.

»Fahr schneller, Alfred, der Wagen kommt näher!«

»Ich kann nicht schneller fahren, hier ist zu viel Verkehr!«

Alfred drückte die Hupe und überholte das Auto vor ihm rechts. Der Fahrer zeigte ihm einen Vogel. Alfred beschleunigte und raste mit hundert Sachen weiter.

»Ich glaube, wir haben sie abgehängt!«, rief Cordula.

Alfred warf einen Blick in den Seitenspiegel.

»Nein, da ist er, der lässt nicht locker!«

»Was sollen wir bloß tun?«

Alfred raste mit hundertzwanzig Stundenkilometern die Hauptstraße hinunter. Sie waren jetzt auf der Müllerstraße und fuhren Richtung Stadtzentrum.

»Fahr zur Polizei, Alfred! Das ist das Sicherste.«

»Gute Idee. Bloß wo ist die nächste Wache? Kennst du dich hier aus?«

Statt zu antworten, drehte sich Cordula wieder um.

»Oh Gott, der ist immer noch hinter uns her!«

Vor ihnen sprang die Ampel auf Rot. Alfred schaute kurz nach rechts und links und donnerte über die Kreuzung. Sie hatten Glück. Als ihr Verfolger sich der Kreuzung näherte, brausten von rechts und links Autos heran. Sie hörten das Kreischen von blockierenden Reifen, und im Rückspiegel sah Alfred, wie die Limousine mit einem lauten Knall einen querenden Wagen rammte, sich über ihn schob und wie von einer Rampe in die Luft schoss. Als die Limousine nach mehreren Metern wieder auf dem Asphalt aufkam, überschlug sie sich wie in Zeitlupe, um dann in eine Reihe von parkenden Autos zu krachen. Sie explodierte mit einem ohrenbetäubenden Lärm. Alfred brachte den Jeep zum Stehen. Er schaltete den Motor aus, und beide blieben wie paralysiert sitzen. Sie starrten auf die Flammen der brennenden Limousine. In weiter Ferne war die Sirene eines Einsatzfahrzeugs zu hören.

18

Punk

Der April entwickelte sich. Sonnentage wurden die Regel. Endlich machte das Joggen wieder Spaß. Endlich konnte er seine Lungen wieder mit frischer, milder Frühlingsluft füllen. Und seine Wut weglaufen. Seinen Frust über drei Wochen Arbeit, die mit einem Handstreich seines Chefs vom Tisch gefegt worden war.

Kommissar Stubenrauch lief regelmäßig, dreimal die Woche. Meistens im Tiergarten, seinem Lieblingsort in dieser Stadt. Er liebte Berlin, trotz der langen, unerfreulichen Wintermonate. Wegen der wilden Mischung seiner Bewohner, den krassen Gegensätzen einer Stadt, die immer in Bewegung war und das schon seit zweihundert Jahren. Berlin hatte nie Zeit. Was die Bomben des Zweiten Weltkriegs übrig ließen, rissen der Zukunft zugewandte Stadtplaner und Städtebauer nieder, um Berlin entweder autogerecht oder als sozialistische Hauptstadt neu zu erfinden. In den letzten fünfundzwanzig Jahren dann als feigen Aufguss einer klassischen Moderne. Hans Stimmanns steinernes Berlin.

Stubenrauch musste an der Entlastungsstraße Ecke Tiergartenstraße kurz an einer roten Ampel warten. Links der kahle Tiergarten, wo sich erst zögerlich hier und da etwas Grün zeigte. Hinter ihm die golden schimmernde Philharmonie und der Rest des Kulturforums. Rechts begannen die Glasbauten und Hochhäuser des Potsdamer Platzes, wo Berlin vergeblich versuchte, seine neue Mitte zu finden. Herausgekommen waren die Potsdamer-Platz-Arkaden und die Plaza im Sonycenter. Berlins dritte Mitte, an der sich besonders amerikanische Touristen wie zu Hause fühlten.

Weiter im Norden dann das Band des Bundes mit dem umgebauten Reichstag. Es war noch gar nicht so lange her, da hatte er sich auf der Wiese vor dem Reichstag regelmäßig mit ein paar Kollegen und Zufallsbekannten zum Fußballspielen getroffen. Aber dann hatte er sich das Knie verdreht, als er im Eifer des Gefechtes, seine mehr als vierzig Jahre vergessend, einem Ball hinterhergegrätscht war. Wochenlang musste er humpelnd auf Verbrecherjagd gehen. Fußball ist nichts für mittelalterliche Herren, vor allem wenn die Hälfte der Mitspieler dreißig und jünger ist. Erfahrung ist nicht alles, man muss schon auch gelenkig sein. Da hatte er sich wieder auf das Joggen besonnen. Zumindest das Knie hielt. Stubenrauch pflegte einen eher gemächlichen Laufstil. Ihm ging es nicht darum, Kalorien zu verbrennen. Mit seiner Figur hatte er nie Probleme gehabt, sein Idealgewicht schwankte immer bloß um ein oder zwei Kilo, egal, wie wenig oder viel er aß. Ihm ging es um das mentale Ausschwingen, die Gedanken beim Laufen unkontrolliert mäandern zu lassen.

Hier war vor drei Jahren der Entschluss gereift, sich von Martina scheiden zu lassen. Hier erlief er sich auch den Mut, es ihr mitzuteilen, seine Angst zu überwinden, dass er damit ihr Lebenskonstrukt zum Einstürzen bringen würde. Er war davon ausgegangen, dass sie ihre Existenz in den sieben Jahren ihrer Ehe ganz auf das Zusammenleben mit ihm ausgerichtet hatte. Für sie war die Ehe eine Amöbe, die alles umfloss und einschloss. Besonders ihn. Ihm wurde in einem sehr langsamen Prozess klar, dass er für dieses Amöbendasein nicht geschaffen war. Jede Runde im Tiergarten brachte ihn dieser Erkenntnis näher. Doch wie mit Martina darüber reden? Sie schien zufrieden mit dem Status quo zu sein. Gelegentlicher, aber regelmäßiger Sex, einmal pro Woche ein kulturelles Highlight, ein gemeinsamer Kinoabend, eine Lesung, ein Opernbesuch. Für Rockkonzerte konnte er die ehemalige Punkerin schon lange nicht mehr begeistern. Martina, die Punkerin ... Ihre Ohr- und Nasenringe kannte er nur von Fotografien aus ihrer wilden Kreuzberger Zeit und von den kleinen Löchern in ihrer Haut.

Mittlerweile war sie bürgerlicher und angepasster, als er jemals in seinen faden Jugendtagen in der FDJ gewesen war. Wenn er sie auf die verschütteten wilden Zeiten ansprach, bedauerte sie ihn für seinen naiven Hang zum Pubertären. Die Stones und die Pistols waren für sie nur noch Hampelmänner für Leute, die nicht erwachsen werden wollten. Wie er. Auf der anderen Seite hatte er das immer beklemmendere Gefühl, dass sie sich zunehmend auf ihn verließ, auf sein regelmäßiges Einkommen als Beamter, auf ihre Sommerurlaube, ihre Skiwoche zur Faschingszeit, auf die Befriedigung ihrer schleichend abnehmenden sexuellen Begierde. Er war immer da, wenn sie ihn brauchte. Die Routine legte sich wie eine Wolldecke auf sein Leben und drohte ihn zu ersticken.

Als er ihr endlich gestand, dass er keine Zukunft mehr für

sie beide sah, erwartete er, sie würde weinend zusammenbrechen und er würde sich gezwungen sehen, aus Mitleid seinen Entschluss zu revidieren. Aber Martina weinte nicht, sie saß lachend auf ihrem gemeinsamen Sofa, für das sie vor erst zwei Jahren einem Designer aus Mailand viel Geld gezahlt hatten. Sie schien erleichtert, ja befreit. Zwei Wochen später zog sie aus, in Rekordzeit waren sie geschieden. Es gab keine Kinder, deretwegen sie Gewissenbisse hätten haben müssen, die Trennung ihrer weltlichen Güter ging ohne nennenswerten Streit über die Bühne. Die wenigen Male, die er Martina danach getroffen hatte, dienten hauptsächlich dazu, die stetig steigende Zahl der kleinen silbernen Ringe zu zählen, die sie sich durch die Löcher in ihrem rechten Ohr gezogen hatte. Ihre Garderobe, die halb vom Flohmarkt, halb von Prada zu stammen schien, ließ sie fünf Jahre jünger aussehen. Sie erzählte ihm mit leuchtenden Augen von Konzerten avantgardistischer Industrialbands aus New York, die sie gemeinsam mit ihren beiden Mitbewohnerinnen besucht hatte.

Stubenrauch hob wie immer kurz die Hand, als er an Goethe vorbeitrabte. Hatte der die Frauen verstanden? Wahrscheinlich eher sie ihn. Der Park war nahezu menschenleer so früh am Morgen. Ab und zu kam ihm eine junge Mutter entgegen, die einen Kinderwagen vor sich her schob und ihm freundlich zulächelte, wenn er ihr in einem übertrieben großen Bogen auswich. Ein herrliches Gefühl: Im Herzen dieser Stadt zu sein und trotzdem allein. Die Genialität Lennés sorgte dafür, dass der Tiergarten nicht nur in voller Blüte schön war. Jede Jahreszeit ließ ihn zu einem Gesamtkunstwerk werden. Wiesen, teilweise bewachsen mit dem seltenen Langgras, wechselten mit Sträuchern, Hainen und kleinen Waldstücken ab, durchzogen von Kanälen und Teichen. Eine künstliche Landschaft, die nirgends gekünstelt wirkte.

Nur der Rosengarten erschien ihm immer zu gepflegt, zu gewollt romantisch. Vielleicht lag das auch daran, dass er unter seinen Pergolen an einem schwülen Augustabend vor zehn Jahren Martina gefragt hatte, ob sie seine Frau werden wolle. Und sie ihm nicht freudestrahlend um den Hals gefallen war, sondern sich Bedenkzeit ausbedungen hatte.

Er zog ein bisschen das Tempo an, als er durch den Rosengarten von Königin Sophie lief. Hier waren wie immer mehr Menschen, ein paar Rentnerinnen saßen auf den Bänken und warteten darauf, dass die Rosen zu blühen begannen.

Stubenrauch fiel der gestrige Auftritt seines Chefs ein. Lockenhaus hatte ihn telefonisch zu sich ins Büro gebeten. Was nie ein gutes Zeichen war. Zum Loben, was hin und wieder auch passierte, kam er vorbei. Zum Schimpfen ließ er bitten.

»Wohin sollen diese Ermittlungen führen, Stubenrauch?«, hatte er gefragt, noch bevor der Kommissar die Tür hinter sich geschlossen hatte.

»Welche Ermittlungen meinen Sie, Herr Kriminaldirektor?«

»Den Fall Pompl, natürlich, was dachten denn Sie?«

»Wir haben noch andere Fälle, Herr Kriminaldirektor.«

»Jetzt kommen Sie mir bitte nicht mit der alten Leier von wegen Überlastung. Ich weiß auch, dass wir notorisch unterbesetzt sind. Fällt Ihnen keine bessere Ausrede ein?«

»Ausrede?« Stubenrauch hatte sich auf den Besucherstuhl von Lockenhaus fallen lassen, während der aufgeregt in seinem unverschämt großen Büro im Kreis lief.

»Dafür, dass Sie uns der Lächerlichkeit preisgeben. Ich

bin es leid, jeden Tag neue höhnische Schlagzeilen in der Presse zu lesen.«

»Schreiben die denn immer noch über den Fall?«

»Lesen Sie denn keine Zeitung, Hauptkommissar Stubenrauch?«

»Nicht, wenn es sich vermeiden lässt, außerdem, bei den vielen Fällen …«

»Die knüppeln seit nunmehr drei Wochen auf Frau Pompl ein, das passt so schön ins Klischee, nicht? Die böse Schwarze Witwe, vergiftet ihren Gatten, aus Geldgier, weil sie ihre Zeitung wiederhaben will, weil er sie in der Ehe unterdrückt hat und der ganze Quatsch. Und was höre ich aus unserer Abteilung? Lauter vage Spuren, die zu nichts führen. Und dann rücken Sie auch noch dem ehrenwerten Stolzenburg auf die Pelle!«

»Dem ehrenwerten Stolzenburg …?«, wagte Stubenrauch zu unterbrechen.

»Jawohl, ehrenwert. Ich kenne den Mann seit mehr als dreißig Jahren, ich war bei der Gründung der Hauptstadtfreunde mit dabei …«

»Ach, Sie auch, Herr Lockenhaus?«

»Ja, das ist eine gute Sache für Berlin. Und da kommen Sie schnöselig in Ihrem zerknitterten Designeranzug daher und bezichtigen ihn der Geldwäscherei …«

»Der Tipp kam von der Wirtschaftskriminalität …«

»Ja, ja, den Humbug erzählen die schon lange und haben nie den Hauch eines Beweises gehabt.«

»Aber der ehrenwerte Herr Stolzenburg verschweigt beharrlich die Geldgeber seines Clubs.«

»Nun, das ist sein gutes Recht.«

»Hat er Ihnen etwa auch sein Ehrenwort gegeben wie unser Altkanzler?«

»Jetzt lassen Sie bitte die Politik aus dem Spiel!« Lockenhaus war vor Stubenrauch stehen geblieben und fuchtelte mit beiden Händen vor dessen Gesicht herum.

»Da ist ohnehin schon viel zu viel Politik in diesem Fall. Stolzenburg hat sich beim Innensenator und beim Staatsanwalt über uns und über Sie im Speziellen beschwert. Es geht um unseren Ruf. Um den Ruf unserer Stadt. Was soll das, von Mafiamethoden in der Gastronomie zu faseln, wenn Sie nichts Konkretes in der Hand haben außer den Aufzeichnungen eines Toten?«

»Aber genau das könnte das Motiv sein!« Jetzt wurde Stubenrauch ärgerlich.

»Sie brauchen nicht laut zu werden, Herr Kollege, es reicht, wenn hier einer herumschreit. Motiv wofür, frage ich Sie? Sie können mir ja noch nicht einmal beweisen, dass Pompl überhaupt ermordet worden ist. Der kann doch sehr wohl eines natürlichen Todes gestorben sein.«

»Und was ist mit dem Pentatin-Chlorophenol in seinem Magen?«

»Ach, das berühmte Gift, das keiner kennt – in lächerlich geringer Menge. Und das kann auch auf quasi natürlichem Wege entstanden sein, schließlich war Pompl ein kranker Mann mit überdurchschnittlichem Tablettenkonsum.«

Der Kriminaldirektor blieb missmutig vor dem Fenster stehen.

»Pompl war kein kranker Mann«, widersprach Stubenrauch leise.

»Selbst wenn es Selbstmord gewesen ist, was ich nicht glaube: Was geht das Stolzenburg und seinen Verein an? Was geht es uns an? Ich muss dem Staatsanwalt recht geben: Es gibt keinen Grund, diesen Fall weiter zu verfolgen. Der Fall ist geschlossen, weil er kein Fall ist. Pompl ist eines natürlichen Todes gestorben. Aus. Es gibt nichts mehr zu ermitteln, keinen weiteren Dreck mehr aufzuwühlen. Guten Tag.«

Stubenrauch erhob sich ein wenig fassungslos.

»Wie, das soll es gewesen sein?«

»Genau.«

»Und die Presse wird das schlucken?«

»Die schluckt das. Und die bedauernswerte Witwe kann endlich in Ruhe trauern.«

»Wie schön für sie.«

»Sehen Sie, Stubenrauch, das ist diese Einstellung, die Ihnen bei allen Ermittlungen in den besseren Berliner Kreisen im Weg steht. Ihnen fehlt es an Pietät, an Taktgefühl, vielleicht auch an Erfahrung. Ich weiß nicht, was für eine Erziehung man bei Ihnen im Osten genossen hat, ob Sie solche Werte für dekadent-bürgerlich halten …«

»Bitte, Herr Lockenhaus, kommen Sie mir nicht mit dieser Ost-West-Leier.«

Stubenrauch ging zur Tür.

»Bitte schön, entziehen Sie mir den Fall, legen Sie ihn von mir aus zu den Akten, dann habe ich mehr Zeit, mich Autodieben oder toten Rentnerinnen zu widmen. Ein toter Gastrokritiker, was soll's. Die Witwe bekommt ihr Geld, das *Abendblatt* kann eine Investition brauchen, und Jasper darf mit seinem Simple weiter für die ehrenwerten Hauptstadtfreunde wirken. Immerhin macht er eine hervorragende Zabaione.«

Damit hatte Stubenrauch leise die Tür hinter sich geschlossen.

Jetzt musste er lachen. Es war nicht zu glauben: Der feige Lockenhaus ließ auf Anweisung des Staatsanwalts Fünfe gerade sein, um keinen Ärger zu bekommen. Keine weiteren negativen Schlagzeilen über Berlin. Wie eng waren die Verbindungen zwischen Stolzenburg und Lockenhaus wirklich? Welche Rolle spielten der Staatsanwalt und der Innensenator? Aber das würde er als kleiner Beamter wohl nie erfahren.

Nach dem Duschen wurde er mit trockengerubbelten Haaren vor seiner Bürotür von Hofstätter aufgehalten.

»Rate mal, wer bei uns seit gestern Nacht in Untersuchungshaft sitzt!«

»Stolzenburg? Wehe, wenn Lockenhaus davon erfährt ...«

»Nee, der Brinkmann.«

»Brinkmann?« Stubenrauch starrte seinen Kollegen an.

»Weswegen?«

»Wegen dringenden Verdachts auf fahrlässige Tötung in zwei Fällen.«

»Spinnst du? Ist die Witwe jetzt auch tot?«

»Nee, zwei Araber.«

»Was? Du willst mich verarschen, oder?« Damit öffnete Stubenrauch endlich seine Bürotür.

»Da, auf deinem Schreibtisch liegt das Protokoll der Vernehmung. Das von Brinkmanns Freundin darunter.«

»Wird die auch verdächtigt?«

»Vorerst nicht. Aber sie war dabei. Man hat die beiden auf der Müllerstraße aufgegriffen in einem Mercedes-Geländewagen, der nicht ihnen gehörte. Sie waren bei Rot und mit überhöhter Geschwindigkeit über die Kreuzung Seestraße gerast. Dabei ist es zu einem Unfall mit erheblichem Sachschaden und Todesfolge gekommen. Wenig später fanden wir auf einem Gewerbehof in Reinickendorf einen Toten, den Brinkmann überfahren hat. Die Details kannst du nachlesen, ich muss los. Für Nachfragen stehe ich dir jederzeit zur Verfügung.«

Damit verschwand Hofstätter grinsend. Ihm schien es einen Heidenspaß zu machen, seinem Vorgesetzten mehrere Schritte voraus zu sein.

Hauptkommissar Stubenrauch ließ sich ächzend auf seinen Schreibtischstuhl fallen und vertiefte sich in die Lektüre des Protokolls.

Vernehmung Alfred Brinkmann, Freitag, 3. April 20xx, 7:30 Uhr. Anwesend: Kommissar Ulrich Hofstätter und Kriminalassistentin Eva Pomellen

Hofstätter: Sie heißen?

Brinkmann: Äh, Alfred Brinkmann, geboren in Hannover.

Hofstätter: Schöne Stadt.

Brinkmann: Bitte?

Hofstätter: Ich sagte, Hannover sei eine schöne Stadt.

Brinkmann: Wenn Sie das sagen.

Hofstätter: Der Maschsee, die Eilenriede, das Rathaus, eigentlich die beiden Rathäuser …

Pomellen: Ähem. Also, Sie geben zu, Ahmed Ben Numi überfahren zu haben?

Brinkmann: Ich habe gar nichts zuzugeben. Im Gegenteil, ich erstatte Anzeige wegen Freiheitsberaubung. Vor meinen Augen haben sie meine Lebensgefährtin in den Wagen gezerrt. Direkt an der kaputten Kirche.

Hofstätter: Sie meinen die Kaiser-Wilhelm-Gedächtnis-Kirche?

Brinkmann: Ja, genau. Und dann haben sie mir mit etwas Schwerem auf den Kopf geschlagen. Ich bin erst wieder auf diesem Gewerbehof aufgewacht.

Hofstätter: Wo diese Männer angeblich ihre Freundin folterten?

Brinkmann: Sie wollten sie vergewaltigen.

Pomellen: Wer wollte sie vergewaltigen?

Brinkmann: Der Anführer der drei.

Hofstätter: Woher wissen Sie, dass das der Anführer war?

Brinkmann: Er wirkte so.

Pomellen: War das der ohne Hose?

Brinkmann: Ohne Hose?

Pomellen: Der, den sie zweimal überfahren haben. Ahmed Ben Numi. Er ist tot.

Brinkmann: Keine Ahnung, als wir aus der Halle rannten, waren zwei hinter uns her.

Hofstätter: Den Dritten hatten Sie zuvor so zugerichtet, dass er nicht mehr laufen konnte. Immerhin lebt er noch. Wir haben ihn bereits im Krankenhaus vernommen.

Pomellen: Und er erzählt uns eine ganz andere Geschichte.

Hofstätter: Er hat zu Protokoll gegeben, Sie hätten die drei in ihrem Büro in Reinickendorf aufgesucht und sie massiv bedroht.

Brinkmann: Was? Welches Büro?

Hofstätter: Das Büro der Top Gastro GmbH, das sich neben der Halle befindet, in der wir den dritten Mann schwer verletzt gefunden haben.

Brinkmann: Top Gastro? Was soll das für ein Unternehmen sein?

Hofstätter: Die betreiben verschiedene Imbissbuden und Restaurants in Berlin, Potsdam und Oranienburg.

Pomellen: Der Eigentümer ist ein gewisser Hakan Ücür.

Brinkmann: Hakan Ücür? Nie gehört, kenne ich nicht. Das schienen mir auch eher Araber zu sein.

Hofstätter: Der Tote und der Verletzte sind tatsächlich Araber.

Pomellen: Hakan Ücür behauptet, Sie hätten ihn erpresst.

Gegen die Zahlung einer hohen fünfstelligen Summe hätten Sie ihm angeboten, in Zukunft nur noch positiv über seine Lokale zu schreiben.

Brinkmann: Ich kenne keinen Hakan sowieso. Und ich lasse mich auch nicht bestechen. Schon gar nicht würde ich jemanden dazu auffordern. Lächerlich.

Hofstätter: Und als er nicht darauf eingegangen ist, hätten Sie ihn in seinem Büro besuchen wollen, aber nur drei seiner Mitarbeiter angetroffen.

Pomellen: Die Sie dann an seiner Stelle bedroht haben.

Brinkmann: Völliger Blödsinn! Womit denn? Mit einer Pistole? Ich besitze so etwas nicht.

Pomellen: Mit einer mächtigeren Waffe: der Macht der Presse.

Brinkmann: Hah, die Macht der Presse! *(lacht)* Und wozu hätte ich Cordula zu diesem angeblichen Treffen mitnehmen sollen?

Hofstätter: Zur Tarnung vielleicht?

(Brinkmann schweigt)

Brinkmann: Der einzige türkische Gastronom, mit dem ich in letzter Zeit zu tun hatte, heißt Ecevit Öcalan.

Hofstätter: Was hatten Sie mit ihm zu tun?

Brinkmann: Ich habe eines seiner Restaurants verrissen. Daraufhin hat er mich am Telefon beschimpft und bedroht. Vielleicht steckt der hinter der ganzen Sache.

Hofstätter: Gibt es Beweise oder Zeugen für diese Drohungen?

Brinkmann: Nein. Wenn der MAD nicht mitgeschnitten hat, leider nicht.

Hofstätter: Ich bewundere Ihren Sinn für Humor, Herr Brinkmann. Und das in Ihrer Lage.

Brinkmann: Was heißt hier ›Lage‹? Ich habe in Notwehr

einen Mann überfahren, der mir vors Auto gelaufen ist, als er mir und Cordula nach dem Leben trachtete.

Pomellen: Behaupten Sie. Fakt ist: Sie sind mit völlig überhöhter Geschwindigkeit über eine rote Ampel gefahren, haben dabei mehrere Verkehrsteilnehmer auf einer viel befahrenen Kreuzung gefährdet. Ein Verkehrsteilnehmer ist dabei zu Tode gekommen.

Brinkmann: Der hinter mir hergerast ist. Wenn die uns erwischt hätten, ich weiß nicht, ob sie mich dann noch hier hätten vernehmen können. Wir waren in Panik.

Hofstätter: Gespenstergeschichten, Herr Brinkmann. Wir fanden im Jeep, den Sie gefahren haben, einen Koffer mit Geld. Fünfzigtausend Euro. Wie sind die dahin gekommen? Ich habe gehört, Sie brauchen Geld, sie wollen doch bald heiraten, oder?

Brinkmann: Fünfzigtausend Euro?

Pomellen: In einem Leichtmetallkoffer. Im Kofferraum.

Brinkmann: So ein Koffer ist mir unbekannt. Von mir ist der nicht. Es war ja auch nicht mein Auto.

Pomellen: In dem Koffer befindet sich das Geld, das Sie den Mitarbeitern von Herrn Ücür entwendet haben.

Hofstätter: Oder das die Ihnen für künftige wohlwollende Artikel bezahlt haben.

Pomellen: Das sich die Herren allerdings zurückholen wollten. Deshalb sind sie hinter Ihnen her gefahren.

Brinkmann: Woher haben Sie diese erstaunlichen Erkenntnisse? Ich weiß nichts von einem Geldkoffer. Ich habe ihn auch niemandem entwendet, ich habe mich auch nicht bezahlen lassen. Und ich brauche auch kein Geld, schon gar nicht, um meine Freundin zu heiraten. Die hat selbst genug. Beziehungsweise ihre Familie.

Pomellen: Wir berufen uns auf die Aussagen von Ali Nasser, dem einzigen Überlebenden der drei Mitarbeiter der Top Gastro. Und auf die Aussage von Herrn Ücür.

Brinkmann: Ich war gegen meinen Willen dort, die haben uns entführt! Wie oft denn noch? Fragen Sie Cordula, die wird Ihnen das bestätigen.

Hofstätter: Das hat sie bereits. Aber diese Aussage ist nicht allzu viel wert, Sie könnten sich abgesprochen haben.

Brinkmann: Wir brauchen uns nicht abzusprechen, wir erzählen die Wahrheit.

Hofstätter: Da steht leider Aussage gegen Aussage. Und zwei Tote sprechen eher gegen Sie.

Brinkmann: Aber das ist ja kafkaesk! Ich wurde von Öcalan bedroht, ich kenne keinen Ücür, vielleicht ist das ein Strohmann von Öcalan. Der hat seine Schergen auf uns gehetzt, um uns einzuschüchtern. In letzter Sekunde konnte ich Schlimmeres verhindern und uns zur Flucht verhelfen. Dabei sind leider zwei Menschen zu Tode gekommen. Für deren Tod ich aber rein gar nichts kann.

Pomellen: Herr Brinkmann, wir verhaften Sie wegen versuchter Erpressung, schweren Diebstahls und fahrlässiger Tötung. Möchten Sie Ihren Anwalt anrufen?

Brinkmann: Ich habe keinen Anwalt, ich kenne nicht mal einen. Ich habe nur einen Steuerberater. Der wird mir hier aber wenig helfen.

Pomellen: Möchten Sie einen Angehörigen anrufen? Wir müssen Sie leider noch hierbehalten.

Brinkmann: (nach einiger Überlegung) Ja, ich möchte meinen Schwiegervater anrufen.

Stubenrauch legte das Protokoll kopfschüttelnd zur Seite und griff zum Telefon. Dieser Brinkmann war eigenartig.

Eigentlich ein netter Typ, aber so ganz schlau wurde Stubenrauch nicht aus ihm. Auf jeden Fall: Hofstätters Verschwörungstheorien waren Blödsinn, da war der Kommissar sich sicher. Er tippte die Nummer des Staatsanwalts. Zwei Stunden später war Alfred wieder frei.

19 Reinickendorf revisited

Alfred fuhr mit der U-Bahn Richtung Norden. Bahnhof Seestraße. Hier, wenige Meter über ihm war es passiert. Er schauderte. Genauso gut hätte es ihn und Cordula erwischen können. Was für ein Wahnsinn.

Alfred hatte eine Nacht und den gesamten Vormittag in Untersuchungshaft verbringen müssen. Die idiotische Polizei hatte ihm jedes Wort im Mund verdreht. Von Heinrich Pompl war mit keinem Wort die Rede gewesen. Als er auf die mögliche Verbindung hingewiesen hatte, war ihm von einem der Polizisten beschieden worden, es gebe keinen Fall Pompl mehr, sehr wohl aber einen Fall Brinkmann. Alfred hatte erst nicht verstanden, aber offenbar ging die Polizei samt dem dämlichen Stubenrauch tatsächlich davon aus, dass Pompl eines natürlichen Todes gestorben war. Er konnte es nicht fassen. Plötzlich war es nur noch um Araber, einen gewissen Ücür und fünfzigtausend Euro gegangen. Und immer wieder waren sie auf Cordulas und seinen Schulden herumgeritten, darauf, dass sie bald heiraten wollten und dazu die Einwilligung der von Pokornys brauchten – und vor allem Geld. Als könnte er Cordula nicht gegen den Willen ihres Vaters heiraten, lächerlich.

Ausgerechnet seinen Schwiegervater in spe anzurufen, morgens um kurz nach sechs, war auch nicht seine beste Idee gewesen. Er hatte sich den vielsagend resignierten Blick Pokornys vorgestellt, als der mit näselnder Stimme verkündet hatte, er werde seinen Anwalt anrufen, aber Alfred möge bitte etwas Geduld aufbringen, denn es sei schließlich eine unchristliche Zeit und sein Anwalt normalerweise mit solchen »Dingen« – hier war seine Stimme besonders näselnd geworden – also, mit solchen »Dingen« sei der Anwalt normalerweise nicht befasst. Wieder stand er als der ungeliebte Schwiegersohn aus bescheidenen Verhältnissen da, der in bessere Kreise einheiraten wollte. Gott sei Dank bekamen die Polizisten nichts mit von Pokornys Aussagen. Cordulas Aussagen über Familienstolz und -tradition gegenüber der Polizei hatten schon genug Unheil angerichtet.

Und plötzlich waren die Andeutungen, die Stubenrauch in der Oper gemacht hatte, wieder aufgetaucht und wurden diesmal offiziell zu Protokoll genommen. Was erst als Motiv für einen Mord an seinem Chef hatte dienen sollen, wurde jetzt zum Motiv für seine Erpressung dieses Ücür.

Manchmal war Alfred das Ganze wie ein großes Spiel vorgekommen. Wo ist die verdammte Kamera, wollte er mehrmals fragen. Aber er hatte weitere süffisante Bemerkungen vermieden, dafür war die Lage einfach zu ernst. Wer morgens um neun auf einer harten Pritsche in einer erschreckend kahlen Zelle unter Neonlicht kauert, dem ist nicht nach Scherzen zumute.

Pokornys Anwalt schien dann aber gute Arbeit geleistet zu haben, denn Staatsanwalt und Haftrichter hatten ihn schließlich doch laufen lassen. Zum Abschied hatte ihm Stubenrauch sogar die Hand gegeben und gemurmelt: »Aber halten Sie sich zu unserer Verfügung.«

Wer war dieser ominöse Ücür, fragte sich Alfred, als er jetzt am Paracelsus Bad die U-Bahn verließ. Steckte hinter Ücür tatsächlich Öcalan? War Ücür Öcalan? Im Handelsregister stand tatsächlich ein Hakan Ücür als Eigentümer der Top Gastro, das hatte Alfred gleich als Erstes nach seiner Entlassung gecheckt. Zur Top Gastro gehörten lauter unscheinbare Imbisse. Von einem Panasia & Co. war nirgends die Rede. Das gehörte einer Izmir & Co. GmbH und Ecevit Öcalan war deren Hauptgesellschafter. Welche stillen Teilhaber sich hinter dem Co. verbargen, konnte Alfred nicht in Erfahrung bringen.

Nun musste er den Hof und die Halle wiederfinden. Den ganzen Vormittag in der Zelle hatte ihm die Sache keine Ruhe gelassen. Wenn die Polizei schon nichts tat, außer ihn zu verdächtigen, musste er die Sache selbst in die Hand nehmen.

Hoffentlich fand er diesen verdammten Hof. Vielleicht konnte er dort irgendeinen Hinweis auf Öcalan oder eines seiner Restaurants finden. Alfred konnte sich nicht mehr genau erinnern, wo sie auf die Hauptstraße gebogen waren. Die Hauptstraße musste auf alle Fälle die Roedernallee gewesen sein, die er jetzt entlanglief.

Der Himmel über Berlin war bedeckt. Ein trüber Tag. Die passende Stimmung für einen entlassenen Sträfling.

Ja, unter dieser Brücke waren sie durchgefahren. Alfred bog in die nächste Straße nach rechts. In diesem Industriegebiet zwischen den S-Bahn-Trassen musste die Halle sein. Die Straße machte einen Knick nach rechts. Nach wenigen Schritten stand Alfred vor einer Hofeinfahrt, die von den

Resten eines zersplitterten Holztors eingerahmt war. Sein Werk … Er zog seine Mütze tiefer in die Stirn und schlug den Mantelkragen hoch.

Niemand war zu sehen. Alfred betrat den Hof. Immer noch keine Menschenseele. Da war die Halle. Im Tageslicht wirkte sie viel kleiner. Links befand sich ein niedriges Gebäude, an dem auf einem billig gemachten Schild *Top Gastro* stand. Wer seine Firma so nennt, dem ist ohnehin nicht zu trauen, dachte Alfred, als er sich der großen Tür zur Halle näherte. Alles schien völlig verlassen zu sein. Auf dem Boden sah er eine Spur rötlich-brauner Tropfen, die von der Tür weg in die Mitte des Hofs führte. Dort musste er den Araber überfahren haben. Tat es ihm leid? Er wusste es nicht. Das Ganze kam ihm immer noch sehr unwirklich vor.

Ihm war etwas mulmig zumute, als er den Griff betätigte und heimlich hoffte, die Tür möge verschlossen sein. Gerade noch rechtzeitig sah er, dass ein Polizeisiegel über den Spalt zwischen Zarge und Tür geklebt war. Er ließ den Griff wieder los. Ein paar Meter weiter war eine kleinere Tür. Unversiegelt. Sehr professionell, dachte Alfred. Die Tür war nicht verschlossen. Er machte einen Schritt in die Halle. An den Zementboden konnte er sich erinnern. Er betrat die Szene nun von der rechten Seite. Im trüben Tageslicht, das durch die schmutzigen großen Fenster fiel, konnte er immerhin so viel erkennen, dass es nicht viel zu sehen gab. Kein Tisch, natürlich keine Reste irgendwelcher zertrümmerter Stühle. Alfred ging weiter in die Halle hinein. An der Rückseite befanden sich zwei Reihen übermannshoher Industrieregale. Die wollte er sich ansehen.

Als er näher kam, erkannte er, dass hier tatsächlich gastronomische Ausrüstungsgegenstände lagerten. Stapelweise Pappteller, riesige Dosen mit Frittieröl, sogar mehrere anderthalb Meter lange Dönerdrehspieße fand er. Aber keine Schilder, keine Adressaufkleber, die irgendwie auf Öcalan oder eines seiner Restaurants wie das Istanbul hinwiesen. Die Spieße kamen aus Izmir. Die Pappteller aus Nordrhein-Westfalen.

Alfred versuchte, hinten in der Ecke an die obersten Regalbretter heranzukommen. Dort standen palettenweise Konserven. Er kletterte auf die unteren Regalböden, dann auf die darüber, zog sich mit beiden Armen nach oben hoch, um auch hier Absender und Empfänger zu kontrollieren oder vielleicht sogar einen Lieferschein zu entdecken. Gerade als er dabei war, sein linkes Bein stöhnend auf das oberste Brett nachzuziehen, wo seine schwitzende Wange schon im Dreck klebte, hörte er, wie die kleine Hallentür geöffnet wurde. In dem Moment flammte auch das Neonlicht an. Alfred zog das Bein lautlos nach und kroch hinter einen Stapel Dosen mit Champignons. Zwischen Hallenwand und Dosen war gerade so viel Platz, dass er sich dazwischenquetschen konnte. Allerdings geriet der Dosenstapel bei der Aktion gefährlich ins Schwanken. Und eine Dose mit tausend Gramm Champignons in der obersten Reihe des Stapels fiel um, rollte ein paar Zentimeter und stürzte dann aus drei Metern Höhe zu Boden. Nicht allzu laut, aber deutlich vernehmbar. Alfred hielt den Atem an. Es kam ihm vor, als schwankte das ganze Regal.

Jetzt hörte er Stimmen. Sehen konnte er nichts, weil ihm die zweite Regalreihe die Sicht versperrte. Arabisch. Oder Türkisch? Alfred lauschte angestrengt. Eindeutig Türkisch. Zwei Männer unterhielten sich. Ab und zu kam auch ein deutsches Wort vor: »Kredit«, »Sparkasse«, »Dispo«. Dazwischen türkische Worte wie Maschinengewehrgeratter.

Dann ging wieder die Tür. Die Stimmen verstummten.

Jemand sprach deutsch. Leider so leise, dass Alfred nichts verstehen konnte. Nur einige Fetzen drangen an sein Ohr: »Das Ganze muss jetzt ein Ende haben«, sagte die deutsche Stimme, die ihm irgendwie bekannt vorkam. Aber sie war zu weit weg und zu dumpf. Woher kannte er diese Stimme?

»Ich dachte, es hätte schon längst ein Ende«, antwortete einer der beiden Türken auf Deutsch. Auch diese Stimme kannte er, aber in der großen Halle verhallte sie so schnell, dass Alfred sie nicht einordnen konnte. Öcalan? Sicher konnte er sich aber nicht sein. Er streckte den Kopf über den Rand der oberen Dosenschicht. Wieder schwankte das Regal bedenklich. Da hörte er Schritte. Zwei Männer schienen sich zu entfernen, aber einer kam näher heran an die Regale.

Er rief etwas auf Türkisch, der andere Mann antwortete ebenfalls auf Türkisch. Alfred hörte, wie die Hallentür geöffnet wurde und wieder zufiel. Dann bog der dritte Mann in seine Regalreihe und kam direkt auf ihn zu. Es war nicht Öcalan. Was wollte der? Hatten sie ihn entdeckt? Drei Meter vor Alfred blieb der Türke stehen und suchte etwas im Regal. Nach etwa zwanzig Sekunden hatte er gefunden, was er suchte, und wollte schon gehen, als sein Blick auf die zerbeulte Dose mit Champignons fiel, die unten vor Alfreds Versteck auf dem Zementboden liegen geblieben war. Der Mann ging darauf zu, bückte sich, hob die Dose auf und betrachtete sie eingehend. Bis auf eine eingedrückte Seite schien sie noch intakt zu sein. Der Mann blickte nach oben, genau in Alfreds Richtung, ging aufs Regal zu und verschwand damit aus Alfreds Gesichtsfeld. Offenbar stieg er auf das untere Regalbrett, denn plötzlich sah Alfred, wie sich direkt vor seinem Kopf die Dose über den Rand schob und mit einem letzten Schubs vor seiner Nase landete. Alfred machte sich so klein, wie es ihm nur möglich war.

»Mein Name ist Hase, ich weiß von nichts und man sieht mich nicht«, raste es durch Alfreds Kopf. Immer wieder: »Mein Name ist Hase, mein Name ist Hase, mein Name ist Hase, und du verpiss dich endlich!«

Was war so wichtig an dieser blöden Champignondose? Dosen fallen eben manchmal herunter, schon mal was von Newton gehört? Der Kerl machte keine Anstalten herunterzusteigen. Holten die anderen jetzt ihre Maschinengewehre, um ihn samt dem Dosenstapel standrechtlich zu erschießen? »Was hatte Brinkmann schon wieder in der Halle zu suchen?«, hörte er Hofstätter fragen und dann die leicht dickliche Polizistin: »Noch mehr Geld vielleicht, einen weiteren Alukoffer?« Genau, wie war dieser Koffer eigentlich ins Auto gekommen? Der musste ja den Entführern gehören. War das Schwarzgeld? Schutzgeld? Die ganze Lügengeschichte, die sie der Polizei erzählt hatten, war natürlich improvisiert gewesen. Sie konnten ja unmöglich damit gerechnet haben, dass er mit ihrem Auto abhauen würde.

Der Kerl hatte sich noch immer nicht vom Fleck gerührt und schnaufte asthmatisch. Von den anderen war Gott sei Dank nichts zu sehen und zu hören. Die Beine schliefen Alfred ein. Er hatte das dringende Bedürfnis, sich zu bewegen. Da hörte er, wie wieder die Hallentür geöffnet wurde. Schritte näherten sich dem Regal.

»Abdul?«

»Evet?«, fragte der schnaufende Mann. Dann sagte der andere wieder etwas Maschinengewehrartiges. Der Schnaufer murmelte vor sich hin, und Alfred hörte, wie er vom unteren Regalboden sprang. Er atmete auf. Keine Entdeckung. Keine Hinrichtung. Das Licht in der Halle erlosch. Er hörte, wie die beiden Männer die Hallentür von außen hinter sich schlossen.

Alfred bewegte vorsichtig seine eingeschlafenen Beine, bis wieder das Blut in ihnen zirkulierte. Dann wartete er noch ein paar Minuten. Doch nichts war zu hören. Totenstill lag die Halle im Dämmerlicht. Alfred kraxelte umständlich über die Brettkante, ließ sich vorsichtig hinunter, bis seine Beine baumelnd einen Meter über dem Hallenboden hingen und ließ los. Er kam etwas unglücklich auf, knickte um und fiel seitlich hin. »Scheiße!«, fluchte er und rappelte sich hoch. Er humpelte zur Seitentür, durch die er vorhin hereingekommen war, drückte die Klinke und stellte fest: Sie war jetzt verschlossen.

Was nun, Herr Superdetektiv? Alfred sah sich um. Er ging zum großen Tor und rüttelte. Keine Chance, ebenfalls verriegelt. Er sah sich um, weitere Türen gab es nicht. Blieben nur die Fenster. Aber sie waren zu hoch. Er lief zurück zu den Regalen, griff sich eine Palette mit Dosen, diesmal waren es Coladosen, und schleppte sie unter eines der Fenster. Nachdem er mehrere Paletten übereinandergestapelt hatte, bestieg er den schwankenden Turm, erreichte das Fenster und öffnete es. Vor dem Fenster war eine Mauer, auf deren Sims er klettern konnte. Von dort sprang er auf den Kiesboden. Diesmal landete er geschickter. Er befand sich seitlich von der Halle. Ein schmaler Gang lief zwischen Mauer und Hallenwand bis zum Hof. Alfred schlich sich bis an die Ecke, wo die Halle aufhörte. Auf dem Hof war niemand zu sehen, das Bürogebäude lag immer noch verlassen da. Alfred lief bis vor das Haus. Er sah durch eins der Fenster. Drinnen war niemand zu sehen. Auch durch das nächste Fenster nicht.

Er gab es auf. Das Risiko, dass plötzlich einer der Männer auftauchte, war einfach zu groß. Alfred ging auf die Straße und zurück zur Roedernallee. Was hatte er erreicht? Nicht viel.

Die Top Gastro gab es wirklich, und sie hatte was mit Imbissen zu tun. Kein Hinweis auf Öcalan. Oder war einer der Männer, die er reden gehört hatte, der türkische Großgastronom? Die Stimme war ihm bekannt vorgekommen. Aber ob sie zu Öcalan gehörte, konnte er unmöglich sagen. Und der andere, der Deutsche? Auch den konnte er nicht zuordnen, aber er kannte die Stimme. Es war zum Verrücktwerden.

Er fuhr zurück in die Redaktion, las und redigierte dort zwei Texte, die in die morgige Ausgabe sollten, erledigte einige Telefonate und las seine E-Mails. Dann fuhr er nach Hause.

Cordula war nach ihrer Vernehmung in die Zweit-Villa ihrer Eltern nach Buckow aufs Land gefahren, um sich von dem Schock zu erholen. Sie hatte ihn am Nachmittag in der Redaktion angerufen und gebeten, nicht böse zu sein: Sie würde noch ein wenig länger bleiben. Es sei einfach alles zu viel für sie. Er hatte der Form halber ein wenig gequengelt, dann aber erleichtert aufgelegt. Er war keineswegs böse. Er musste seine Nachforschungen weitertreiben. Keine Zeit, seine geschockte Freundin zu trösten.

20

Schwarze Witwe

Ihr Duft, was für ein Duft! Alfred war verwirrt. Und nervös. Nachdem sie ihm lächelnd die Türe geöffnet hatte, ihre Augen seine trafen, hatte er als Erstes ihren Duft wahrgenommen. Ein schwerer, aufreizender Duft nach fast überreifen Früchten und feuchten Edelhölzern, Tropenholz, das die gespeicherte Sonnenwärme abgab, ein Vorgeschmack auf lange, warme Augusttage. Er war verwirrt.

»Vielen Dank für die Einladung, Frau Pompl«, brachte er gerade noch heraus. Pompl hatte ihn in letzter Zeit wiederholt zu privaten Abendessen eingeladen, die für Alfred Seminare in Ess- und Trinkkultur gewesen waren. Nie hatte er bessere, ungewöhnlichere, klassischere Weine getrunken als hier. Und Pompl hatte auf seine unnachahmliche Art über das Trinken, das Essen und den ganzen Rest philosophiert. Karoline Pompl hatte überwiegend stumm daneben gesessen und ab und zu an ihrem Glas genippt. Nur wenn sich das Gespräch weit genug vom Kulinarischen entfernte, trug sie etwas dazu bei, meist leise lächelnd. So als wüsste sie mehr, als sie tatsächlich sagte. Vielleicht war das auch nur ihr Trick: Stille Wasser sind tief, nehmen die meisten Menschen an.

Jetzt war Alfred zum ersten Mal mit der Hausherrin allein in der Pomplschen Villa – ohne Pompl, der sonst die Konversation steuerte. Sie hatte ihn heute Vormittag überraschend in der Redaktion angerufen.

»Entschuldigen Sie, Herr Brinkmann. Ich müsste wirklich mal einen Gärtner bestellen«, lachte Frau Pompl. »Treten Sie bitte näher.«

Alfred zuckte leicht mit den Schultern. »Vermutlich hatten Sie andere Sorgen.«

Frau Pompl führte Alfred durch die geräumige Diele ins Wohnzimmer. Auf dem Rauchglastisch stand eine geöffnete Flasche Wein und eine Teekanne aus dunkelgrauem Metall.

»Tee oder Wein, Herr Brinkmann?«

»Tee wäre sehr schön, Frau Pompl.«

Sie setzten sich. Während Karoline Pompl den Tee einschenkte, sagte sie:

»Ich hörte, auch Ihre letzten Tage waren nicht ganz einfach? Sie sind wirklich entführt worden?«

»Ja, auf offener Straße, als wir am Dienstagabend von der *Meistersinger*-Premiere nach Hause gelaufen sind.«

»Wer steckt dahinter?«

»Das weiß ich nicht. Wenn es nicht so albern klingen würde, würde ich sagen: Die Berliner Gastromafia.«

»Die Gastromafia?«

»Ich sage ja, es klingt albern. Irgendwelche Araber oder Türken. Von einer gewissen Top Gastro. Haben Sie von denen schon einmal gehört? Hatte Ihr Mann mit denen zu tun? Mit einem gewissen Hakan Ücür?«

»Hakan Ücür?« Karoline Pompl nippte an ihrem Tee.

»Den Namen habe ich noch nie gehört. Aber das mit der Gastromafia klingt überhaupt nicht albern. Mit denen hatte Heinrich auch zu tun. Immer wieder haben Wirte, Köche, Geschäftsführer und Weinhändler, denen Heinrich mangelnde Kompetenz oder unsaubere Geschäftspraktiken vorwarf, nachts bei uns angerufen. Manche beklagten sich, andere drohten. Irgendwann schreibe ich darüber mal ein Buch, hat er immer gesagt. Ich habe Aufzeichnungen, die außer Heinrich und mir niemand kennt. Daraus wollte er seine große Abrechnung machen. Ein Teil des Manuskripts war sogar schon fertig. Und liegt mittlerweile bei der Polizei, der Hauptkommissar hat die Aufzeichnungen konfisziert.«

»Ihr Mann wurde telefonisch bedroht?«

»Ja. Auch zu Hause. Und das, obwohl wir in den letzten Jahren eine Geheimnummer hatten. Die waren so wütend, dass sie auch die herausgefunden haben.«

»Ecevit Öcalan hat vor einigen Tagen in der Redaktion angerufen und mich wüst beschimpft. Vielleicht steckt er hinter dieser Entführung. Vielleicht hat der seine Lakaien auf mich gehetzt, um mich einzuschüchtern. Und dann ist das Ganze aus dem Ruder gelaufen.«

Karoline Pompl nickte ihrem Dienstmädchen zu, das soeben zum Abendessen rief.

»Kommen Sie, lieber Alfred, vergessen Sie für einen Moment diese Gastronomen und erholen Sie sich bei einem guten Abendessen.«

Nach dem Essen, einem sehr würzigen Lammbraten, begleitet von einem ebenso würzigen Burgunder nebst einem schweren Shiraz, wollte sich Alfred möglichst schnell verabschieden. Er war erschöpft. Die Konversation beim Essen kam Alfred vor wie ein Prüfungsgespräch. Es drehte sich hauptsächlich um seine Arbeit in der Redaktion, wie er mit Bronner und seinen Kollegen klarkam und so weiter. Was sollte Alfred seiner obersten Chefin erzählen, von der er so gut wie gar nichts wusste? Dass Bronner ein aufgeblasenes Arschloch war, dass er sich manchmal überfordert fühlte, wie jemand, der in zu großen Fußstapfen treten musste. Irgendwie passt diese unglaubliche Entführungsgeschichte auch dazu.

In seiner Zelle war sich Alfred vorgekommen wie ein Mönch, der Buße tun muss für seine Hoffart. Stubenrauch hatte recht gehabt mit seinen Bemerkungen in der Oper, dass er keineswegs qualifiziert sei als Pompls Nachfolger. Er war wirklich nur eine Marionette in Bronners Machtspielchen. Aber konnte und sollte er das ausgerechnet seiner Verlegerin auf die Nase binden? Trotzdem hatte er die ganze Zeit das Gefühl, dass sie genau so etwas von ihm hören wollte, etwas Persönliches, über das Konventionelle Hinausgehende.

Stattdessen ließ er sich immer wieder Wein nachschenken und versuchte, die Konversation auf Plauderniveau zu halten. Alfred spürte den Alkohol, seine Gastgeberin hatte sich wie immer beim Wein zurückgehalten, so hatte er die beiden Flaschen praktisch alleine getrunken. Nach dem Dessert war er fest entschlossen, den Rest des Abends entspannt zu Hause zu beschließen.

Doch Karoline Pompl wollte von Abschied nichts wissen: »Wir haben uns so nett unterhalten, lieber Alfred, da lasse ich Sie noch nicht ziehen. Wenn mein Mann noch lebte, würde er Ihnen jetzt eine seiner Havannas anbieten und mit Ihnen in die Bibliothek gehen, um die wirklich wichtigen Dinge zu besprechen.« Sie lächelte. »Das tue ich jetzt auch. Bitte folgen Sie mir zu den Rauchwaren.«

Alfred seufzte erst, dann lächelte er. »Es fällt mir schwer,

Ihren Überredungskünsten zu widerstehen – auch wenn ich mir ehrlich gesagt nichts aus Zigarren mache.«

Karoline Pompl lachte laut auf. »Ich schätze Ihre Ehrlichkeit, aber das nützt Ihnen diesmal nichts. Dann verzichten wir eben aufs Rauchen. Wir können uns ja auch nur mit einem Whisky bewaffnet in die Bibliothek setzen. Oder noch besser in meinen Wintergarten.«

Alfred gab auf: »Ich gehorche.«

Karoline Pompl zog die Schiebetür zum Wintergarten auf. »Willkommen in meinem kleinen Reich, Herr Redakteur.«

Sie lächelte Alfred verschwörerisch zu und wies auf eine Unzahl schlanker, kerzengerade nach oben strebender Kakteen, kleiner erdfarbener Statuen und Berge von Kissen.

»Bitte nehmen Sie Platz.«

Auf seinen fragenden Blick hin brach Karoline Pompl erneut in ihr girrendes, perlendes Lachen aus.

»Keine Stühle, Herr Brinkmann? Das ist Absicht. Sie können Ihre Sitz- beziehungsweise Liegestellung frei wählen. Nehmen Sie sich einfach so viele Kissen, wie Sie benötigen.«

Damit ließ sie sich fallen und legte sich quer vor einen großen Kaktus, der mehr als anderthalb Meter emporragte. Dabei öffnete sich ihr enger, knöchellanger Rock und ließ Alfred einen Teil ihrer schlanken Beine sehen. Alfred setzte sich umständlich seiner Gastgeberin gegenüber. Viel Platz zum Abstandhalten bot ihm der vollgestellte Wintergarten nicht. Alfred hatte Angst, sich aus Versehen an einer der Kakteen zu stechen und sie womöglich umzuwerfen – oder eine dieser seltsamen Statuen, die wie kleine Gottheiten aussahen. Die ganze Situation kam ihm absurd vor. Offenbar war ihm das an der Nasenspitze anzusehen – und schien Heinrich Pompls Witwe köstlich zu amüsieren.

»Mein Gott, Alfred, entspannen Sie sich! Die Kakteen tun Ihnen nichts. Und meine kleinen Erdweisen auch nicht.« Sie reckte sich zum Tablett, das ihr das auffallend hübsche Dienstmädchen reichte. »Danke, Nadja.«

Ihm wurde schwindelig. Seine Angst, von einer der Sukkulenten gestochen zu werden, war gar nichts gegen den Gedanken, dass ihn diese Frau, die fast doppelt so alt und zehnmal erfahrener auf allen möglichen Gebieten war, verführen wollte. Das ging schon seit der Suppe so. Immer wieder streute sie leicht anzügliche Bemerkungen ein, sah ihn mit kokettem Augenaufschlag an. Allerdings so dezent, dass er sich das alles auch eingebildet haben konnte.

Während er sich einen Whisky on the Rocks nahm und zufällig in Nadjas Augen blickte, hatte er den Eindruck, dass die ihn ebenfalls sehr entgegenkommend ansahen. Drehte er durch? Warum sollte sich Karoline Pompl ausgerechnet ihn als Witwentröster aussuchen? Zudem schien sie nicht viel Trost zu benötigen. Was ihn eigentlich noch mehr irritierte als die vermeintlichen erotischen Untertöne.

Nach diesem Anstandswhisky musste aber wirklich Schluss sein, nahm er sich vor. Nadja zog sich zurück, nicht ohne noch einmal einen koketten Blick in seine Richtung zu werfen. Den konnte sich Alfred diesmal unmöglich eingebildet haben.

»Nadja arbeitet seit zwei Jahren bei uns«, sagte Karoline Pompl. »Sie stammt aus Riga. Ihr Vater war nach der Wende in den Westen gegangen, nach Berlin, von wo seine Familie stammte. Ihre Mutter wollte mit der siebenjährigen Nadja nicht mit, wurde jedoch arbeitslos, begann zu trinken. Heinrich lernte Nadja im Hotel Baltica in Riga kennen, wo sie als Zimmermädchen arbeitete. Sie hatte beim Aufräumen Heinrichs Aufnahmegerät heruntergeworfen und dabei war es kaputtgegangen. Sie war völlig verzweifelt. Heinrich versuchte sie zu beruhigen und stellte dabei fest, dass sie sehr gut Deutsch sprach. Am Ende seines Aufenthalts fragte er sie, ob sie mit ihm nach Berlin kommen wolle, um in unserem Haushalt zu helfen. So könnte sie auch wieder Kontakt zu ihrem Vater aufnehmen. Er stellte Mutter und Tochter die Fortsetzung der schulischen Ausbildung Nadjas in Aussicht. Jetzt besucht sie das Canisius-Kolleg in Steglitz und macht dort ihr Abitur. Und ich habe wieder mehr Zeit, mich um den Verlag zu kümmern und um weitere Nebensächlichkeiten wie die Figuren, die Sie hier sehen.«

»Die haben Sie gemacht?«

»Zum Teil. Manche stammen aus Indien und Nepal. Abbildungen von Naturgottheiten. Einige habe ich selbst aus Ton geformt. Wie Prometheus in Goethes Gedicht.«

»Haben die eine tiefere Bedeutung ... ich meine, eine religiöse?« Alfred nahm eine der unglasierten Tonfiguren in die Hand.

»Religiös nicht, eher eine sinnliche, erotische.«

Das hatte Alfred befürchtet. Schnell stellte er die Figur wieder hin. Karoline Pompl lachte.

»Machen die Ihnen auch Angst, Alfred? Sie scheinen ein schreckhafter Mensch zu sein.«

Alfred versuchte ebenfalls zu lachen.

»Nein, keineswegs, ich finde nur ...«

»Was finden Sie, Alfred?«

»Ähem, dass hier ohnehin genug Erotik im Raum ist.«

Kurzes Schweigen.

»Darf ich das als Kompliment auffassen?« Karoline Pompl lächelte und spielte mit dem Whiskyglas in ihrer Hand, von dem sie kaum getrunken hatte, während Alfreds bereits leer war.

»Nadja!«, rief sie. »Bring uns doch bitte noch einen Whisky! Oder ziehen Sie Cognac vor, mein lieber Alfred?«

Alfred räusperte sich. »Ich zöge es vor, jetzt zu gehen.«

»Kommt nicht in Frage. Ich hatte schon lange keinen so angenehmen Besuch, lieber Alfred. Außerdem muss ich Ihnen noch etwas Wichtiges und gleichzeitig sehr Diffiziles mitteilen. Später.«

Nadja erschien mit neuen Gläsern. Wieder trafen sich ihre und Alfreds Blicke.

»Sie ist sehr hübsch – und jung«, sagte Alfred, als Nadja sich wieder zurückgezogen hatte.

»Das ist richtig.« Karoline Pompl lächelte.

Himmel, was redete er da? Was wollte er damit andeuten? Dass Karoline Pompl alt sei? Dass er nicht glaube, dass Heinrich Pompl rein platonische Motive hatte, als er Nadja mit nach Berlin brachte? Was ging ihn das an?

Karoline Pompl strich mit ihrer rechten Hand, an der ein ziemlich großer Rubin blitzte, über ihren Rock und ließ ihre Hand unter dem Stoff über ihr Bein gleiten. Trug sie eine schwarze Strumpfhose oder Strümpfe? Mit Halter oder ohne? Was denke ich da!, rief sich Alfred zur Raison. In seinem Kopf drehte sich alles, der Burgunder, der Shiraz, der Rubinring, Nadjas Augen, Karolines Beine …

Karoline Pompl rückte ihren Rock wieder zurecht.

»Also gut, kommen wir noch einmal zu ernsteren Dingen. Zum Tod meines Mannes.«

Alfred stellte sein Glas ab. Und hörte zu.

»Ich glaube jedenfalls weder an die These des natürlichen Todes der Polizei noch an die Theorie der Boulevardpresse, dass ich meinen Mann auf dem Gewissen habe.«

Jetzt lachte Alfred.

»Letzteres glaube ich auch nicht, Frau Pompl.«

»Da bin ich aber beruhigt, Herr Brinkmann.« Sie lächelte wieder und nippte an ihrem Whisky. »Ich glaube auch nicht, dass *Sie* meinen Mann ermordet haben.«

Alfred erbleichte. Er starrte seine Gastgeberin an. Wie meinte sie das?

»Er hatte Sie sicherlich zu seinem Nachfolger auserkoren, aber natürlich noch nicht so rasch. Heinrich hielt Sie für begabt. Und er mochte Sie. Vor allem Letzteres. Ich habe selten bei ihm erlebt, dass er für einen Menschen solch eine Zuneigung entwickelt hat wie für Sie und Nadja.«

Alfred räusperte sich.

»Auch ich habe in Ihrem Mann so etwas wie eine Vaterfigur gesehen, obwohl mir das erst jetzt bewusst wird. Seltsam. Wir standen uns wirklich nahe, in gewisser Hinsicht, besonders in der letzten Zeit. Ohne ihn hätte ich nie beim *Abendblatt* angefangen, wäre nie zum Journalismus gekommen, würde wohl immer noch an der Uni herumkrebsen und vergeblich an meiner Doktorarbeit schreiben. Und Cordula hätte sich längst einen anderen gesucht. Er hat sich um mich gekümmert wie um einen Sohn.«

»Er hat mit Ihnen nie darüber gesprochen?«

»Worüber?«

»Über Gefühle? Einsamkeit? Lebenspläne?«

»Nur auf theoretischer Ebene. Es waren eher Vorträge.«

Karoline Pompl schüttelte den Kopf. Beide schwiegen für einen Moment.

»Er ist Ihr Vater.«

In der Diele hörte man die Standuhr ticken.

»Haben Sie verstanden, Alfred?«

»Ich habe bereits einen Vater, Frau Pompl. Er hat Büromaschinen für Canon in Norddeutschland verkauft. Und hat mit meiner Mutter in einer Doppelhaushälfte in Arnum bei Hannover gelebt. Bis er sie vor vier Jahren betrunken mit dem Auto gegen einen Baum gefahren hat. Meine Mutter starb noch am Unfallort. Mein Vater nahm sich drei Wochen später das Leben.«

Karoline Pompl schüttelte wieder den Kopf. Und seufzte.

»Das tut mir leid. Natürlich, das sind für Sie Ihre Eltern. Mit denen Sie aufgewachsen sind. Aber es waren nicht Ihre wirklichen Eltern. Sie sind adoptiert.«

»Was reden Sie da?«

Alfred stellte das Whiskyglas schnell auf den Teppich neben sich.

»Meine Eltern sind nicht meine Eltern? Die haben mich fünfundzwanzig Jahre lang angelogen?«

Seine Stimme zitterte leicht.

Karoline Pompl beugte sich vor und griff nach Alfreds Hand. »Sie haben Sie nicht angelogen. Sie haben Ihnen nur nicht die Wahrheit gesagt.«

Jetzt streichelte sie seinen Unterarm.

»Das mussten sie. Das war die Bedingung. Sie sollten nichts von Ihren wahren Eltern wissen.«

»Warum?«, flüsterte er. »Warum durften Sie mir das nicht sagen?«

»Weil niemand etwas davon gehabt hätte. Sie sollten ganz normal aufwachsen, in einer normalen Familie, mit Eltern, die Sie liebten und die *Sie* liebten. So macht man das bei Adoptionen. Die leiblichen Eltern kennen nie die Adoptiveltern und umgekehrt.«

»Haben mich denn meine …« Er zögerte. »… meine leiblichen Eltern nicht geliebt?«

Karoline Pompl schwieg einen Moment.

»Sie konnten Sie nicht lieben. Sie kannten Sie ja nicht. Lange nicht.«

»Warum nicht? Warum haben sie mich weggegeben? Meine Mutter …«

Ihm versagte die Stimme. »Wer ist meine Mutter?«

»Eine bekannte Schauspielerin.«

Alfred schwieg. Sollte er das glauben? Was ihm diese ihm eigentlich fremde Frau da erzählte, die verheiratet war mit seinem Vater, seinem angeblich richtigen Vater. Der auch tot war, wie sein richtiger Vater, der jetzt nicht mehr sein richtiger Vater sein sollte. Der eine Vater hatte sich das Leben genommen, der andere war vermutlich ermordet worden. Alfred strich sich mit beiden Händen übers Gesicht. Er wand seine Hand aus der Karoline Pompls, griff nach dem Glas und schüttete den Rest Whisky hinunter.

Er sah sich wieder in der Diele seines Elternhauses in Arnum stehen. Vor ihm der Garderobenspiegel. Neben dem Spiegel hingen die Fotos seiner Familie – eine wahre Ahnengalerie in eckigen und runden Rahmen: seine Mutter, sein Vater, seine Großeltern, Tanten und Onkel, Cousins und Cousinen. Und viele Bilder von ihm – die meisten von seiner Mutter aufgenommen, die eine passionierte Fotografin war: Alfred als Vierjähriger in einem roten Tretauto, auf seinem ersten Fahrrad mit Stützrädern, bei der Einschulung, als er vor Aufregung stotterte, bei seiner Konfirmation, ein Schnappschuss von der Abiturfeier, schon nicht mehr ganz nüchtern. Oft, sehr oft hatte er diese Bilder betrachtet. Und immer gerätselt, warum er auf keinem einzigen auch nur die entfernteste Ähnlichkeit mit einem seiner Verwandten feststellen konnte. Sie waren alle eher untersetzte Menschen, mit einem Hang zur Dicklichkeit. Nur er war schlank, fast hager. Und überragte alle um zehn Zentimeter. Ein Leptosome unter lauter Pyknikern. Sie hatten oft darüber gescherzt. Manchmal hatte Alfred gerufen:

»Ihr habt mich bestimmt aus der Mülltonne gezogen. Ich kann nicht von euch sein, so sehr kann sich Erbgut nicht irren!« Und alle hatten gelacht.

»Sie konnte Sie nicht aufziehen damals.« Die Witwe unterbrach Alfreds Erinnerungen mit leiser Stimme. »Deshalb hat Ihre Mutter Sie zur Adoption freigegeben. Es wird ihr nicht leicht gefallen sein.«

»Nicht leicht gefallen sein?«, rief Alfred. »Was soll das heißen, soll ich etwa auch noch Mitleid mit ihr haben?«

»Nein, dazu besteht kein Anlass, aber sie ist eine einsame Frau. Und sie war überfordert. Damals.«

»Wie heißt sie, sagen Sie mir ihren Namen!« Jetzt hatte Alfred die Unterarme Karoline Pompls gepackt.

»Pia Graf.«

»Die Graf? Das glaube ich nicht! Mit der habe ich doch am Abend vom Pompls Tod am Tisch gesessen. Und die beiden haben sich die ganze Zeit gesiezt.«

»Ja, sie wollten ihre Beziehung geheim halten. Sie weiß auch nicht, dass Sie ihr Sohn sind. Sie weiß nur, dass es einen Sohn gibt, irgendwo.«

»Aber Pompl wusste es?«

»Ja, er ist durch einen Zufall darauf gestoßen, vor einigen Jahren. Deshalb hat er Sie zur Zeitung geholt, um Ihnen wenigstens jetzt ein wenig zu helfen.«

»Aber warum hat er sich mir nicht zu erkennen gegeben?«

»Er wollte, aber er hatte Angst, Sie zu enttäuschen. Angst davor, seine damalige Entscheidung erklären zu müssen und nicht erklären zu können. Er hätte es Ihnen sicher eines Tages gesagt. Wahrscheinlich schon bald.«

»Aber dazu hatte er keine Zeit mehr.«

Sie schwiegen.

Alfred sah seine Gastgeberin an. Wer war diese Pia

Graf? In dem Theater am Ku'damm war er nie gewesen. Er hatte Filme mit ihr gesehen. Er mochte ihre Filme nicht. Er mochte Karoline Pompl, die Frau seines richtigen Vaters.

»Aber das ist immer noch keine Erklärung dafür, warum Sie mir jetzt von meinen Eltern erzählen.«

»Stimmt.« Karoline Pompl holte Luft. »Das hat einen anderen Grund. Ich muss Ihnen noch etwas erzählen. Was für Sie vielleicht noch schwerer zu verstehen sein wird. Heinrich hat nicht nur das Manuskript für sein nächstes Buch hinterlassen. Es gibt noch ein privates Notizbuch, Vorarbeiten für etwas anderes, eine Art Autobiografie, ein Testament, ich weiß es nicht. Er hat nie mit mir darüber gesprochen. Von diesen Aufzeichnungen weiß nicht einmal die Polizei. Sie sind so privat, dass ich sie nicht aus der Hand geben wollte.«

»Wo befinden sich diese Aufzeichnungen?«

»Gut versteckt in der Bibliothek. Darin geht es auch um Sie und Ihre Mutter.«

»Die Schauspielerin.«

»Pia Graf schien sich in letzter Zeit in fixe Wahnvorstellungen verrannt zu haben.«

»Wahnvorstellungen?«

»Sie machte Heinrich immer heftigere Vorwürfe.«

»Weswegen?«

»Ihretwegen. Er habe sie damals zur Adoption überredet. Er habe nicht gewollt, dass sie wegen eines ungewollten Kindes, eines Unfalls, ihre vielversprechende Karriere aufgäbe. Und sie habe ihm gehorcht. Sie sei damals zu naiv gewesen. Und dann habe er sie verlassen. Meinetwegen. Und ihr sei nichts geblieben.«

»Außer ihrer Karriere.«

»Ja. Aber die neigt sich nun auch dem Ende entgegen. Mit Anfang fünfzig ist es schwer, die junge Liebhaberin zu spielen, Pia Grafs Paraderolle.«

»Und deshalb machte sie ihm jetzt umso heftigere Vorwürfe.«

»Sie unterstellt ihm, er habe ihr Leben ruiniert.«

»Hat sie ihn bedroht?«

»Das weiß ich nicht. Aber ich weiß, dass sie auch etwas mit den Hauptstadtfreunden zu tun hat. Und die stecken finanziell hinter dem Simple. Ein Teil des Geldes stammt von Pia Graf. Das Simple ist so etwas wie ihre Altersvorsorge – und eine gute Möglichkeit, Schwarzgeld zu waschen. Die Hauptstadtfreunde spielen in der gehobenen Berliner Gastronomie eine Hauptrolle, und keine lupenreine, so viel hatte Heinrich für sein letztes Buch schon recherchiert. Ich bin mir sicher, dass der Mörder von den Hauptstadtfreunden gedungen wurde. Wenn es nicht sogar einer von ihnen war.«

»Der betuliche Stolzenburg etwa?«

»Nein, aber vielleicht eine verzweifelte, vom Leben enttäuschte und von ihrem schlechten Gewissen geplagte Frau, die einen Sündenbock für ihr verpfuschtes Leben gefunden hatte, der jetzt auch noch damit drohte, ihre ganze Existenz zu vernichten.«

»Wollen Sie andeuten, meine Mutter hätte meinen Vater auf dem Gewissen?«

»Es besteht immerhin die Möglichkeit. Aber ich habe natürlich keine Beweise, nur Andeutungen, die Heinrich in letzter Zeit fallen ließ. Und das, was in den Notizen steht. Würde man Ihre Mutter mit solchen Anschuldigungen konfrontieren, könnte sie natürlich alles abstreiten.«

Beide schwiegen für eine Weile.

»Diese verfluchte Berliner Gastroszene!«, brach es plötzlich aus Karoline Pompl hervor. »Die hat Heinrich auf dem Gewissen. Sein Beruf hat ihn das Leben gekostet.«

»Und die Polizei hat das Verfahren eingestellt. Wo kein Mord, da kein Mörder«, murmelte Alfred.

»Vor allem wird kein Staub aufgewirbelt«, sagte Karoline Pompl und rief wütend: »Nadja, Nadja!«

»Wir sollten dieses Notizbuch der Polizei übergeben – wenn es wichtige Hinweise auf den Mörder enthält,« sagte Alfred.

»Diese Entscheidung möchte ich Ihnen überlassen. Diese Notizen sind sozusagen Ihr Erbe. Das Problem daran ist die Mischung aus Privatheit und öffentlichem Interesse. Außerdem gibt es Stellen, die Heinrich in einem alles andere als schmeichelhaften Licht zeigen. Ich weiß nicht, ob ich ihm diese Passagen glauben kann oder soll. Er scheint manche Stellen in sehr schlechter Stimmung abgefasst zu haben. Wenn diese Details an die Öffentlichkeit dringen, fällt die Meute über den großen Heinrich Pompl her und schlachtet ihn post mortem.«

»Wünschen Sie noch einen Whisky, Frau Pompl?«, fragte in diesem Moment Nadja, die in der Tür zum Wintergarten erschienen war.

»Ja, endlich, lass gleich die ganze Flasche hier!«

Schnell holte das Dienstmädchen die Flasche Famous Grouse und einen Kübel mit Eis. Die Witwe warf neue Eiswürfel in ihre Gläser und schenkte Scotch ein.

»Wie haben Sie diese Notizen gefunden?«

Karoline Pompl nippte an ihrem Whisky.

»Zufällig, als ich in Heinrichs Bibliothek herumräumte.«

Alfred schüttelte den Kopf.

»Das ist alles ein bisschen viel für mich. Heinrich Pompl ist mein Vater … Wenn ich das doch früher erfahren hätte! Was hätten wir uns nicht alles zu sagen gehabt.«

Karoline Pompl fasste ihn am Arm. Sie blickte ihn an.

»Das muss hart für Sie sein. Entschuldigen Sie, dass Sie es so erfahren haben.«

Alfred lächelte: »Nein, nein, ich bin Ihnen sehr dankbar für Ihre offenen Worte.« Er schwieg einen Moment.

»Zeigen Sie mir diese geheimnisvollen Aufzeichnungen meines Vaters! Jetzt will ich alles wissen. Wenn die Polizei da etwas vertuschen will, werde ich der Beine machen. Dieser Kommissar hatte oder hat sogar mich in Verdacht. Wenn die Polizei aus politischen Rücksichten nicht will, dass ehrenwerte Bürger dieser Stadt ins Zwielicht geraten und lieber offiziell den natürlichen Tod Heinrich Pompls verkündet, müssen wir etwas dagegen tun.«

Karoline Pompl lächelte.

»Das wollte ich von Ihnen hören. Kommen Sie!«

Sie erhob sich schwankend von den Polstern im Wintergarten, griff nach Alfreds Hand und führte ihn in die Bibliothek. Dort entfernte sie eine Reihe von Schriften französischer Poststrukturalisten aus dem Regal. Hinter Roland Barthes' *Tod des Autors* holte sie ein schwarzes Notizbuch von Moleskine hervor und drückte es Alfred in die Hand. Wie zwei Verschwörer standen sie da in der nächtlichen Bibliothek. Es war ein irgendwie erhebender Moment.

21
Tod des Autors

Die famose Schnepfe hatte Alfred den Rest gegeben. Und Karoline auch. Hatte sie ihm wirklich noch das Du angeboten? Dann musste er sie ja auch geküsst haben. Ein züchtiger Stiefmutterkuss. Er fürchtete, dass dieser Kuss nicht ganz so züchtig ausgefallen war. Immerhin lag er allein im Pomplschen Gästezimmer im Erdgeschoss. Sein Fuß schmerzte immer noch.

Alfred konnte jetzt zumindest mit Sicherheit sagen, dass Karoline Pompl ein Korsett trug. Aus federleichter schwarzer Spitze. Sehr elegant. Und hinten geknöpft. Die Knöpfe hatte er öffnen dürfen. Kichernd, mit fahrigen Fingern. Es hatte eine Ewigkeit gedauert. Dabei hatte sie gespöttelt: »Na, mein Lieber, hast du Probleme mit den Feinheiten einer Dame? Das bist du wohl von deiner braven Cordula nicht gewohnt, was?« Karoline war mindestens so betrunken wie er. Er gab sich Mühe, sie halbwegs korrekt zu Bett zu bringen. Die Details ihres Schlafzimmers versuchte er auszublenden. Das Malheur am Treppenabsatz, als er seine

Gastgeberin die Treppe hinauf in den ersten Stock tragen wollte und sich schon auf der ersten Stufe den Fuß vertrat, hatte ihr den willkommenen Anlass verschafft, ihn endgültig für die Nacht im Haus zu behalten. Ein Heimweg kam jetzt nicht mehr in Frage. Auch kein Taxi. Viel zu betrunken, viel zu verletzt, viel zu aufgewühlt. Nadja wurde damit beauftragt, das Gästezimmer herzurichten.

Aber das entledigte ihn nicht der Aufgabe, Karoline Pompl im Schlafzimmer das Korsett zu öffnen. Dass er dabei nicht nur die Gelegenheit geboten bekam, ihren schlanken Rücken, sondern auch ihre überraschend fülligen Brüste zu betrachten, interpretierte er als Versprechen auf eine spätere Gelegenheit.

Was für ein Abend! Jetzt war er nicht nur Chef-Restaurantkritiker, sondern auch noch Privatdetektiv. Und hatte seinen wahren Vater gefunden. Und sollte dessen Mörder jagen. Der seine Mutter sein könnte. Die eine berühmte Schauspielerin war und eine völlige Fremde. Und wahrscheinlich seinetwegen seinen Vater umgebracht hatte. Vergiftet. Und er hatte sein bisheriges Leben mit Menschen verbracht, zu denen er Papa und Mama sagte, die das aber gar nicht waren. Biologisch zumindest.

Alfred betrachtete Pompls Büchlein, das auf dem niedrigen Tisch neben seinem Bett ruhte. Pompls Vermächtnis? Sein Tagebuch? Oder einfach nur ein Skizzenbuch für Ideen, Notate von seinen letzten Restaurantbesuchen? Es war in schwarzes Kunstleder gebunden mit Lesebändchen und lag sehr anschmiegsam in der Hand. Alfred öffnete es.

3. Februar, Passau, Hotel zum Kaiserhof, 11:30
Pollmann angerufen. Da ist tatsächlich geschoben worden. Dieser Fraß hier kann unmöglich drei Löffel

wie im Gastro-Guide bekommen. Der lässt sich seine Empfehlungen bezahlen. Zumindest einige. Was willst du, Heinrich? Man lebt doch nicht vom Ruhm allein, sagte Pollmann. Und das bleibt natürlich unter uns, vom Product-Placement in deinen Fernsehshows wollen wir jetzt nicht anfangen, sei froh, wenn das der Werberat nicht mitbekommt. Wer spuckt schon in die eigene Suppe. Er habe wirklich nichts davon gewusst, solle er jetzt die Auflage einstampfen? Das laufe zwischen einigen Autoren und Wirten, nie auf Chefebene. Ob's die Leser juckt? Die brauchen doch nur das Gefühl, in einem hochdotierten Lokal sitzen zu dürfen. Die schmecken den Unterschied zwischen dreizehn und siebzehn Punkten oder zwei oder drei Löffeln oder Sternen ohnehin nicht. Und ob Biofleisch oder Fleisch aus Massentierhaltung verwendet wurde, ist ihnen auch egal. Ob ich denn immer den Unterschied schmecken würde, fragte Pollmann. Natürlich, log ich. Vor fünf Jahren wäre das noch keine Lüge gewesen.

Pollmann war der Herausgeber eines Gourmetführers, der aus Beiträgen selbsternannter Feinschmecker bestand. Angeblich kein abgehobenes Geschwafel, sondern ehrliche Meinungen ehrlicher Esser wie du und ich. Und die haben sich schmieren lassen? Prächtig. Alfred blätterte weiter. Das schien eine Art Reisejournal zu sein.

5. Februar, München, Augustinerbräu, 15:45 Uhr
Robert Parker! Pah! Jetzt fang ich schon wieder an! Egal. Es muss raus. Stoffsammlung für die nächste Kolumne. Seitdem der Weinpapst Robert Parker seine Vorlieben unters Volk bringt, wird alles über einen Kamm ge-

schert: Jeder Wein soll wie die Fruchtbomben von Robert Mondavi schmecken! Warum müssen wir chilenischen Cabernet über den atlantischen Ozean schippern, wenn er nach wie vor vortrefflich im Bordeaux gerät? Es muss ja nicht gleich ein unbezahlbarer St. Emilion sein, von dem sich die Japaner die besten Flaschen für Jahre im Voraus sichern.
Ich lach mich immer kaputt, wenn ich mir vorstelle, wie sie ihre JCB-Karten zücken und sich beim ehrenwerten Stolzenburg in seinem Raritätenladen am Ku'damm eine Flasche Pétrus für schlappe fünftausend Euro einwickeln lassen. Angeblich Jahrgang 1960. Alles edle Tropfen. Steht zumindest auf dem Etikett. Und drin ist billiger, chemisch aufgepeppter Fusel. Merkt ja keiner. Die legt man sich in den Keller, um damit zu renommieren. Oder verschenkt sie. Selbst wenn mal eine Flasche geöffnet werden sollte, wird niemand auf die Idee kommen, dass der Pétrus von 1960 schmeckt wie ein besserer Côtes du Rhône von 2010. Zumindest würde das niemand sagen. Die Gefahr, sich zu blamieren, wäre viel zu groß.
Bestelle mir jetzt eine Maß Augustiner. Vielleicht sollte ich überhaupt auf Bier umsatteln. Würde ich in München wohnen, hätte ich das längst gemacht. Aber in Berlin schmeckt nicht mal das Bier. Schultheiß? Kindl? Berliner Weiße? Hört mir auf!

6. Februar, Freiburg, Hotel Krone
Die Geschmacksnerven der Leute sind so abgestumpft von den mächtigen Barolos und Zinfandels aus dem Barrique, dass sie feinere Nuancen ohne den unver-

meidlichen Duft nach Brombeeren gar nicht mehr wahrnehmen können.
Ach, es herrscht so unerträglich viel Angeberei und Pseudoauskennerei in unserem Metier. Und ungesund ist es auch. Schaut mich an, das wandelnde Wrack, kaputt gefressen, gesoffen und geärgert, aufgerieben von Fasanenbraten und getrüffelten Lebern, Wachtelterrinen und gebutterten Maischollen, heute überwiegend von Tabletten lebend. Vielleicht hätte ich doch Literaturpapst werden sollen, das wäre gesünder gewesen.
Früher hat sich nur eine kleine Elite über Wein unterhalten und dabei ihr lyrisches Fachchinesisch ausgetauscht. Die anderen soffen ihre Süßweine von der Mosel. Dann kamen die siebziger Jahre, als dieser elitäre Zirkel von Altherren durch junge Spunde wie mich aufgebrochen wurde. Das war spannend. Damals konnte man noch eherne Gesetze missachten durch das Fallenlassen von respektlosen, aber kenntnisreichen Bemerkungen. Was hatten wir für eine Freude, mit gezielten Nadelstichen diesen selbst ernannten Koryphäen die Luft rauszulassen.
Das betraf nicht nur die Weinkenner, sondern auch die sogenannten Gourmets, für die Leute wie ich oder auch Siebeck nur Gourmands waren. Heute haben Pseudo-Gourmands die Meinungsführung übernommen, die ihr leicht verdientes Geld in die Fresstempel auf der ganzen Welt tragen, weil sie von den Starköchen gelesen haben und die jetzt für ihr Geld auftanzen lassen wollen. Für die geht es nicht um Geschmack, sondern ums Event. Was nicht sofort knallt, taugt nichts. Was man nicht auf Anhieb versteht, ist zu schwierig. Trüffel und Scampi, das verstehen sie. Weil sie teuer sind. Fische sind schon

schwieriger – außer die unvermeidliche gegrillte Goldbrasse. Aber lass die mal einen Zackenbarsch oder einen Rochen essen. Da kommt es auf die Feinheiten an, nicht auf die Knalleffekte. Die Nuancen von Rosen- oder Blumenkohl interessieren sie nicht. Wozu auch, sie haben ja Broccoli.

Diese Tiraden kannte Alfred aus den Soireen in der Pomplschen Villa. In dieser Tonlage konnte der große Heinrich Pompl stundenlang monologisieren. Dagegen wirkten seine Stand-up-Shows im Fernsehen direkt harmlos. Aber wo waren die rufschädigenden Enthüllungen? Damit könnten sie doch problemlos an die Öffentlichkeit gehen. Außer: Stolzenburg als Panscher! Aber wo waren die Beweise?

Alfreds Augenlider fühlten sich an wie Klodeckel. Pompls Notizbuch glitt ihm aus der Hand, und er sank in einen tiefen Schlaf.

Im Traum begegnete ihm sein Vater. Er sah wie Ludwig van Beethoven aus und saß mit wilder Löwenmähne am Klavier, auf das er wie ein Berserker einhämmerte. Seine Ohren waren riesig. Immer lauter wurde sein Spiel, immer heftiger die Anschläge. Bis sich sein wütendes Gesicht zu einem erlösten Lächeln verzog.

Da wachte Alfred auf. Es war noch dunkel draußen. Auf dem fluoreszierenden Ziffernblatt seiner Armbanduhr erkannte er, dass es erst halb drei morgens war. Alfred spürte, dass er immer noch betrunken war. Warum war er aufgewacht? Etwas musste ihn geweckt haben. Er lauschte in die Stille des nächtlichen Hauses. In der Diele tickte die Standuhr.

Da hörte er es, jemand machte sich an der Tür zum Gästezimmer zu schaffen. Hatte er abgeschlossen? Warum sollte er die Tür abschließen? Hatte er etwas zu befürchten? Das Buch! Alfred sah, wie sich die Tür langsam nach innen öffnete. Aber er konnte in der fast vollständigen Dunkelheit nicht erkennen, wer sich dort ins Zimmer schlich. War das Karoline, die bereute, ihm die Aufzeichnungen gegeben zu haben? Die Angst hatte, er könne damit doch zur Polizei gehen? Schnell stopfte er das Notizbuch unter sein Kopfkissen.

Die Gestalt kam näher. Alfred umklammerte mit beiden Händen das Ende seiner Bettdecke. Ihm war schlecht. Er war betrunken. Sein Kopf schmerzte. Er hatte zwei tote Väter. In dem Moment, als er schreien wollte, warf sich die Gestalt auf ihn und hielt ihm den Mund zu. Alfred ruderte mit den Armen und stieß den Angreifer zurück. Der keinerlei Widerstand leistete und überraschend leicht war.

»Pssst, Herr Alfred! Bitte nicht Lärm machen.«

Eine Frauenstimme!

»Ich bin Nadja, nicht böse sein!«

Er spürte ihre Lippen auf seinen, und ehe er sich von seiner Überraschung erholen konnte, erwiderte er ihren Kuss. Ihre Zungen trafen sich und wirbelten umeinander herum. Ihre Hände strichen über seinen nackten Bauch und fassten sein erigiertes Glied. Er wollte etwas sagen, doch er konnte nicht, weil sie ihn immer noch küsste. Ihr ganzer Körper war in Bewegung. Sie musste nackt sein. Er spürte an seinen Händen ihre Pobacken, die sich auf seine Körpermitte zu bewegten. Als er in sie eindrang, lagen ihre Lippen immer noch auf seinen. Das Einzige, was er denken konnte, war, dass er das nicht tun sollte, dass es sich aber herrlich anfühlte. Schließlich ergab er sich. Ehe er ein bisschen klarer denken konnte, rutschte Nadja von ihm herunter und verschwand im Dunkeln. Er hatte keine Ahnung, wie lange die Attacke gedauert hatte. Er wusste nicht einmal, ob er gekommen war.

Alfred tastete nach den Papieren unter seinem Kopfkissen. Alles noch da. Jetzt war er hellwach und fast nüchtern. Das war jetzt endgültig ein bisschen viel auf einmal. Sollte er Cordula davon erzählen? Sicher nicht! Er beschloss, ihr überhaupt nichts zu erzählen, weder etwas von den Briefen noch von Karolines Auftrag. Und er beschloss, auf der Stelle ein Taxi zu rufen und nach Hause zu fahren.

Alfred machte Licht, zog sich schnell seine Sachen über und schlich so leise wie möglich zur Haustür. Er drückte die Klinke nach unten und trat hinaus in die kühle Nacht. Leise schloss er die Tür, leise schloss er das Gartentor. Auf der Straße griff er zu seinem Handy und bestellte ein Taxi. Dunkel lag die Villa der Pompls in ihrem verwilderten Garten, als er nach wenigen Minuten in den Wagen stieg. Hatte er alles nur geträumt? Doch in seiner Manteltasche ruhte das schwarze Notizbuch Heinrich Pompls.

22
Alles falsch

Zu Hause fiel Alfred sofort ins Bett. Als er gegen Mittag erwachte, meldete er sich in der Redaktion krank, machte sich einen halben Liter Kaffee mit Milch, setzte sich an den Küchentisch und dachte nach. Dann rief er im LKA an und verabredete sich mit dem Hauptkommissar in einem seiner Lieblingscafés in Schöneberg.

Als Stubenrauch Alfred im Gottfried an einem der Tische vor den großen Fenstern zum Gastgarten entdeckte, lächelte er zur Begrüßung. Alfred lächelte vorsichtig zurück. Ein guter Anfang, dachte Alfred.

»Gibt es tatsächlich keinen Fall Pompl mehr, Herr Kommissar?«, fragte er, nachdem sie sich gesetzt und ihre Getränke geordert hatten. Der Kommissar nahm einen Espresso, Alfred einen weiteren großen Caffè Latte.

Der Kommissar zuckte mit den Achseln: »Wir konnten nicht nachweisen, dass Heinrich Pompl tatsächlich vergiftet wurde. Schon gar nicht von fremder Hand. Eine Herzattacke. Vielleicht war es auch ein Unfall, vielleicht Selbstmord …«

»Blödsinn!«, rief Alfred. »Es war Mord. Warum hätte sich Pompl umbringen sollen? Dafür gibt es überhaupt keine Hinweise. Er war prächtig aufgelegt am Abend seines Todes. Und auch die Tage vorher. Ich kann das sagen, ich habe täglich mit ihm zusammengearbeitet. Er schrieb an einem neuen Buch. Auch seine Witwe, bei der ich gestern war, glaubt felsenfest an einen Mord.«

»Nun, ein Selbstmord liegt auch nicht in ihrem Interesse. Dann würde die Lebensversicherung ihres Mannes nicht zahlen.«

»Frau Pompl geht davon aus, dass die Gastromafia und der Club der Hauptstadtfreunde hinter Pompls Tod stecken.«

»Ach, Herr Brinkmann, hören Sie mir auf mit diesen Verschwörungstheorien. Russenmafia, Vietnamconnection, jetzt die Gastromafia. Ich kann das nicht mehr hören. Und warum sollten ausgerechnet die Hauptstadtfreunde Heinrich Pompl ermorden lassen?«

»Weil er ihnen auf die Schliche gekommen ist. Steuerhinterziehung, Geldwäsche. Und er hat herausgefunden, dass ihr Vorsitzender, Otto Stolzenburg, mit Wein panscht.«

Alfred sah den Kommissar erwartungsvoll an.

»Stolzenburg ein Weinpanscher?« Stubenrauch lachte.

»Dafür habe ich sogar Beweise«, rief Alfred. »Frau Pompl hat eine Art Reisejournal ihres Mannes gefunden. Aus dem unter anderem hervorgeht, dass der ehrenwerte Otto Stolzenburg in seinem Raritätenladen billige Weine sehr teuer verkauft.«

»Haben Sie diese Aufzeichnungen dabei, Herr Brinkmann?«

»Selbstverständlich.« Aufgeregt zog Alfred das Moleskine aus seiner Sakkotasche. Als er es öffnete und darin herumblätterte, um die Stelle mit Stolzenburg zu finden, fiel ihm auf, dass etwas in der hinteren Einbandtasche des Buches steckte. Ein klein zusammengefalteter Brief, mehrere Seiten dick. Den hatte er in seinem betrunkenen Zustand letzte Nacht übersehen. Alfred ließ den Brief schnell in die Tasche seines Sakkos gleiten und schlug das Buch am 5. Februar auf.

»Also, sehen Sie hier. Das ist die Stelle.«

»Tja«, sagte der Kommissar, nachdem er den Text gelesen hatte. »Pompls abfälliger Meinung zur Berliner Weiße stimme ich zu. Aber Pompls Theorien über das lohnende Geschäft des Weinpanschens sind leider nur Behauptungen. Damit kann ich dem Staatsanwalt nicht kommen.«

»Aber Sie müssen doch schon von Amts wegen diesem Verdacht nachgehen!«, rief Alfred.

»Ach, kommen Sie. Pompl ist tot. Dies sind private Notizen. Da kann jeder alles behaupten.«

»Dann erstatte ich eben Anzeige gegen Otto Stolzenburg!«

»Das wäre eine Möglichkeit«, sagte der Kommissar. »Nur, Panschen fällt nicht in meine Zuständigkeit. Aber selbst wenn sich herausstellen sollte, dass Stolzenburg panscht und Pompl ihm auf die Schliche gekommen ist, reicht das für einen Mord?«

»Warum nicht?«, fragte Alfred. Aber er schien selbst nicht so recht daran zu glauben. Etwas fehlte tatsächlich in der Beweiskette.

»Bei ihrem Ex-Chef sollte man ohnehin nicht jedes Wort auf die Goldwaage legen.«

»Was wollen Sie damit andeuten?«, fragte Alfred und stellte schnell seine Tasse wieder ab.

»Ich hatte das Vergnügen, im Manuskript Ihres Vorgängers zu lesen. Darin stand viel Böses über die Gastroszene, viel Despektierliches über die sogenannten Gastrokritiker und eine Menge über begnadete Köche. Alles wohlfeil formuliert. Aber mir scheint, dass nicht jedes Wort wirklich aus der Feder des großen Heinrich Pompl stammt.«

»Pompl hat abgeschrieben?«

»Da gibt es doch diesen Bestseller aus der Gastrobranche, *Bekenntnisse eines Küchenchefs* von Anthony Bourdain. Das müssten Sie doch kennen.«

»Selbstverständlich. Da geht es auch um mafiöse Verhältnisse. Allerdings nicht hier in Berlin, sondern im fernen New York.«

»Ich habe das Buch damals gelesen, und als ich jetzt Pompls Manuskript in der Hand hatte, hatte ich ein Déjà-vu. Pompl hat wörtlich daraus zitiert, ohne die Zitate kenntlich zu machen. Eine Anmerkung am Rand lässt darauf schließen, dass er die Sache noch ein bisschen überarbeiten wollte, damit es weniger offenkundig ist, aber ganz astrein scheint mir das trotzdem nicht, wenn einem ein Autor Zitate als eigene Erlebnisse und Erkenntnisse unterjubelt.«

»Na ja, Sie haben ja nur das Manuskript gelesen. Wenn er es überarbeiten wollte …«

»Pompl tut so, als sei Bourdain, den er übrigens nur Tony nennt, ein persönlicher Freund von ihm. Seine Frau habe ihm sogar Liebesbriefe geschrieben. Wissen Sie etwas über die angebliche Freundschaft zwischen Bourdain und Pompl?«

»Nein, keine Ahnung. Den hat er nie erwähnt. Nicht als Freund oder Bekannten jedenfalls. Ich erinnere mich aber, dass er das Buch von Bourdain in den höchsten Tönen rühmte.« Er schwieg einen Moment. »Pompl schrieb also aus diesem Buch ab? Hatte er das nötig …?«

»Na ja, es liest sich zumindest sehr amüsant. Aber Pompl

tut so, als sei er selbst dabei gewesen. So etwas machen Hochstapler. Das ist auch Panscherei, wenn Sie so wollen …«

Alfred schwieg.

»Vielleicht hat er diesen Vorwurf, dass Stolzenburg mit Wein panscht, auch nur erfunden? Und vielleicht Stolzenburg damit erpresst? So etwas nennt man Rufmord. Selbst wenn sich später herausstellt, dass an den Vorwürfen nichts dran ist, ein G'schmäckle bleibt an Stolzenburg und womöglich den Hauptstadtfreunden hängen.«

»Mein Vater ein Erpresser? Und Hochstapler? Ein Plagiator? Das ist doch Bullshit!«, platzte Alfred heraus.

»Ihr Vater?«, fragte der Kommissar überrascht.

»Ja«, sagte Alfred und biss sich auf die Lippen. »Ich habe es erst gestern erfahren.«

»Gestern?«

»Von seiner Witwe.«

»Die also Ihre Mutter ist?«

»Nein, das ist wieder eine andere.«

»Darf man erfahren, wer?«

»Pia Graf.«

»Die Graf? Die saß doch auch an Ihrem Tisch im Simple.«

Alfred nickte.

»Das war ja ein regelrechtes Familientreffen.«

»Allerdings«, sagte Alfred. »Ohne dass alle Beteiligten davon wussten. Mein Vater und meine Mutter ließen sich jedenfalls nichts anmerken.«

»Und Sie haben von der Vaterschaft Pompls wirklich erst gestern erfahren?«

»Ja, Karoline Pompl ist meine Zeugin.«

»Denn wenn es anders wäre …«

»… dann wäre ich wieder verdächtig, wollen Sie sagen?«

»Das wirft doch ein ganz neues Licht auf den Fall, finden Sie nicht? Vielleicht steckt hinter dem Ganzen gar nicht die Berliner Gastromafia, sondern eine Familientragödie.«

Alfred nahm einen Schluck von seinem Kaffee und stellte fest, dass das Glas leer war.

»Ich denke, es gibt gar keinen Fall?«

»Gibt es auch nicht. Deshalb können wir beide doch trotzdem ein bisschen darüber plaudern, oder nicht? Übrigens habe ich nie daran geglaubt, dass Sie Ücür erpressen wollten.« Der Kommissar lächelte. »Das nur zu Ihrer Beruhigung.«

Dafür glaubst du, dass ich meinen Vater auf dem Gewissen habe, dachte Alfred grimmig. Sollte er dem Kommissar von der Verbindung seiner Mutter zu den Hauptstadtfreunden und dem Simple erzählen? Das würde dessen Familienthese noch weiter untermauern. Doch erst wollte er selbst mit Pia Graf sprechen.

»Warum sollte ich meinen Vater ermordet haben?«

»Aus Rache vielleicht? Weil er Sie so lange vernachlässigt hat?«

»Ich bitte Sie, Herr Kommissar. Erst unterstellen Sie mir, ich hätte meine eigene Entführung inszeniert …«

»Das hat Kollege Hofstätter getan.« Der Kommissar lächelte versöhnlich.

»… dann unterstellen Sie mir, ich hätte Heinrich Pompl aus Karrieregründen ermordet, um fein heiraten zu können. Und jetzt soll es sich doch eher um Rache handeln? Ich bitte Sie!«

»Eine Menge Motive kommen da jedenfalls zusammen. Und bessere als die Angst, beim Weinpanschen ertappt zu werden.«

Alfred schwieg. Dann sagte er: »Wenn Sie nicht mehr daran glauben, dass ich Ücür erpressen wollte, sondern umgekehrt von ihm entführt wurde, haben Sie sich dann auch mal überlegt, warum die mich entführt haben?«

Jetzt sah der Kommissar Alfred erwartungsvoll an.

»Die wollten mir doch ganz eindeutig Angst einjagen. Warum? Ich kenne diesen Hakan Ücür und seine Top Gastro gar nicht. Ich hatte mit denen nie etwas zu tun. Aber ein gewisser Ecevit Öcalan ist ein bekannter Berliner Gastronom mit mehreren Restaurants, die früher sehr gut liefen, das aber in letzter Zeit nicht mehr tun. Und dieser Öcalan rief mich einige Tage vor der Entführung in der Redaktion an und beschimpfte mich wegen meines Verrisses seiner neuesten gastronomischen Errungenschaft, dem Panasia & Co. So etwas hat er in den letzten Jahren auch mit Heinrich Pompl veranstaltet. Er fühlte sich vom *Abendblatt* regelrecht verfolgt. Nicht ganz grundlos, denn Pompl hatte sich tatsächlich auf Öcalans Erlebnisgastronomie eingeschossen.«

»Und Sie glauben, Ücür hat als Öcalans Strohmann agiert?«

»Genau. Und das Ganze ist dann aus dem Ruder gelaufen, als ich mich nicht einschüchtern ließ, sondern mich wehrte.«

»Tja, klingt wie so vieles plausibel. Aber dafür brauchen wir Beweise. Wenn wir tatsächlich eine Verbindung Ücür-Öcalan-Brinkmann-Pompl herstellen können, hätte ich wieder einen Fall.«

»Weil die Hauptstadtfreunde und die ehrenwerte Berliner Gesellschaft aus der Schusslinie sind?«

Der Kommissar grinste: »Gut kombiniert, Brinkmann.«

Sie redeten noch ein wenig über die *Meistersinger*-Premiere, kulinarische Wastelands in deutschen Ferienregionen und verabschiedeten sich dann. Stubenrauch war eigentlich ein netter Kerl, fand Alfred. Aber bei der Sache mit seinem Vater konnte er von ihm offenbar keine Hilfe erwarten.

23 Das Beethoven-Syndrom

Zu Hause holte Alfred sofort die losen Zettel heraus und faltete sie auf. Es war ein Brief, handgeschrieben, mehrere Seiten lang.

Alfred, mein Sohn,
nie habe ich den Mut gefunden, Dir die Wahrheit zu erzählen. Der große Pompl, das gastronomische Großmaul, traut sich nicht, seinem erwachsenen Sohn zu sagen, dass er sein Vater ist. Ja, Du hast richtig gelesen, Alfred. Ich bin Dein Vater! Es tut mir alles so leid. Lange Zeit wusste ich nichts von Dir, wusste nichts von Deinen Pflegeeltern, kannte nicht mal Deinen Namen. Ich hatte immer Deine Mutter in Verdacht, dass sie mehr wusste und es mir vorenthielt. Aber die hatte auch keine Ahnung. Ich fragte nach, bekam die Adresse, Du warst ja längst volljährig. Und die Nachricht, dass Deine Adoptiveltern tot waren, gestorben in Folge eines Verkehrsunfalls. Dass Dein Vater Selbstmord begangen

hat, habe ich erst erfahren, als ich nach Arnum fuhr und dort herumschnüffelte. Das war die Zeit, als Du bei uns anfingst. Auch wenn ich nicht den Mut hatte, Dir die Wahrheit zu sagen und alles, was damit zusammenhing, immerhin konnte ich Dich bei meiner Zeitung unauffällig protegieren.

Ich konnte ein bisschen Gott spielen und Dein Schicksal in die Hand nehmen. Ich hoffe, Du verzeihst mir. Immerhin: Mit Cordula warst Du schon zusammen, bevor ich auf dem Spielfeld erschien. Und ich kann Dir versichern: Du hast wirklich Talent zum Schreiben und zum berufsmäßigen Gourmet. Ich weiß nicht, ob der Sinn fürs gute Essen und Trinken vererbbar ist, aber bei uns beiden könnte man das fast annehmen. Jedenfalls fallen meine Vorträge über die Barolos und Barberas bei Dir auf fruchtbaren Boden. Du kannst Dir gar nicht vorstellen, wie stolz mich das macht. Und wenn ich eines Tages abtrete, und der Tag ist nicht mehr allzu fern, kannst Du endgültig in meine Fußstapfen treten und mein Werk fortsetzen.

Oh Gott, das klingt jetzt sehr pathetisch. Aber ich glaube, Du weißt, wie ich es meine.

Ich schreibe Dir diesen Brief, von dem ich noch nicht weiß, ob ich den Mut habe, ihn abzuschicken, um Dir noch ein Geständnis zu machen. Ich möchte Dir ein Geheimnis enthüllen, das nicht einmal Karoline kennt. Ich betrachte das als ein kleines Stückchen Wiedergutmachung dafür, dass ich Dir seit drei Jahren nicht gesagt habe, wer ich wirklich bin.

Deshalb bekommst Du heute die ganze Wahrheit – wer ich wirklich bin. Auch wenn es schmerzen wird. Mich zumindest.

Den Hass Deiner Mutter wird auch das nicht mehr besänftigen können. Deine Mutter ist Pia Graf, diese etwas zwielichtige, aufgeblasene Schauspielerin. Du bist unser Sohn – und ich habe über ein Vierteljahrhundert gebraucht, um meine Liebe zu Dir zu entdecken. Pia weiß nichts von Dir. Sie hätte so gerne ein Kind gehabt – später. Damals konnte ich ihr das leicht ausreden. Ich wollte nicht, dass sie ihre Karriere einem ungewollten Baby opfert. Das hat sie gern gehört. Sie hielt sich ja für unglaublich begabt. Die Welt habe auf sie gewartet, zumindest der Film. Sie dachte damals, sie sei auf dem Sprung nach Hollywood. Sie hat es zwar nie richtig bis Hollywood geschafft, die paar Nebenrollen kann man nicht als Durchbruch werten. Aber immerhin im deutschsprachigen Raum zählt sie noch heute zu den führenden Schauspielerinnen.
Sie hatte sich damals dazu durchgerungen, ihr Kind, Dich, zur Welt zu bringen. Ich hatte ihr zur Abtreibung geraten, das muss ich leider zugeben. Doch Pia zog sich ein paar Monate ›ins Privatleben‹ zurück, machte eine ›kreative Pause‹ und gebar heimlich ihren Sohn, unseren Sohn, um ihn zur Adoption freizugeben. Wir haben nie erfahren, wer Deine Eltern wurden. Alles, was man uns mitteilte, war, dass Du in Norddeutschland aufwächst. Dass Deine Eltern dem Mittelstand angehören und es Dir materiell an nichts mangelt. Aus. Mehr wollten wir lange auch gar nicht wissen. Pias Wege trennten sich von meinen. Besser gesagt, ich trennte mich von Deiner Mutter, weil ich Karoline kennengelernt hatte und erfahren durfte, was wahre Liebe ist.
Auch das hat mir Deine Mutter nie verziehen. Später machte sie mir Vorwürfe wegen unseres Kindes. Ich

hätte sie überredet, sie würde ihre damalige Entscheidung bitter bereuen, sie wäre nie darüber hinweggekommen, ich hätte ihr Leben verpfuscht. Sie sei beziehungsunfähig (dem muss ich zustimmen,) und daran sei ich schuld. Natürlich machten meine Versuche, die damalige Situation nüchtern darzustellen, alles nur noch schlimmer. Die Treffen mit Pia werden immer furchtbarer. Auch für sie ist es jetzt zu spät. Ihre Karriere ist im Grunde zu Ende, jetzt einen Sohn aus dem Hut zu zaubern, nur weil sie endlich die Zeit hat, sich um ihn zu kümmern, ist erbärmlich. Jetzt brauchst Du auch ihre Mutterliebe nicht mehr. Deswegen habe ich ihr auch nie gesagt, dass ich Deinen Namen kenne, dass ich Dich sogar täglich treffe.
Vielleicht zögere ich deshalb, mit den Enthüllungen über die Hauptstadtfreunde an die Öffentlichkeit zu gehen. Das kann ich ihr nicht antun, nicht das auch noch. Nicht ihre Altersvorsorge desavouieren. Mein schlechtes Gewissen bleibt. Weil ich damals die falsche Entscheidung getroffen habe, auch wenn ich Deiner Mutter kein Wort ihrer sentimentalen Tiraden glaube. Sollen sie doch ihr Schwarzgeld im Simple und mit anderen Investitionen waschen. Der Jasper kann's brauchen, und ob er weiß, woher das Geld wirklich stammt, ist mir wurscht. Ich wünsche ihm viel Glück und freue mich schon auf die Eröffnung.
Kein schlechtes Wort über das Simple wird aus meiner Feder fließen. Lieber will ich für immer schweigen. Auch wenn ich ihm das natürlich nie sagen werde. Weiß der Teufel, was er sich alles ausdenkt, aus welchen Gründen ich seine Neugründung verreißen könnte. Wahrscheinlich weiß er von der alten Verbindung

zwischen Pia und mir. Vielleicht glaubt er, ich hätte jetzt den richtigen Anlass, mich an meiner Ex zu rächen. Schließlich steckt hauptsächlich ihr Geld im Lokal. Und Jasper hatte mal was mit ihr. Schon vor Jahren. Er kann nicht wissen, dass mir das völlig egal ist und war. Ich habe Karoline, was interessieren mich da Verflossene. Gäbe es da nicht Dich, auch wenn Du für uns lange nur sozusagen virtuell existiert hast, ich hätte mit Deiner Mutter seit mehr als zwanzig Jahren kein Wort gewechselt. Aber so hatte sie immer einen Grund, mich emotional unter Druck zu setzen.
Die Verhältnisse wurden immer verworrener. Sie steigerte sich in etwas hinein, aus dem sie nicht mehr herausfand. Alles, was bei ihr schiefging, fand seine Ursache in der Adoption. Für alles musste unser ›verlorener Sohn‹ herhalten. Und dass wir ihn ›verloren‹ hatten, lastete sie mir an, mir ganz allein. Viele der Drohanrufe, die mich und Karoline so oft nachts aus dem Schlaf reißen, gehen auf ihr Konto. Karoline gegenüber habe ich behauptet, es habe wieder einer dieser Verrückten, ein verängstigter Gastronom oder irgend so ein Neider angerufen. In Wirklichkeit war die betrunkene Pia am Telefon. Sie drohte, sich eines Tages an mir zu rächen. Natürlich lächerlich, was will sie mir schon antun? Mich umbringen? Dazu hat sie nicht die Traute. Feige war Pia schon immer, sie ist stets den einfachsten Weg gegangen, hat die Menschen für sich ausgenutzt. Und andere für ihre Fehler verantwortlich gemacht.

Genauso sentimental und egoman hatte er die Graf immer eingeschätzt. Was sollte er mit dieser Frau anfangen? Woher sollten jetzt Gefühle für sie kommen? Brauchte er das? Oder sie? Alfred ließ die Seiten sinken. Er hatte Tränen in den Augen.

Warum hatte ihm sein Vater diesen Brief nicht früher geschrieben? Vor allem: Warum hatte er ihn nicht abgeschickt? Hatte er keine Zeit mehr gehabt? Hatte ihn Karoline abgefangen? Warum hätte sie das tun sollen?

Alfred schwirrte der Kopf. Er las weiter.

Aber ich wollte Dir nicht nur Schlechtes von Deiner Mutter erzählen. Ich wollte Dir auch von mir erzählen, von meinem dunkelsten Geheimnis. Wie fange ich an? Am besten am Anfang.
Du hast mich mal gefragt, warum ich kein Koch geworden bin. Die Gelegenheit hätte ich gehabt. Es wurde mir praktisch in die Wiege gelegt. Ich hätte den Betrieb meiner Eltern übernehmen können. Aber ich wollte weg, weg aus Lauf, dem beschaulichen Nürnberger Land, an die fränkische Küche glaubte ich auch nicht. Damals. Ehrlich gesagt, bin ich kein Koch geworden, weil es mir einfach zu anstrengend war. Im sachgerechten Öffnen von Weinflaschen bin ich ein Meister, aber hast Du mich mal am Herd stehen sehen? Meine Kochbücher entstehen nicht aus der Praxis. Gut abgeschrieben oder vermutet ist besser als schlecht selbst gekocht. Und damit bin ich lange durchgekommen.
Aber auch das ist vorbei. Die Stunden und Tage häufen sich, wo mir der ganze aufgeblasene Laden und dieser strunzdumme Bronner so zum Hals raushängen, dass ich nichts lieber täte, als meine Sachen zu packen und ein paar Hektar halbwegs guter Weinberge in halbwegs südlicher Lage zu kaufen. Aber in diesem Leben lerne ich das Weinmachen wohl auch nicht mehr. Meine

Stärken liegen woanders. Lagen zumindest. Ich schätze die Nuancen. Sie machen den Reiz des Lebens aus. Und darüber habe ich geschrieben, gut geschrieben. Aber leider funktioniert das auch nicht mehr wie früher. Ich sage nur: Beethoven.
Jedenfalls möchte ich kein Lokal mehr betreten, um darüber zu schreiben. Ich habe genug gegessen in meinem Leben. Genug Mittelmäßiges bei aufdringlichen Wirten, die sich mehr um das Marketing kümmern als um die Küche. Ich bin die Diskussionen mit von ihrer Einmaligkeit überzeugten Starköchen leid, die schon daran scheitern, anständiges Brot auf den Tisch zu stellen.
Und ganz ungefährlich ist es auch nicht, das Dasein als Gourmetpapst. Man liegt ja schon mit einem Bein im Krankenhaus, wenn man ein Lokal nur betritt. Fische, die mehrere Tage im Kühlfach vor sich hin modern und dir dann gegrillt serviert werden. Mit viel Knoblauch, der jeden unerwünschten Beigeschmack überdeckt. In den hochgejubelten Sterne-Küchen schimmelt es in allen Ecken, da kreucht das Geziefer hinter Herden und Anrichten. Und wehe, du deutest so etwas in deinen Artikeln an. Dann verklagen sie dich sofort. Sie sind ja schon beleidigt, wenn du andeutest, dass ihr Süppchen etwas überwürzt war. Natürlich, das kann sie einen Stern, einen Löffel oder eine Haube kosten. Aber, was soll's, sie brauchen ja nur die Kollegen von einem dieser Gourmetführer anzurufen, reichlich Bares unter den Dessertteller zu schieben, schon haben sie ihre Haube, ihre Löffel und ihre Sterne wieder. Die kennen sich alle seit Jahren. Schau Dir doch die Bagage an, die Pollmanns dieser Welt, wenn der neue Restaurantführer erscheint,

wenn sie sich selbst feiern und sich zuzwinkern. Wer genau liest, merkt es auch an ihren anbiedernden Texten, die sie Kritiken nennen. Da geht es nur darum, wie oft sie hier schon essen waren und wie charmant die Gattin des Chef de Cuisine war und wer am Nebentisch gesessen hat, und dass die Consommé wieder sehr gelungen war. Dann reihen sie noch ein paar weitere französische Vokabeln aneinander und schon glauben sie, sich ausreichend qualifiziert zu haben. Dabei schreiben sie mit jeder ihrer ›Kritiken‹ nur weitere Bewerbungsschreiben, um im einträglichen Zirkel der Topkritiker verbleiben zu dürfen und bei ihren Lieblingsgastronomen auf Kosten des Hauses speisen zu können.
Hätte mir Karoline nicht mit dem ›Abendblatt‹ den Rücken gestärkt, wäre ich schon lange ein armer Mann. Die meisten namhaften Gastronomen weigern sich, mich zu verköstigen. Der Name Heinrich Pompl ist nicht gut gelitten. Ich sei geschäftsschädigend, sagen sie. Wenn sie meinen Namen am Telefon hören, behaupten sie, keinen freien Tisch mehr zu haben oder ihr Lokal sei überhaupt betriebsbedingt geschlossen die nächste Zeit. Tauche ich unangekündigt auf, schicken sie mir anschließend ihre Lakaien bis ins Hotel, um mir nahezulegen, ich solle ja nichts Despektierliches über die Küche ihres Chefs veröffentlichen. Manchmal kommt sogar der Chef persönlich. Wie oft wurde ich anonym am Telefon beschimpft und bedroht, wie oft hatte ich das Gefühl, auf dem Weg von der Redaktion nach Hause verfolgt zu werden.

Vielleicht solltest Du doch besser Wirtschaftskorrespondent oder Sportreporter werden. Ist sicherlich gesünder. Doch jetzt ist es wahrscheinlich schon zu spät, um irgendwelche altväterlichen Ratschläge zu erteilen. Warum habe ich Dich Blut lecken lassen? Aus Eitelkeit! Weil es mir schmeichelt, vor Dir angeben zu können. Alfred, mein Eleve …
Ich bin ein Scharlatan, Alfred, das wollte ich Dir sagen, bevor Du es von anderen erfährst. Ich weiß nicht mehr, worüber ich schreibe, worüber ich in meinen Fernsehsendungen schwadroniere. Ich habe keinen Geschmack. Ich habe ihn verloren. Das konnte ich jahrelang kaschieren. Am Anfang waren es nur Kleinigkeiten. Ich schob es auf meine Tagesform, wenn ich die Qualität einer Trüffel nicht erschmecken konnte oder mir nicht in den Sinn kommen wollte, auf welcher Basis ein bestimmter Espuma entstanden war. Und es wurde schlimmer. Heute kann ich nicht mehr zwischen süß und sauer unterscheiden. Rosmarin schmeckt wie Thymian, Fisch wie Fleisch. Hätte ich nicht so viel Erfahrung, wüsste nicht mein Elefantenhirn, wie Thymian schmeckt, würde ich mich nicht im Vorfeld über die Ingredienzien der Gerichte informieren, über die ich neunmalklug etwas erzähle, ich würde mich bis auf die Knochen blamieren.
Kein Arzt kann mir helfen. Die Medizin steht vor einem Rätsel. Ursachen kann es viele geben, Heilung gibt es keine. Da helfen alle meine Tabletten nichts. Ich nenne meine Krankheit das ›Beethoven-Syndrom‹. Ludwig van Beethoven wurde ja gegen Ende seines Lebens taub. Trotzdem komponierte er weiter, schuf Werke wie die Neunte Sinfonie oder die Klaviersonate Op. 111. Er

stellte sich die Töne vor, hörte sie mit seinem inneren Ohr. Er wusste aus Erfahrung, wie sie klingen. Beethoven-Syndrom. Das soll mich trösten. Lächerlich. Aber ich habe schon so viele Hummersuppen und Lammkoteletts gegessen, ich müsste eigentlich aus der Erinnerung wissen, wie sie schmecken. Leider ist das natürlich Quatsch: Jede Suppe schmeckt anders. Zwei- bis fünftausend Geschmacksnerven hat der Mensch. Ich habe meine so lange strapaziert, bis sie eine nach der anderen den Löffel abgaben. Wäre ich ein Hase oder ein Hund, hätte ich vielleicht eine Chance gehabt: Die verfügen über zehn- bis dreißigtausend Geschmacksnerven, bei einigen Fischen sollen sogar mehr als hunderttausend Geschmacksknospen vorkommen. Meine dreitausend waren mühsam erzogen und rasch aufgebraucht.

Vielleicht sind es gar nicht die Nerven, die ohnehin nur sauer, süß, salzig und bitter unterscheiden können. Von wegen ›feine Zunge‹! Eigentlich kommt es ja auf die Nase an – vermutlich hat die den Dienst bei mir eingestellt – trotz ihrer Größe. Die birgt bei normalen Menschen immerhin zehn Millionen Sinneszellen, mit denen wir zehntausend verschiedene Gerüche wahrnehmen können. Könnten. Bei den meisten sind sie ohnehin verkümmert. Bei mir sind sie erschöpft. Oder verwirrt. Manchmal höre ich Thymian und schmecke Rot. Tatsächlich: Ich sitze im Restaurant, es fragt mich der Padrone: Wie schmeckt Ihnen das Reh? Und ich müsste wahrheitsgemäß antworten: Grün.

Bin ich verrückt geworden?

Vielleicht ist die Verwirrung psychologisch bedingt. Wahrscheinlich zwingt mich der bare Überdruss dazu, nichts mehr zu schmecken respektive zu riechen. Oder das Falsche zu schmecken. Die Synapsen klappern wie bei einem Motor, der mit zu wenig Oktan im Sprit überdreht. Ich will nichts mehr schmecken, ich bin satt für immer. Bitte keine Amuse-Gueules mehr. Es gibt nichts mehr, was mich im Kulinarischen amüsieren könnte. Ich will auch keine Fachgespräche mehr führen über die Qualität von Soßen. Für mich ist alles eine Soße geworden. Mein Beruf ist sinnlos. Ich bin alt. Sollen andere sich ihre Nasen verderben. Vielleicht retten mich Jahre der Enthaltsamkeit. Vielleicht schmecke ich irgendwann wieder den Unterschied zwischen einem Barolo und einem Barbaresco. Wäre doch schade um unseren Weinkeller.

Zum Abschluss dieser Beichte an den ›verlorenen Sohn‹ lege ich uns jetzt Beethovens letzte Klaviersonate Op. 111 auf. Die berühmte ohne den dritten Satz. Da war er schon völlig taub. Hat er den dritten Satz wirklich nicht mehr geschafft, wie manche Musiktheoretiker meinen? Oder war er nicht eher der Überzeugung, nach zwei Sätzen bereits alles gesagt zu haben? Es gibt keine größeren Abgründe in der Musik als den Moment im zweiten Satz, wenn die rechte und linke Hand immer weiter voneinander abrücken, oktavenweit, ewigkeitenweit voneinander getrennt. Beethoven zerstört die Sonatenform, die er selbst zur Blüte gebracht hat. Er zerstört, weil sie ihm nicht mehr genügt. Ich stelle mir vor: Der taube Genius am Klavier, verzweifelt, weil er nur noch mit dem inneren Ohr hören kann. Weil seine Finger zwar die Tasten bewegen, aber für ihn keine Töne mehr erzeugen. Wahrscheinlich hat seine körperliche Schwäche Beethoven mutiger gemacht. Diese Triller, diese Einsamkeit. Und wenn Friedrich Gulda den zweiten Satz spielt, dann wird daraus Jazz, dann swingt es wie bei Thelonious Monk. Beethoven nimmt hundertfünfzig Jahre Musikgeschichte vorweg. Ein Gehörloser erfindet den Jazz. Ach, könnte ich so sein wie er.

24
Die üblichen Verdächtigen

»Und dann muss ich auch noch zu meiner … Mutter«, sagte Alfred, als er mit Cordula den Ku'damm Richtung Südwesten hinunterlief.

»Das fällt dir schwer, ausgerechnet die Pia Graf als deine Mutter zu akzeptieren, das kann ich verstehen«, sagte Cordula und hängte sich bei ihm ein. »Tja, seine Eltern kann man sich nicht aussuchen.«

»Das sagt die Richtige!«

Cordula lachte: »Also ich bin mit meinen Eltern sehr zufrieden, eigentlich.«

Sie waren auf dem Weg zu Stolzenburgs Weinladen. Alfred wollte ihn ein bisschen aus der Reserve locken.

Sie liefen gerade am Café Kranzler vorbei. Beziehungsweise an dem, was davon noch übrig geblieben war.

»Das ist immer noch meine Lieblingskreuzung in Berlin«, sagte Alfred.

»Echt? Auch seitdem das alte Kranzler für immer verschwunden ist?«, fragte Cordula.

»Ja, hier habe ich in den neunziger Jahren das erste Mal gestanden, auf einer Klassenfahrt. Damals gab es noch das alte Kranzler mit dem gestreiften Sonnenschutz und Tischen auf der Straße. Hier haben wir beide auch noch oft gesessen, nachdem ich zu dir nach Berlin gezogen bin.«

Diese Mischung aus Westberliner Witwen und Touristen aus aller Welt war schon einmalig. Man hatte so viel gewollt, so viel versucht, und herausgekommen war: Mittelmaß.

Wenn Alfred heute hier entlangkam und praktisch kein Haus von damals wiederfand, erleichterte ihn das, befreite ihn von nostalgischer Sehnsucht, der Volkskrankheit der Berliner, die immer glaubten, früher sei alles besser gewesen, was ihnen auch alte Schwarzweiß-Fotografien glaubhaft vorgaukeln. Hier, Ku'damm Ecke Joachimsthaler Straße, konnte Alfred aufatmen. Nichts war besser geworden, aber alles wenigstens anders. Und der Ku'damm war zu keinem Freiluftmuseum einer glorifizierten Vergangenheit umgebaut worden. In seiner noblen Schäbigkeit wirkte er sehr zeitgenössisch.

»Was wäre, wenn Heinrich Pompl gelogen hätte, wenn das alles eine große Intrige ist?«, fragte er Cordula unvermittelt.

»Wenn ihn doch seine Witwe ermordet hat und die ganze Geschichte mit dir und dem Beethoven-Syndrom erfunden ist?«

»Oder der Brief echt ist und Pompl wirklich mein Vater – aber die Sache mit dem Geschmackssinn nur eine Finte, um die Selbstmordthese zu stärken.«

»Aber bei Selbstmord hätte die Witwe doch nicht das Geld von der Versicherung bekommen«, wandte Cordula ein.

»Das stimmt. Aber vielleicht ging es ihr gar nicht um das Geld? Vielleicht wollte sie einfach ihren Gatten loswerden?«

»Oder Pompl inszenierte seinen Selbstmord als Mord? Im Simple waren jedenfalls genug Kandidaten mit Motiv anwesend. Unter anderem Pia Graf.«

Alfred seufzte.

»Der muss ich auf jeden Fall einen Besuch abstatten. Vielleicht stellt sich dabei tatsächlich heraus, dass die Pompls über reichlich Fantasie verfügen. Habe mich bei ihr schon für heute Nachmittag angekündigt, angeblich um ein Porträt über sie zu schreiben.«

»Jetzt geht es erst mal um Stolzenburg. Lass uns überlegen, wie wir dem unauffällig auf den Zahn fühlen können.«

»Unauffällig muss es gar nicht sein. Im Gegenteil, der soll merken, dass wir wissen, dass er panscht. Ich will ihn ja nervös machen.«

Mittlerweile hatten sie den Olivaer Platz erreicht. Er sah zu dieser Jahreszeit mit seinen zart-frühlingshaft blühenden und grünenden Bäumen geradezu zauberhaft aus. Kurz dahinter lag auf der rechten Seite das Geschäft Alte Weine. In der schmalen Auslage präsentierte Stolzenburg gleich ein paar Knüller: Einen Lafite-Rothschild von 1968, einen La Tour von 1974 und eine Kiste von Gaja mit dessen drei piemontesischen Spitzenweinen, Jahrgang 1999, ein exzeptioneller und natürlich längst ausverkaufter Jahrgang. Aus den Erinnerungen an einen Abend bei Heinrich Pompl, als der ihn in die Nuancen und Unterschiede von Barbaresco und Barolo eingewiesen hatte, wurde Alfred durch die Stimme Stolzenburgs gerissen, der zu ihnen auf die Straße herausgetreten war.

»Frau von Pokorny, Herr Brinkmann, welche Freude, auch Sie einmal begrüßen zu dürfen! Ihre Eltern, Frau von Pokorny, gehören ja zu meinen Stammkunden, und auch der selige Pompl verkehrte zumindest sporadisch bei mir. Darf ich Sie auf ein Gläschen einladen?«

Stolzenburg rieb sich lächelnd die Hände. Deutete er nicht sogar einen Diener an? Alfred zuckte zusammen. Das war die Stimme, die er hinter seinem Champignonstapel gehört hatte. Das war der Deutsche aus der Lagerhalle. Stolzenburg. In Alfreds Kopf begann es zu rotieren. Wenn Stolzenburg mit seinen Entführern zu tun hatte, dann ... Kalter Schweiß brach ihm aus.

»Wollen Sie nicht?«, riss ihn Stolzenburg lächelnd aus dem panischen Wirbel seiner Gedanken. Cordula, die bereits halb in den Laden getreten war, warf ihm über die Schulter einen fragenden Blick zu.

»Oder ist der Herr Redakteur etwa nur zum Windowshopping stehen geblieben? Sind Sie gar in wichtigen Recherchen unterwegs und haben keine Zeit, um mit einem alten Mann über alte Weine zu plaudern?«

»Doch, doch, Herr Stolzenburg«, sagte Alfred nervös. »Ich bin zwar tatsächlich mit wichtigen Recherchen befasst, aber, ähem, habe doch Zeit, um mir mal Ihr schönes, um nicht zu sagen legendäres Geschäft anzusehen.«

Jetzt musste er cool bleiben, ihm würde schon etwas einfallen. Die beiden Männer ließen Cordula den Vortritt und gingen ins Dämmerlicht des Geschäfts. Eine Glocke war dezent erklungen. Aus dem Hintergrund löste sich eine jüngere Frau, die lächelnd auf sie zukam. Stolzenburg gab ihr ein Zeichen, und sie verschwand wieder im Dämmer. Das kleine Geschäft machte einen fast schon übertrieben gediegenen Eindruck. Hier war nichts zu spüren von dem manchmal unterkühlten Charme einer modernen Vinothek. Hier ging es um Wein auf die altmodische deutsche Art – mit Eichenholz, geschliffenen Kristallgläsern in ehrfurchtsvoller Verehrung vor den berühmtesten Weingütern der Welt.

Rechts und links standen Weinregale, die bis zur Decke

reichten. Die Weine waren die üblichen Verdächtigen. Viele Franzosen, überwiegend aus dem Bordeaux und dem Burgund, ein paar Barolos, kaum Weine aus der Neuen Welt, viele deutsche Rieslinge von der Mosel, wenige Spanier. Jede Flasche stand in einem Fach für sich, wie ein Exponat in einem Museum.

»Lauter Weine mit Stammbaum, Herr Brinkmann«, murmelte Stolzenburg, der sich immer noch die Hände rieb. War auch er nervös? »Aber das brauche ich Ihnen ja nicht zu erzählen. Sie sind ja Kenner.«

»Nun, beim Wein würde ich mir nicht anmaßen, von echter Kennerschaft zu sprechen. Dazu fehlt mir einfach noch die Lebenserfahrung.«

»Ja, ja,« seufzte Stolzenburg, »das sind die wenigen Vorzüge des Alters. Sind Sie an einem bestimmten Wein oder Jahrgang interessiert, Herr Brinkmann?«

»Wir hatten an einen Pétrus gedacht«, sagte Cordula. Sie hielt das vorher abgesprochene Drehbuch genau ein. Von Pétrus hatte Pompl im Zusammenhang mit Stolzenburg geschrieben.

»Ah, eine gute Wahl.« Stolzenburg lächelte. »Aber, wenn ich so sagen darf, leider auch eine sehr exquisite ...«

Cordula lächelte verbindlich. »Ich kann mich erinnern, dass wir letzte Weihnachten zu Hause einen Pétrus getrunken haben, leider weiß ich nicht mehr, welchen Jahrgang.«

»Ihre exorbitanten Preise bezahlt in diesem Fall ohnehin der Verlag, Herr Stolzenburg, keine Angst. Was müsste der denn für einen Pétrus bei Ihnen anlegen?«, fragte Alfred.

»Bevor wir uns übers schnöde Geld unterhalten, sollten wir uns lieber dem Wein von seiner schönsten Seite nähern, nämlich trinkend.«

Die junge Frau war wieder erschienen und balancierte ein Tablett mit drei überdimensionierten Gläsern, in denen jeweils ein knappes Sechzehntel Rotwein schwappte.

»Das wird doch kein Pétrus sein, Herr Stolzenburg?«, fragte Alfred.

»Nein, da muss ich Sie enttäuschen. Aber der hier ist auch nicht von schlechten Eltern.«

»Bitte, Herr Stolzenburg, lassen Sie mich nicht raten, da kann ich mich nur blamieren.«

Stolzenburg grinste und reichte Alfred ein Glas.

»Prost, Herr Redakteur.«

Alfred nahm einen Schluck. Nicht übel. Dicht, harmonisch, sicherlich mindestens zwanzig Jahre alt.

»Ein Côtes du Rhône? Jahrgang 2010, Herr Stolzenburg?«

Otto Stolzenburg sah Alfred mit offenem Mund an. Dann beschloss er, dass der Herr Redakteur einen Witz gemacht hatte.

»Köstlich, Herr Brinkmann, ganz köstlich.« Er klopfte Alfred sogar auf die Schulter. »Das ist ein Barolo von 1989, einer meiner persönlichen Lieblingsweine.«

»Kostet?«

»Herr Brinkmann, Sie sind wirklich impertinent, warum wollen Sie partout immer über Geld sprechen? Genießen Sie lieber, was Sie im Glas haben.«

Alfred lachte und trank seinen Barolo aus.

»Ein guter Wein, keine Frage. Gibt's den auch von 1988 oder sagen wir 1978?«

»Warum, sind Sie mit dem Jahrgang unzufrieden, Herr Brinkmann?«

»Nein, nein, keineswegs, es würde mich nur interessieren, wie weit Ihr Sortiment geht, Herr Stolzenburg.«

»Oh, das ist praktisch unbegrenzt. Von diesem Wein von

Barberini habe ich momentan die Jahrgänge 1989, 1988 und 1982 vorrätig. Lauter herausragende Jahre.«

»Und 1987?«

»War kein besonderer Jahrgang – aber wenn Sie darauf bestehen, könnte ich Ihnen den natürlich besorgen.«

Alfred sah Cordula an. Natürlich, dachte er finster, so ein Etikett ist schnell gedruckt.

»Könnten Sie bei diesem Wein tatsächlich einen 88er von einem 89er unterscheiden?«, fragte Cordula Stolzenburg

»Soll ich ehrlich sein, Frau von Pokorny?« Stolzenburg lächelte wieder.

»Ich bitte darum!«

»Nein, könnte ich nicht, ich bin kein Sommelier. Und ich bin mir sicher, die könnten das blind auch nicht. Aber ich weiß, dass in beiden Jahrgängen die Sonneneinstrahlung und die Niederschläge in einem optimalen Verhältnis zueinander standen, um die Charaktermerkmale gerade dieses Weines zu besonderer Entfaltung kommen zu lassen.«

»Was müsste ich denn nun für einen Barberini anlegen?«, fragte Alfred ungeduldig. Er wollte nicht länger als nötig bleiben und hatte sich entschlossen, das Drehbuch abzukürzen.

»Einhundertsiebzig Euro für 1988 und 1989, fünfhundertfünfzig für 1982, der Jahrgang ist weltweit so gut wie ausverkauft.«

»Das geht ja noch, habe ich mir schlimmer vorgestellt.«

»Nun, ein Pétrus kommt teurer, ein vernünftiger Jahrgang kostet mindestens eine vierstellige Summe.«

»1960?«

»1960? Da müsste ich nachschauen.«

»Hätten Sie einen da?«

»Lassen Sie mich schauen.« Stolzenburg ging zu einer Glasvitrine, hinter deren verschlossener Tür seine ganz besonderen Tropfen standen.

»Ich muss Sie enttäuschen, kein 1960er. War aber ohnehin nur ein durchschnittlicher Jahrgang. Der 1958er ist besser. Und den hätte ich da. Für dreitausendfünfhundertachtzig Euro.«

»Das ist ja ein Schnäppchen«, rief Alfred. »Dürfte ich den mal probieren?«

Stolzenburg lachte. »Der Herr Redakteur beliebt wieder zu scherzen!«

»Aber wer garantiert uns, dass der wirklich schmeckt?«, fragte Cordula.

»Liebe Frau von Pokorny, wenn jemand so viel Geld für eine bestimmte Flasche Wein ausgibt, weiß er warum. Entweder kennt er diesen Wein sehr gut, oder er möchte ihn an einen Liebhaber verschenken. Oder er weiß, was das Fachpublikum von diesem Wein dieses Jahrgangs hält. Das ist wie bei Aktien, eigentlich besser: Ein wirklich guter Wein eines wirklich guten Jahrgangs ist eine Geldanlage mit garantierten Erträgen. Es kommt nie vor, dass ein Wein mit den Jahren billiger wird.«

»Aber wenn er korkt?« Cordula ließ nicht locker.

»Das kann natürlich vorkommen. Aber dem wird damit Sorge getragen, dass man circa alle zwanzig Jahre den Korken ersetzt, zum Beispiel. Aber letztlich kommt es darauf nicht an. Diese Weine werden selten getrunken, es sind Liebhaberstücke, Reliquien, wenn Sie so wollen. Man schenkt sie sich zum fünfundzwanzigsten Hochzeitstag. Oder zum Firmenjubiläum, zum sechzigsten Geburtstag.«

»Dann ist ja eigentlich egal, was in der Flasche ist. Hauptsache, auf dem Etikett steht die richtige Jahreszahl«, ließ sich Alfred vernehmen und wartete gespannt auf Stolzenburgs Reaktion.

Stolzenburg lachte. Er ließ sich immer noch nichts anmerken. War die ganze Panscherei tatsächlich eine Erfindung Pompls? Aber wieso war Stolzenburg in der Halle der Top Gastro gewesen?

»Ganz so ist es natürlich nicht. Wir liefern auf Wunsch mit jeder Flasche ein Zertifikat, das ihre Echtheit bestätigt.«

»Ach, tatsächlich?«

Alfred schwieg einen Moment.

»Könnte man im Nachhinein feststellen, durch eine Geschmacksanalyse oder eine chemische Untersuchung, ob der Pétrus 1958 wirklich ein Pétrus ist und wirklich von 1958? So ein Zertifikat kann schließlich gefälscht sein.«

Stolzenburg zuckte mit den Achseln. »Das weiß ich ehrlich gesagt nicht, ist noch nicht vorgekommen, dass sich jemand beschwert hat ... Dürfte auch schwierig sein, so eine Analyse«, lächelte Stolzenburg nun. »Wer braucht so etwas schon, wenn er das Wort eines Fachmanns hat«, fügte er hinzu.

»Soso«, sagte Alfred. »Na, wie dem auch sei, Sie haben mich neugierig gemacht, ich kaufe jetzt eine wirklich gute Flasche bei Ihnen, sagen wir einen Gaja Sori Tildin von 1987, hätten Sie einen da?«

»Gaja führe ich, im Fenster steht eine Kiste von 1999. Lassen Sie mich schauen, ob wir auch andere Jahrgänge vorrätig haben.« Stolzenburg ging zu seinem Computer und bereits nach wenigen Sekunden verkündete er: »1987 nicht, aber 1986. Davon dürfte es weltweit nur noch ein paar Flaschen geben. Habe ich auf einer Auktion im Piemont ersteigert. Wäre der auch recht? Ansonsten könnte ich eventuell einen von 1987 besorgen. Das würde allerdings zwei Wochen dauern.«

»Dann nehme ich den 86er, ist ja egal. Wickeln Sie ihn bitte ein. Und schicken Sie die Rechnung an den Verlag.«

»Wenn ich fragen darf, was genau haben Sie mit dem Wein vor?«

»Ich werde ihn öffnen und gemeinsam mit meiner entzückenden Lebenspartnerin trinken.«

Stolzenburg lächelte: »Eine gute Entscheidung – wird sicher ein unvergesslicher Abend.« Er wickelte die Flasche in einen Bogen dünnen, grauen Papiers.

»Oh, ich denke eher an einen Nachmittag. Und er wird sicherlich unvergesslich.«

Stolzenburg reichte Alfred die Flasche samt Zertifikat. »Eine Tüte?«

»Besonders unvergesslich für die anwesenden Chemiker.«

Stolzenburg verzog keine Miene. »Oh, Sie verkehren in Chemikerkreisen? Wie interessant.«

Alfred ging schnell mit seiner Flasche zur Tür. »Ja, besonders, wenn es sich um Lebensmittelchemiker handelt«, erwiderte er.

Das leise Klingeln ertönte, und die Tür schloss sich wieder hinter ihnen.

25 Noch mal Zabaione

Am selben Tag hatte Hauptkommissar Stubenrauch beschlossen, nach Dienstschluss noch einmal den Tatort aufzusuchen. Den Tatort, der nun angeblich keiner mehr war. Aber Stubenrauch wusste, dass irgendwo ein Fehler gemacht worden war, irgendetwas stimmte nicht. Es gab einen Fall Pompl, da war er sich sicher. Als er den Fahrstuhl des Fünf-Sterne-Hotels im sechsten Stock verließ, kamen ihm Jaspers Lakaien konziliant lächelnd entgegen.

»Ich muss zu Ihrem Chef!«

Die Lakaien lächelten weiter.

»Das ist im Moment etwas ungünstig, Herr Hauptkommissar.«

»Es ist aber wichtig.«

»Herr Jasper befindet sich mitten in den Vorbereitungen für die Abendmenüs.«

»Es wird nicht lange dauern, versprochen.«

»Ich werde sehen, was ich machen kann«, sagte der Oberkellner säuerlich und verschwand in der Küche.

Wenig später wischte sich Jo Jasper die Hände an seiner Schürze ab. »Herr Kommissar, wieder Lust auf Zabaione?«

Stubenrauch lächelte: »Leider bin ich nicht nur deswegen gekommen, Herr Jasper. Können wir uns kurz ungestört unterhalten?«

»Natürlich, kommen Sie, alle Tische sind frei, die ersten Gäste kommen erst in einer halben Stunde.«

Die beiden setzten sich an den nächstgelegenen Tisch ganz in der Nähe der altarähnlichen Anrichte aus Stein. Neben ihrem Tisch plätscherte Wasser aus einer fast mannshohen Terrakotta-Amphore. Für einen Moment starrte Stubenrauch sehnsuchtsvoll auf das Wasser, das unaufhörlich über den Rand der Amphore lief und an ihrer Außenwand herunterrann, um von einem unsichtbaren Mechanismus wieder emporgepumpt zu werden.

»Ich dachte, der Fall ist abgeschlossen, Herr Kommissar? Heinrich Pompl starb eines natürlichen Todes beziehungsweise an den tödlichen Nebenwirkungen eines Medikamentencocktails in seinem Magen. Der arme Kerl.«

»Ja, das ist unsere offizielle Version. Aber ich glaube nicht daran. Ich glaube, dass Pompl ermordet wurde.«

»Was Sie nicht sagen, Herr Kommissar.«

Als wenig später die Zabaione vor Stubenrauch stand, die Jasper schon bestellt haben musste, als der Hauptkommissar gerade den Fahrstuhl verlassen hatte, tauchte Stubenrauch erst einmal genüsslich seinen Löffel in die Creme.

»Wunderbar«, sagte er.

»Das freut mich.«

»Trotzdem muss ich Ihnen noch ein paar dienstliche Fragen stellen: Wie viel hat Ihr Lokal gekostet?«

»Das ist kein Geheimnis: Etwa sechs Millionen inklusive Hightech-Küche und Geschirr.«

»Woher kommt das Geld?«

»Von den Hauptstadtfreunden. Stand alles lang und breit in der Zeitung.«

»Und woher haben die Hauptstadtfreunde das Geld?«

Jasper zuckte mit den Achseln.

»Das entzieht sich meiner Kenntnis. Gelder von Leuten, die eine gute Investition suchen.«

»Und unversteuertes Geld waschen wollen.«

»Das sind so die Phantasien mancher Leute. Es ist leicht, überall die Mafia zu wittern. Vielleicht gar die Russenmafia? Ist aber alles Blödsinn.«

Jasper spielte mit einem Blütenblatt des üppigen Straußes, der in einer massiven, sehr effektvoll von innen mit Goldfolie hinterlegten Glasvase vor ihnen steckte.

»Alles nur Phantasien?«

»Was geht mich der Steuerbescheid fremder Leute an? Mich interessiert ja auch nicht, ob die ihre Privatessen bei mir als Geschäftsessen absetzen. Ich bin Koch, kein Finanzbeamter, Herr Kommissar. Diese Leute ermöglichen mir, meinen Lebenstraum zu leben.«

»Der könnte aber schnell ausgeträumt sein, wenn ihnen das Finanzamt auf die Schliche kommt. Oder Ihr Lokal nicht die gewünschte Rendite abwirft.«

»Zu dieser Furcht besteht zum Glück keinerlei Anlass.«

»Kann es sein, dass eine gewisse Pia Graf zu den edlen Finanziers Ihres Traumes zählt? Dass sie allein zwei Millionen investiert hat?«

Jasper verzog keine Miene.

»Woher haben Sie das denn, Herr Kommissar?«

»Wir haben interessante Papiere beim Toten gefunden. Darin geht es unter anderem auch um die Verbindungen von Pia Graf zum Simple.«

»Ich kenne Pia Graf privat, wir sind befreundet, schon seit längerem. Wir schätzen uns. Ich ihre Schauspielkunst, sie, was ich ihr auf den Teller lege.«

»Dann ist der Gedanke, dass Sie sich finanziell an Ihrem Lokal beteiligt, ja nicht ganz abwegig.«

»Abwegig ist er nicht. Aber ist das wichtig? Hat das was mit Herrn Pompls Ableben zu tun?« Jasper lächelte erneut und blickte demonstrativ zur Uhr. »Ich muss zurück in die Küche, Herr Kommissar, auch wenn es wie immer nett ist, mit Ihnen zu plaudern. Vielleicht ein andermal, wenn ich mehr Zeit habe? Vielleicht langt es dann auch für ein richtiges Menü? Immer nur Zabaione wird auch langweilig mit der Zeit.«

Stubenrauch stand auf.

»Gerne, Herr Jasper.«

Als Hauptkommissar Stubenrauch unter der Balustrade des Hotels am Potsdamer Platz auf sein Taxi wartete, klingelte sein Handy.

»Brinkmann hier!«

»Was gibt's?«

»Ich glaube, ich weiß jetzt, wer meinen Vater umgebracht hat!«

»Tatsächlich? Nicht am Telefon. Wir treffen uns in zehn Minuten im Café Einstein Unter den Linden.«

26
Muttersohn

Zwei Stunden vorher, unmittelbar nach dem Besuch bei Stolzenburg, hatte Alfred vor der Grunewalder Villa von Pia Graf gestanden. Natürlich Grunewald, dachte er. Im Nachbarhaus hatte bis zu seinem Tod Harald Juhnke gewohnt. Eine laue Brise bewegte die Wipfel der hohen Pappeln. Efeu rankte über eine massive Mauer, die das Grundstück der Graf von der Straße trennte. Fünf Meter weiter rechts neigte sich eine Zufahrt zur Doppelgarage, in der bestimmt ein Mercedes Coupé stand.

Vor mehr als dreißig Jahren hatte Pia Graf in einigen Kultfilmen des neuen deutschen Kinos mitgespielt. Doch das war schon lange her. Alfred biss sich auf die Lippen. Sie war ihm schon immer unsympathisch gewesen. Er fand ihre Auftritte in diversen Fernsehfilmen und -serien trivial. Am schlimmsten war diese Sex-Komödie gewesen, wo sie an der Seite von Juhnke spielte. Die war irgendwann in den Achtzigern gedreht worden und wurde seitdem ununterbrochen in allen Dritten Programmen wiederholt. Was erotisch wirken sollte, war einfach nur klebrig. Sexphantasien von alten Männern für alte Männer. Und Pia Graf klimperte dazu gut bezahlt mit ihren künstlichen Wimpern. Warum musste ausgerechnet sie seine Mutter sein! Fast hoffte er, dass Heinrich Pompl gelogen hatte.

Alfred klingelte. Seine Hand zitterte. Er hatte Schluckbeschwerden. Sein Kopf schmerzte. Und das lag sicherlich nicht an dem Sechzehntel Wein bei Stolzenburg.

Ja, es sei dringend, hatte er Pia Graf am Telefon heute Morgen erklärt. Er würde gerne noch heute vorbeikommen, am liebsten bei ihr zu Hause. Ja, es solle eine Art Homestory werden. Ganz exklusiv. Nein, er wolle am Telefon noch keine Einzelheiten nennen, nur so viel, dass es sich um eine ganze Seite in der Wochenendausgabe handle. Ja, er bringe einen Fotografen mit. Den besten, den sie hätten.

Von dem war natürlich weit und breit nichts zu sehen. Er würde sie so lange wie möglich hinhalten. Alfred konnte niemanden gebrauchen, der Zeuge davon wurde, wie er Pia Graf darüber ausquetschte, ob sie erstens seine Mutter und zweitens die Mörderin seines Vaters war.

Als er das zweite Mal den Klingelknopf betätigte, ertönte endlich der Summer. Er drückte die Gartentür auf und betrat einen mit Kies bestreuten Weg, der ihn in gerader Linie zum Haus führte, das einen überraschend bescheidenen Eindruck machte. Es musste in den sechziger Jahren gebaut worden sein.

Pia Graf war das Lieblingskind der Promipresse. Ihr Privatleben war ein öffentliches. Wechselnde Partner, gebrochene Herzen, da fehlte nur noch das Drama um ihren verlorenen Sohn. Alfred hatte Lust, auf der Stelle umzudrehen. Warum sollte er Pia Graf eröffnen, wer er war? Würde sie das nicht ausschlachten und in der Presse breittreten?

Ein Hausmädchen öffnete ihm die Tür und führte ihn durch eine langgestreckte Diele in ein riesiges Wohnstudio. Ganz im Gegensatz zum eher bescheidenen Äußeren des Hauses entpuppte sich die Villa im Inneren als Schlachtfeld verschiedener Dekorateure. Oder hatte sich die Graf das alles selber ausgedacht? Es gab wohl keinen Stil der letzten hundertfünfzig Jahre, der hier nicht vertreten war: Vom Biedermeier bis zur Postmoderne hatte die Hausherrin alles ausprobiert. Radikal-eklektizistisch. Die pompösen Möbel waren nur ein Steinchen mehr im Puzzle, das fertig zusammengesetzt vielleicht seine »Mutter« ergeben könnte. Der Frau, die ihm jetzt lächelnd und mit ausgebreiteten Armen entgegentrat.

»Herr Brinkmann, wie ich mich freue! Treten Sie näher, treten Sie näher!« Dann stutzte sie. »Sie kommen allein? Wo ist denn Ihr Fotograf?«

»Hat sich verspätet«, krächzte Alfred. Dann brachte er seine Gefühle unter Kontrolle. Das Gespräch begann routinemäßig, es drehte sich um die aktuellen Arbeiten der Graf. Alfred ließ sie einfach sprechen. Ab und zu nickte er zustimmend und tat so, als machte er sich Notizen. Doch nach ein paar Minuten unterbrach Pia Graf ihren Redefluss und blickte auf die Uhr.

»Wo bleibt denn Ihr Kollege? Wie kommt es eigentlich, dass das *Abendblatt* ausgerechnet seinen neuen Gastrokritiker entsendet, um ein Porträt über mich zu schreiben? Ist August Pape krank?«

Alfred räusperte sich.

»Nein, Frau Graf, unser Feuilletonchef erfreut sich bester Gesundheit. Meine Anwesenheit hat andere Gründe. Private, sozusagen.«

»Sozusagen?« Die Graf, die für ihre Verhältnisse auffallend unauffällig gekleidet war, zog irritiert die Augenbrauen nach oben.

»Ja, äh, wie soll ich es ausdrücken …« Alfred wand sich auf seinem Stuhl.

»Frau Graf, entspricht es der Wahrheit, dass Sie vor bald dreißig Jahren einen Jungen zur Welt gebracht und ihn gleich danach zur Adoption freigegeben haben?«

Der Schauspielerin blieb der Mund offen stehen.

»Woher haben Sie das, Herr Brinkmann?«

»Stimmt es denn?«

Die Graf sprang auf. »Woher haben Sie diese Informationen?!«, schrie sie.

Alfred erhob sich ebenfalls.

»Also ist es wahr?«

Pia Graf setzte sich wieder und deutete Alfred an, er solle sich ebenfalls setzen.

»Ich weiß nicht, ob ich möchte, dass diese alte Geschichte Eingang in Ihr Porträt findet.«

»Muss sie nicht, Frau Graf, muss sie ganz und gar nicht. Ich würde nur gern wissen, ob Sie einen Sohn haben, der heute neunundzwanzig Jahre alt ist.«

Pia Graf seufzte und blickte Alfred in die Augen.

»Allerdings.«

Alfred wurde schwindelig.

»Könnte ich ein Glas Wasser haben, Frau Graf?«

»Natürlich. Oder etwas anderes? Einen Saft? Oder etwas Alkoholisches? Ein Glas Weißwein? Schön trocken und fruchtig?.«

»Trocken und fruchtig wäre schön«, murmelte Alfred und legte seinen Notizblock auf den Couchtisch.

»Helene«, rief Pia Graf. »Bringen Sie uns bitte eine Flasche von dem Chardonnay, Sie wissen schon.«

Während sie auf den Wein warteten, schwiegen beide. Alfred blickte die Frau an, die wohl wirklich seine Mutter war. Noch bestand die Möglichkeit, ihr zu verheimlichen, dass er ihr Sohn war.

»Wer ist Ihr Sohn? Wo lebt er, was macht er?«

»Das weiß ich nicht genau. Ich kenne ihn nicht.« Pia Graf seufzte und schenkte ihnen ein.

»Sie kennen ihn nicht?« Zeit gewinnen, dachte Alfred, einfach Zeit gewinnen.

»Ich weiß nicht, ob Sie über die Formalien bei einer Adoption informiert sind, Herr Brinkmann.«

»Doch, bin ich«, antworte Alfred. »Die Adoptiveltern bleiben für die leiblichen Eltern anonym.«

»Genau. Deshalb weiß ich kaum etwas über meinen Sohn. Ich weiß nur, er ist am Leben und es geht ihm gut. Er lebt in Deutschland. Was er macht, entzieht sich meiner Kenntnis.«

»Sind Sie nicht neugierig?«

Pia Graf sah ihn an: »Sie sind neugierig, Herr Brinkmann.«

»Das gehört zu meinem Job.«

»Diese Geschichte ist meine Privatangelegenheit, und ich möchte nicht, dass die Öffentlichkeit davon erfährt. Ich bitte Sie, das zu respektieren. Auch wenn ich verstehe, dass Ihr journalistischer Instinkt Ihnen sagt, was für eine tolle Story das ist. Sind Sie deshalb gekommen? Aber wozu die Eile? Neunundzwanzig Jahre lang hat sich niemand für diese Adoption interessiert. Ich vermute, Sie kennen den Vater?«

»Heinrich Pompl.«

»Sie sind wirklich gut informiert. Ja, der große, unwiderstehliche, leider so überraschend verstorbene Heinrich Pompl, unser Gastropapst, ist der Vater meines Kindes.«

Sie überlegte kurz. »Haben Sie daher Ihre Informationen? Wusste Heinrich mehr über unser Kind?«

Alfred nickte.

»Was wusste er?«

»Er kannte ihn.«

Pia Graf sprang wieder auf.

»Und hat mir nichts davon gesagt! Wieso wissen Sie Bescheid und ich nicht? Was geht Sie die ganze Geschichte überhaupt an? Und wo bleibt Ihr Fotograf?«

»Es wird kein Fotograf kommen, Frau Graf.«

Pia Graf blieb vor dem großen Schiebefenster stehen, das den Blick in einen sehr gepflegten Garten eröffnete.

»Warum nicht?«

»Weil keine Bilder gemacht werden.«

»Sie wollten mich nur über diese Adoption aushorchen? Seit wann beschäftigt sich das *Abendblatt* mit Klatsch und Tratsch? Reicht es nicht, dass dort jedes meiner Stücke und jeder meiner Filme verrissen, regelrecht vernichtet wird? Ich bitte Sie, jetzt zu gehen, Herr Brinkmann. Ich habe Ihnen nichts mehr zu sagen. Und ich warne Sie: Wenn auch nur eine Andeutung über meinen Sohn in Ihrem oder irgendeinem anderen Blatt erscheint, hetze ich meine Anwälte auf Sie!«

Alfred überlegte, ob er wirklich gehen sollte. Er hatte herausgefunden, dass Pompl nicht gelogen hatte. Er wusste jetzt, wer seine Mutter war. Musste sie wissen, wer ihr Sohn war? Hatte Pia Graf etwas mit dem Tod seines Vaters zu tun oder nicht?

»Wie war Ihr Verhältnis zum Vater des Kindes?«, fragte er und blieb einfach sitzen.

»Gehen Sie, gehen Sie. Ich werde Ihnen nichts weiter sagen.« Pia Graf stand am Fenster und starrte in den Garten.

»Ein schöner Garten«, murmelte Alfred.

Pia Graf schwieg und starrte. Es verstrich eine Minute, zwei, drei. Alfred nippte an seinem Weinglas. Das Geräusch, als er das Glas wieder zurück auf den Tisch stellte, schien die Graf aus ihren Gedanken zu reißen. Sie drehte sich um.

»Sie sind ja noch immer da! Helene, bitte begleiten Sie den Herrn zur Tür. Sein Besuch ist beendet.«

»Ich bin dein Sohn«, sagte Alfred.

Pia Graf blieb mit erhobenen Händen, die eben noch in Richtung Helene gefuchtelt hatten, stehen. Die Geste wirkte theatralischer, als sie vermutlich gemeint war.

27 Gift

Eine Stunde später saßen Mutter und Sohn in der Küche. Pia Graf hatte fast ununterbrochen geredet. Es war wie ein Dammbruch gewesen. So als hätte sie sehr lange auf diesen Moment gewartet. Es hatte mit einer Umarmung begonnen. Pia Graf war auf Alfred zugestürzt und hatte ihn an ihren voluminösen Busen gedrückt. Alfred hatte erst stocksteif dagestanden, dann hatten auch ihn die Gefühle überwältigt. Innerhalb von Sekunden war für ihn klar gewesen, dass er keinen Fehler gemacht hatte und diese Frau unmöglich eine Mörderin sein konnte.

Jetzt saß Alfred erschöpft am Küchentisch und umklammerte einen leeren Kaffeebecher. Pia Graf stand am Herd und beobachtete die italienische Kaffeemaschine, die gerade anfing Dampf auszustoßen. In Alfred rotierte alles. Was ihm seine Mutter erzählt hatte, klang ganz anders als das, was er von den Pompls erfahren hatte. Pia Graf hatte bestätigt, dass es Pompl gewesen sei, der sie regelrecht dazu gedrängt habe, das Kind abzutreiben. Sie sei bereits im dritten Monat schwanger gewesen, und damals habe es noch keine Fristenlösung gegeben. Sie hätte nach Holland fahren müssen. Doch das habe sie auf keinen Fall gewollt.

»Heinrich war mit der Situation völlig überfordert. Er unterstellte mir sogar, ich sei absichtlich schwanger geworden. Um Verhütung hatte er sich natürlich nie gekümmert. Er hat sich um gar nichts gekümmert. Er lebte nur für seine Kunst, seine Romane, von denen er ständig erzählte, an denen er ab und zu schrieb, aber nie brachte er einen zu Ende. Es fing an mit einer wilden Geschichte von Männern im Kampf mit den Naturgewalten, existenzialistische Abenteuerromane, ich weiß nicht, wie er darauf kam. Heinrich hat nie ein Blockhaus von innen gesehen, hat niemals im Wald übernachtet oder gar ein Tier getötet. Trotzdem ging es in seinen ersten Texten ununterbrochen ums Töten, um einsame Jäger, Wälder. Dann hatte er plötzlich die Idee zu einem Science-Fiction-Roman, wenig später wechselte er zur fiktiven Künstlerbiografie eines genialischen Musikers. Ab und zu las er mir aus seinen Manuskripten vor. Seine Texte klangen gut, ein wenig manieriert vielleicht, aber sie steckten voller Kraft. Sie passten zu ihm. Wir waren anderthalb Jahre zusammen. Er hatte mich nach einer Theateraufführung angesprochen. Wir waren beide Mitte zwanzig. Ich lebte allein, hatte bereits eine Scheidung hinter mir, fühlte mich alt. Da kam dieser wilde, lebenslustige, gutaussehende, mitreißend jugendliche Mann mit dem Habitus eines Künstlers gerade recht.

Bis ich langsam durchschaute, dass es eine Masche war, dass Heinrich mir, seinen Freunden und sich selbst nur etwas vorspielte. Dass vieles von dem, was er schrieb, dreist geklaut war. Seine Romanfragmente waren ein Potpourri aus Erinnerungen an Bücher, die Heinrich kiloweise verschlang. Er las mehr, als er schrieb, und schrieb, was er las. Da ich keine große Leserin bin, fiel mir das zunächst nicht auf. Aber gemeinsame Freunde, denen er an einem betrunkenen Abend aus seinen ›Werken‹, wie er sich ausdrückte, vorlas, erkannten die Parallelen. Sie sagten es ihm nicht auf den Kopf zu. Aber mir gegenüber machten sie ein paar scherzhafte Bemerkungen.

Einer geregelten Beschäftigung ging Heinrich nicht nach. Ab und zu schrieb er kleine Artikel für Zeitungen, meistens Buchrezensionen. Du weißt ja selbst, wie wenig man damit verdient. Er wohnte bei mir und lebte von mir. Aber er war ein guter Liebhaber und ein charmanter Zeitgenosse. Und ich liebte das Gefühl, einen echten Künstler an meiner Seite zu haben, den ich fördern konnte. Mir selbst fehlte genau dieser ernsthafte künstlerische Zug. Ich war zwar Schauspielerin, hatte mit den Großen des deutschen Kinos gedreht. Auch auf der Bühne feierte ich Erfolge. Aber in den Augen der Männer, mit denen ich drehte, war ich keine Künstlerin, nur eine Folie für ihre Phantasien. Heinrich gab mir das Gefühl, mehr als eine Männerphantasie zu sein. Bis mir klar wurde, dass er mich noch schlimmer ausbeutete als alle meine Regisseure. Das wurde besonders deutlich, als ich ihm mitteilte, dass ich schwanger war, schwanger mit dir, Alfred. Was für ein schrecklich altmodischer Name … Ich hätte dich nie so genannt.«

»Welchen Namen hattest du mir gegeben?«, hatte Alfred in Pia Grafs Redefluss einwerfen können.

»Wir hatten keinen Namen für dich. Nachdem wir uns entschieden hatten, dich zur Adoption freizugeben, verweigerten wir alles, was zu einer Bindung hätte führen können. Für uns warst du immer nur das Kind, namenlos.

Aber heimlich gab ich dir Namen, Tristan oder Maximilian. Nicht Max, Maximilian.«

»Maximilian hätte mir gefallen, Tristan ist doch ein wenig pompös.«

»Was sind deine Adoptiveltern für Menschen?«

»Auf alle Fälle keine Künstler.«

»Was vielleicht ganz gut ist«, hatte Pia Graf gesagt und zum ersten Mal gelächelt.

»Sie sind beide tot.«

»Das tut mir leid.«

»Ich hatte bis gestern keine Ahnung, dass sie nicht meine leiblichen Eltern waren.«

»Bis gestern?«

»Bis mir Heinrich Pompls Witwe erzählte, wer meine wirklichen Eltern sind. Mein Vater verkaufte Kopierer in Norddeutschland, verdiente damit recht gut. Ich wuchs in einer Doppelhaushälfte auf in einem Ort bei Hannover. Besuchte ganz normale Schulen, bekam wie viele meiner Mitschüler in Englisch, Französisch und Mathe Nachhilfe, blieb einmal sitzen und fing dann zu studieren an. Germanistik und Philosophie, doch dann verlor ich irgendwie den Faden. Ich wusste nicht, was ich mit meinem Leben anfangen sollte. In die Fußstapfen meines Vaters zu treten und irgendetwas zu verkaufen, interessierte mich nicht. Ich wollte einen Beruf ergreifen, der mich inhaltlich berührte. Letztlich war es Cordula, die mich auf das richtige Gleis setzte. Sie ließ ihre familiären Verbindungen spielen und brachte mich als Volontär ohne abgeschlossenes Hochschulstudium beim *Abendblatt* unter, wo ich nach Heinrichs Tod sozusagen zu dessen Nachfolger aufgestiegen bin. So habe ich also doch noch Karriere gemacht, sogar eine Blitzkarriere, von null auf hundert. Schade, dass das meine

Eltern, verzeih, meine Adoptiveltern nicht mehr erleben durften.«

»Alfred, mir ist klar, dass deine Adoptiveltern für dich deine Eltern sind. Wenn da plötzlich wie aus dem Nichts zwei andere Menschen auftauchen, die behaupten, deine echten Eltern zu sein, heißt das ja noch lange nicht, dass sie das auch für dich sind. Wer weiß, vielleicht werden wir Freunde, vielleicht können wir nachholen, was wir in den vielen Jahren versäumt haben. Ich habe mir immer gewünscht, dich kennenzulernen.«

Tränen waren ihr in die Augen getreten. Alfred hatte ihnen beiden schnell noch ein Glas Wein eingeschenkt.

»Ich habe immer noch nicht richtig verstanden, warum ihr mich, äh, weggegeben habt ...«, hatte Alfred leise gesagt.

Pia Graf hatte geschwiegen und einen Schluck Wein genommen. »Ich war schwach, es war ein Fehler, das ist mir jetzt klar. Aber was hätte ich tun sollen, Alfred? Vielleicht kannst du das nicht verstehen. Aber Heinrich war so unreif, ohne Beruf, ohne Einkommen, er war selbst noch ein Kind, trotz seiner siebenundzwanzig Jahre. Und ich stand voll im Berufsleben, reiste durch die Welt, hatte Engagements in Hamburg, Zürich, Berlin, Wien, drehte in Afrika, in Spanien, sogar in Hollywood. Ich war ständig unterwegs. Und mein Leben machte mir Spaß. Das war genau das, wovon ich immer geträumt hatte. Es klingt hart, wenn ich das sage, wenn ich *dir* das sage, aber es entspricht leider der Wahrheit: In diesem, meinem, unserem Leben war einfach kein Platz für ein Kind. Noch nicht, nicht mehr. Ich konnte und wollte die Richtung meines Lebens nicht ändern. Ich war glücklich, verstehst du? Und Heinrich bestätigte mich darin. Ich konnte nicht ahnen, dass er mich nur ein Jahr nach deiner

Geburt verlassen würde, um diese reiche Verlegertochter zu heiraten.«

Pia Graf war verstummt. Ihre Lippen waren schmal geworden. »Dein Vater war ein Schwein, Alfred. Ein Blender, ein Nichtsnutz, der immer auf Kosten anderer gelebt und Erfolge gefeiert hat. Er hatte keine Ahnung von Wein, keine Ahnung von gutem Essen, bis er diese Karoline kennenlernte. Die hat ihm diesen Floh ins Ohr gesetzt. Die hat ihn zu dem gemacht, was er dann jahrelang so spielte: der große Journalist, Herausgeber und Kritiker! Gourmetpapst, dass ich nicht lache! Als ich mit ihm zusammenlebte, war eine Pizza beim Billigitaliener für ihn die kulinarische Krönung eines wie gewöhnlich vertändelten Tages. In teure Lokale ging er nur, um anzugeben. Und wenn ich zahlte.«

»Man kann sich ändern und dazulernen«, hatte Alfred widersprochen.

»Ich kannte Heinrich nur als oberflächlichen, zwar unterhaltsamen, aber verantwortungslosen und unreifen Jüngling. Auch später, als ich ihn hier und da bei gesellschaftlichen Anlässen traf, behandelte er mich auf eine schrecklich alberne Art von oben herab, machte Witze über unseren ›verlorenen Sohn‹, wenig später versuchte er, mit mir zu flirten. Er hat nie verstanden, wie ich darunter gelitten habe, dass ich dich weggegeben habe. Später konnte ich aus gesundheitlichen Gründen keine Kinder mehr bekommen. Die Adoption war ein schrecklicher Fehler, Alfred, das ist mir in den letzten Jahren immer deutlicher bewusst geworden. Doch davon wollte Heinrich nichts wissen. Für ihn war das Thema, waren du und ich, abgehakt, eine folgenlose Episode aus lange zurückliegenden Zeiten.«

Alfred hatte nicht gewusst, was er sagen sollte. Er erinnerte sich daran, was ihm Karoline über seine Mutter erzählt, und was sein Vater in seinem Brief geschrieben hatte, dass Pia Graf sich in den Verlust ihres Kindes hineingesteigert habe, dass sie Pompl die Schuld an ihrem verpfuschten Leben gegeben, dass sie sich von ihm zuletzt sogar in ihrer Existenz bedroht gefühlt habe.

»Hasst du meinen Vater?«, hatte Alfred gefragt.

Seine Mutter hatte ihn überrascht angesehen.

»Hass wäre zu hoch gegriffen. Ich verachte ihn. Ich hasse mich dafür, dass ich damals auf ihn gehört habe.«

»Aber du hast doch selbst zugegeben, dass *du* deine Karriere nicht opfern wolltest. Damit hatte er doch gar nichts zu tun!«

»Wenn ich einen wirklichen Partner, einen Vater für mein Kind an meiner Seite gehabt hätte, hätte ich mich anders entschieden. Wer sagt denn, dass meine Karriere mit der Geburt eines Kindes zu Ende gewesen wäre? Ich hätte vielleicht nur meine Babypause etwas verlängern müssen, und dann wäre ich triumphal zurückgekehrt.«

Sie hatte einen Moment geschwiegen und dann gesagt: »Jetzt ist die Flasche leer. Soll ich noch eine aufmachen? Oder Champagner? Schließlich haben wir was zu feiern!«

Hatten sie wirklich?

»Für mich lieber einen Kaffee …«

Sollte er Mutter zu ihr sagen? Oder Pia? Hätte er zu Heinrich Pompl Vater gesagt? Vielleicht.

»Auch gut. Komm mit in die Küche, dann können wir uns dort weiter unterhalten. Helene ist nicht mehr da, sie erledigt nachmittags immer Einkäufe. Aber Kaffeekochen schaffe ich auch alleine.« Sie hatte gelacht und Alfred war ihr stumm gefolgt.

Pia Graf nahm die blubbernde Kaffeemaschine von der Herdplatte und griff nach Alfreds Kaffeebecher.

»Ich nehme meinen schwarz ohne Zucker, wie möchtest du deinen?«

»Auch schwarz, aber bitte mit zwei Löffeln Zucker.«

»Oh je, Zucker … Wenn, dann nehme ich nur Süßstoff … Schau mal selbst, sei so nett, Zucker müsste da oben im Schrank stehen.«

Alfred kletterte auf einen Stuhl und wühlte unter den Küchenvorräten im Eckschrank. In einer der hinteren Reihen entdeckte er ein Paket mit Zucker. Direkt daneben stand ein Glas, dessen Etikett ein kleiner Totenkopf zierte. Neugierig nahm er das Glas heraus. Pentatin-Natriumchlorid stand darauf. Pentatin? Hieß so nicht der Stoff, den man in Pompls Magen gefunden hatte? Fast hätte er das Glas fallen lassen.

»Wofür brauchst du das hier?«, fragte er mit wackliger Stimme und zeigte Pia Graf das Glas.

Die war gerade dabei, Kaffee in kleine schwarze Tassen einzugießen und blickte nur kurz zu Alfred.

»Was meinst du?«

»Dieses Zeug hier mit dem Totenkopf auf dem Etikett!«

Pia Graf stellte die Kaffeekanne zurück auf den Herd und kam einen Schritt näher zu Alfred.

»Ach, das«, sagte sie und klang dabei sehr beiläufig. »Das ist ein Insektizid, habe ich mal gebraucht, weil wir Ameisen im Haus hatten. Ist aber schon Jahre her.«

»Und warum steht das hier oben bei den Lebensmitteln?« Alfreds Stimme zitterte.

»Keine Ahnung. Muss Helene dort hingestellt haben.«

Alfred stieg von seinem Stuhl herunter. Und hielt das Pentatin immer noch in der Hand.

»Mit diesem Zeug wurde wahrscheinlich mein Vater vergiftet!«

Pia Graf blickte Alfred einen Moment sprachlos an. Dann brach sie in Lachen aus.

»Bist du verrückt geworden? Damit? Wer sollte das getan haben?«

»Du!« Alfred stand jetzt direkt vor ihr.

»Ich? Warum hätte ich das tun sollen?«

»Weil du meinen Vater gehasst hast. Weil du ihm die Schuld für alles gegeben hast, was bei dir schiefgelaufen ist. Weil es nie um mich ging, sondern zum Schluss um viel Geld, das du ins Simple gesteckt hast.«

»Woher kennst du dich bei meinen Finanzen aus? Das ist ja lächerlich.«

»Aber es stimmt, oder? Du hast deine gesamten Ersparnisse ins Simple investiert, all dein im Ausland verdientes, unversteuertes Geld, das du wie viele andere über die Hauptstadtfreunde waschen wolltest. Und du hattest wie deine zwielichtigen Geschäftspartner Angst, dass Pompl eure Machenschaften, den ganzen Sumpf aus Klüngel, Weingepansche und Geldwäsche trockenlegen könnte. Da hast du zum Gift gegriffen. Das war gleichzeitig eine willkommene Gelegenheit, dich zu rächen für alles, was du ihm in die Schuhe schieben konntest.«

Alfred verstummte. Er war selbst ein bisschen erschrocken über das, was er eben gesagt hatte. Doch mit dem Gift in seiner Hand war er überzeugt, der schrecklichen Wahrheit auf der Spur zu sein. Pia Graf schwieg und blickte Alfred an. Dann setzte sie sich an den Küchentisch und nahm einen Schluck von ihrem Kaffee.

»Bist du deshalb zu mir gekommen, um mich als Mörderin anzuklagen?«

Alfred hielt ihr das Glas entgegen: »Ganz egal, weswegen ich gekommen bin: Das ändert alles!«

»Das ist ein Insektizid! Nichts weiter! Was bildest du dir ein?«

»Das ist ein Gift. Und zwar genau das, womit mein Vater umgebracht wurde!«

»Blödsinn!«

Jetzt schrien beide.

»Kein Blödsinn! Du hast meinen Vater auf dem Gewissen. Und das werde ich beweisen!«

Damit lief Alfred aus der Küche, im Flur griff er nach seiner Jacke, ließ das Pentatin in die Außentasche gleiten und öffnete die Haustür.

»Lass das Glas hier! Das gehört mir. Mach keine Dummheiten!« Seine Mutter kam hinter ihm her. Aber Alfred war schon zur Tür hinaus und lief den Kiesweg hinunter. Pia Graf blieb in der Tür stehen.

»Bleib hier! ... Ach, was soll's! Damit kannst du sowieso nichts beweisen«, rief sie und knallte die Tür zu.

28

Love all, serve all

Hauptkommissar Heinrich Stubenrauch suchte sich einen Tisch in der Nähe der Theke des Café Einstein. Der einzige Grund, ins Einstein zu gehen, bestand eigentlich in den Plätzen draußen auf dem weltberühmten Trottoir. Innen wirkte das Café, das so gern ein Wiener Kaffeehaus gewesen wäre, spießig berlinerisch. Der achtziger-Jahre-Schick mit schwarzen Stühlen und Tischen und den Messingbeschlägen an Lampen und Geländern war schon bei der Eröffnung kurz nach der Wende passé gewesen. Damals wurde das Einstein als Dependance des »echten« Einstein in der Kurfürstenstraße zur Speerspitze der Westberliner Gastronomie, die den Osten eroberte. Und war aufgrund seiner prominenten Lage bis heute eine Goldgrube geblieben. Ständig kreuz und quer durchs Lokal stürmende Kellnerinnen und Kellner sorgten dafür, dass die Gäste, überwiegend Touristen, schnell bekamen, was sie zu exorbitant hohen Preisen bestellten, um möglichst rasch ihren Platz für neue Gäste zu räumen.

Man fühlte sich an amerikanische Gastfreundschaft erinnert. Stubenrauch hatte im letzten Sommer einen Lehrgang in Portland, Oregon, besucht. Alle schwärmten von der »europäischen Atmosphäre« in Portland. Auch Stubenrauch war von der hübsch am Humboldt River gelegenen, aufstrebenden Metropole im Nordwesten der USA angetan gewesen, aber weniger von den dortigen gastronomischen Darbietungen. Das Einzige, was ihm auf diesem Gebiet positiv in Erinnerung geblieben war, waren die Microbreweries. Aber auch die waren selten besser als die durchgestylten Hard Rock Cafés, die seit vielen Jahren Europa unter dem zweifelhaften Motto »love all, serve all« mit der amerikanischen Vorstellung eines Spaßrestaurants verwöhnten.

Missmutig sah der Kommissar den Kellnern bei der Arbeit zu. Was konnte Brinkmann herausgefunden haben? Ob er tatsächlich den Mörder gefunden hatte? Ihm war unbehaglich bei dieser Geschichte. Er bewegte sich hart an der Grenze der Legalität, ermittelte in einem Fall, der längst ad acta gelegt worden war, ohne seine Vorgesetzten oder überhaupt jemanden im LKA davon in Kenntnis zu setzen. Aber dass es diesen Mörder gab und sich Pompl keineswegs selbst das Leben genommen hatte, das sagte ihm sein kriminalistischer Instinkt.

Dann sah er Alfred Brinkmann auf sich zukommen. Der wirkte ziemlich mitgenommen. War er schon wieder überfallen worden? Er respektierte den Mut Brinkmanns, der offenbar auf eigene Faust weiterermittelte. Aber schließlich ging es ja auch um den Tod seines Vaters. Stubenrauch schüttelte den Kopf. Schon eine seltsame Geschichte. Er mochte diesen Redakteur. Er erinnerte ihn an sich selbst, als er anfing, Karriere bei der Polizei zu machen, vor und nach dem Mauerfall.

»Hallo, Herr Brinkmann, setzen Sie sich.«

Alfred blickte sich um, er war sichtlich nervös, suchte einen Haken für seinen Trenchcoat. Ein Kellner eilte herbei und nahm ihm den Mantel ab. Alfred bestellte eine Wiener Melange und stellte seine Aktentasche neben den Stuhl.

»Die kennen hier wenigstens den Unterschied zwischen einer Melange und einem Cappuccino«, sagte er, als er sich endlich zu Stubenrauch an den Tisch setzte.

»Ist der Besitzer des Ur-Einsteins in der Kurfürstenstraße nicht sogar Wiener?«, fragte Stubenrauch.

»Ich glaube schon, zumindest Österreicher.«

»Leider ist vom österreichischen Charme in dieser Einstein-Filiale nicht viel übrig geblieben.«

»Das liegt wahrscheinlich daran, dass sich diese Cafés wie die Schmeißfliegen vermehren. Aus dem Einstein ist ja eine Marke für Coffeeshops geworden. Schauen Sie doch nur, was das hier für ein Publikum ist …« Alfred zog die Augenbrauen hoch, blickte durchs Lokal und ließ seinen Blick demonstrativ auf einer stark geschminkten, blondierten Frau an einem der Nachbartische ruhen, sodass Stubenrauch gezwungen war, ebenfalls hinzuschauen. Auf dem Stuhl neben der Frau, die schnatternd in ein golden glänzendes Handy sprach, standen unzählige Papiertüten von Prada bis Escada.

»Provinzpossen«, schnaubte Alfred, »Zuhältermobiliar.«

Beide schwiegen einen Moment.

»Also, wer ist der Mörder, Brinkmann?«

Alfred spielte mit dem Zuckersäckchen neben seiner Kaffeetasse.

»Wir waren bei Stolzenburg, haben ihn ein bisschen nervös gemacht und eine teure Flasche Wein erstanden.«

Alfred holte den Gaja aus seiner Tasche und stellte ihn auf den Tisch.

»Könnten Sie den chemisch analysieren lassen?«

»Hm. Sicher. Aber ist Stolzenburg unser Mörder?«

»Nein«, sagte Alfred, »dachte ich auch mal kurz, weil er in der Lagerhalle der Top Gastro war.«

»Bei Ihrer Entführung?« Stubenrauch stieß so heftig gegen den Tisch, dass Alfreds Melange heftig zu schwappen begann.

»Nein, gestern. Ich hab mich da noch mal umgesehen, ob ich irgendwelche Hinweise auf Öcalan finde. War aber nichts. Egal.«

»Sie waren noch mal dort? Ticken Sie jetzt vollkommen aus?«, echauffierte sich der Kommissar, worauf die Blondine am Nebentisch ihnen giftige Blicke zuwarf. Stubenrauch zwang sich zur Ruhe. Dieser Brinkmann war abgekochter, als man glauben mochte.

»Okay, Okay. Stolzenburg nicht. Wer dann?«

»Nun«, Alfred räusperte sich. »Ich war auch bei Pia Graf, meiner Mutter.«

»Und?«

»Wir hatten eine lange Aussprache. Sie hatte mich fast so weit, dass ich ihr glaubte.«

»Was glaubte?«

»Dass die Anschuldigungen meines Vaters, also Heinrich Pompls, und dessen Witwe, der Graf sei so ziemlich alles zuzutrauen, aus der Luft gegriffen sind.«

»Also das mit der Beteiligung am Simple zumindest stimmt, hat mir Jasper bestätigt.«

»Wie gesagt, wir hatten ein langes und gutes Gespräch. Bis ich das hier fand.«

Alfred griff in seine Aktentasche und holte das Glas mit dem Totenkopfetikett heraus.

»Was ist das?«

»Gift, Herr Kommissar.«

»Wo haben Sie das her?«

»Aus dem Küchenschrank meiner Mutter. Das beweist alles.«

Stubenrauch betrachtete das Glas eingehend.

»Mmh«, murmelte er und drehte den Verschluss auf, schnupperte kurz am Inhalt.

»Damit ist mein Vater ermordet worden!«, brach es aus Alfred hervor.

Der Kommissar las sorgfältig, was auf dem Etikett stand. Plötzlich sagte er: »Damit ist er garantiert nicht vergiftet worden.« Er zeigte Alfred das Etikett. »Lesen Sie selbst: Pentatin-Natriumchlorid.«

»Eben. Hieß so nicht das Gift, von dem Sie Spuren im Magen meines Vaters gefunden haben?«

»So ähnlich. Was wir gefunden haben war Pentatin-Chlorophenol.«

»Chlorophenol?« Alfred starrte ihn mit offenem Mund an. »Sind Sie sicher?«

»Absolut«, sagte der Hauptkommissar. »Das hier ist auch Gift, aber ein anderes, vermutlich harmloseres.«

»Damit ist er nicht umgebracht worden?«

»Das werden wir gleich wissen.« Stubenrauch zog sein Handy heraus und rief seinen Kollegen an.

»Ja, Pentatin-Natriumchlorid … ein für Menschen harmloses Insektizid? Danke, Erwin.«

Alfred musste lachen. Und rieb dann mit beiden Handflächen über sein Gesicht. »Was für ein Wahnsinn. Da haben wohl tatsächlich nur die Ameisen dran glauben müssen.«

Stubenrauch sagte: »Auch die Polizei war nicht ganz untätig. Im Zuge der Ermittlungen zu Ihrer Entführung haben die Kollegen festgestellt, dass der von Ihnen entwendete Jeep auf eine gewisse Tamara Brennicke zugelassen ist.«

»Und?«, fragte Alfred.

»Tja, modernes Namensrecht. Haben die Kollegen noch nicht so ganz internalisiert, dass die Frau nicht wie ihr Mann heißen muss. Tamara Brennicke ist die Frau von Öcalan. Wir haben ein wenig gebraucht für diese Erkenntnis.«

»Sehen Sie«, schrie Alfred fast und klatschte mit den Händen auf den Tisch. Der Blondine vom Nachbartisch schien es jetzt zu reichen. Sie stand auf, grabschte ihre Taschen und verließ kopfschüttelnd das Café.

»Hab ich's nicht gesagt, hab ich's nicht gesagt«, ereiferte sich Alfred weiter.

»In der Tat, Brinkmann. Und wenn die Sache mit Stolzenburg in der Halle stimmt, hätten wir wieder einen Fall.«

29
Nationalgalerie

Noch am selben Abend, Alfred machte gerade einen Spaziergang von der Goltzstraße in den Tiergarten, bekam er einen Anruf.

»Äh, ja? Wer spricht?«

»Öcalan.«

Lange Pause.

»Herr Brinkmann, ich muss Sie unbedingt sprechen.«

Alfred schwieg weiter.

»Es ist wichtig.«

»Ich habe nichts mit Ihnen zu besprechen, Herr Öcalan.«

»Ich bitte Sie. Das alles ist ein Riesenmissverständnis.«

»Denken Sie?«

»Ja. Bitte, kommen Sie ins Panasia.«

»Ich denke gar nicht daran.«

»Ich weiß, Sie mögen mein neuestes Baby nicht sehr. Aber ich habe Ihnen etwas Wichtiges mitzuteilen.«

»Wollen Sie sich entschuldigen für diese Entführungsposse?«

Pause.

»Wenn Sie das so nennen möchten ...«

»Wie würden Sie das denn bezeichnen?«

»Wie wäre es mit vorauseilendem Gehorsam übermotivierter Mitarbeiter.«

Alfred musste lachen.

»Eines muss man Ihnen lassen, Öcalan, Sie haben Nerven!«

»Das war die Idee von Ücür. Er wollte Ihnen nur ein bisschen Angst einjagen, Ihnen und Ihrer Lebensgefährtin wäre selbstverständlich nie etwas passiert. Ich wusste von der ganzen Aktion überhaupt nichts«

»Die Bedrohungsszenarien Ihrer Mitarbeiter wirkten aber ziemlich echt.«

»Es tut mir wirklich leid, was da geschehen ist. Herr Ücür ist ein sehr cholerischer Mensch. Und er glaubte, mir damit einen Gefallen zu tun. Das Gegenteil ist leider der Fall. Wir sind hier ja nicht in Istanbul oder Izmir. Solche Methoden liegen weit unter meinem Niveau. Noch dazu, wenn Menschen zu Schaden kommen.«

Alfred machte ein undefinierbares Geräusch.

»Außerdem muss ich Ihnen etwas Wichtiges über Ihren ehemaligen Chef mitteilen.«

»Was soll das sein?«

»Etwas, das in sein Buchmanuskript gehört.«

»Welches Manuskript?«

»Das momentan noch auf dem Kommissariat liegt, aber sicher bald an Frau Pompl übersandt wird, die es über kurz oder lang Ihnen geben wird, damit Sie es fertig schreiben. Habe ich recht?«

»Was wissen Sie von diesem Manuskript?«

»Einiges, Herr Brinkmann. Vermutlich mehr als Sie und

die Polizei. Pompl hatte mir die spannendsten Passagen zum Gegenchecken gegeben.«

»Ihnen? Ausgerechnet? Das glaube ich nicht.«

»Doch. Denn da war von mir die Rede. Und von dem, was ich Pompl über andere Gastronomen erzählt habe. Sie müssen wissen, Pompls nächstes Buch wäre auch ein wenig mein Buch geworden. Ich habe Ihrem Chef meine intimen Kenntnisse exklusiv zur Verfügung gestellt.«

Alfred schwieg.

»Aber die entscheidenden Zusammenhänge konnte ich Pompl leider nicht mehr schildern. Außerdem fehlten mir die Beweise. Die habe ich jetzt. Und würde sie Ihnen gerne zeigen.«

»Nicht im Panasia«, sagte Alfred.

»Wo dann?«

»Auf neutralem Boden.«

»Gut, einverstanden. Wo sind Sie gerade?«

»Im Tiergarten.«

»Was halten Sie von der Museumsinsel, vor der Alten Nationalgalerie, das ist auf halbem Weg für uns beide.«

»Gut. Wann?«

»In einer halben Stunde?«

»Okay.«

Als Öcalan aufgelegt hatte, rief Alfred sofort Stubenrauch an.

»Öcalan hat mich angerufen. Er will mich treffen.«

»Na, sieh mal einer an. Wann und wo?«

»In einer halben Stunde an der Alten Nationalgalerie.«

»Wir sind da. Seien Sie vorsichtig. Spielen Sie nicht den Superhelden. Das ist jetzt unser Job.«

»Aber noch muss ich als Köder herhalten«, brummte Alfred.

»Nicht mehr lange, Brinkmann, nicht mehr lange.«

Alfred ging Richtung Tiergartenstraße und winkte sich ein Taxi.

Als er an der Museumsinsel ankam, war von der Polizei nichts zu sehen. Rechts ragte in seiner ganzen bedrohlichen Massigkeit der evangelische Dom auf. Im Dunkel ruhte Schinkels Altes Museum. Dahinter lag die Nationalgalerie. Es waren nur noch wenige Menschen zu sehen.

Vor den Mond hatten sich Regenwolken geschoben. Alfred lief rechts am Alten Museum vorbei. Dann stand er in den Kolonnaden und blickte auf den kleinen Park vor der Nationalgalerie. Eher ein größeres Stück Rasen. Die Alte Nationalgalerie sah aus wie ein zu klobig geratener griechischer Tempel, wie ein Wohnwagen mit Säulen, aber ohne Räder, eingemottet für den Winter: zu schmal, zu hoch, auf einem viel zu wuchtigen Sockel.

Hier war niemand mehr zu sehen. Der kleine Park lag wie ausgestorben im Finstern. Alfred sah sich um. Auch vom türkischen Gastwirt war noch nichts zu sehen. Alfred wartete. Es war sehr still. Der Verkehr der Millionenstadt brandete nur von fern an sein Ohr. Wo hatte sich Stubenrauch mit seinen Leuten versteckt? Er wählte noch einmal dessen Nummer. Es meldete sich nur die Mobilbox. Was war da los? Ein Funkloch? Besetzt? Handy ausgeschaltet?

Noch könnte er gehen. »Spielen Sie nicht den Helden«, hatte der Kommissar gesagt. Sehr gerne. Doch wo war sein Polizeischutz? Wo war Stubenrauch? Hatte der den Treffpunkt verwechselt? Wartete er etwa an Mies van der Rohes Neuer Nationalgalerie? Die lag Luftlinie etwa einen Kilometer entfernt. Aber er hatte doch ausdrücklich *Alte* Nationalgalerie gesagt. Auf der *Museumsinsel.* »Guten Abend,

Herr Brinkmann«, sagte plötzlich eine Stimme ganz in der Nähe. Alfred fuhr herum.

Öcalan stand neben ihm, wie aus dem Nichts aufgetaucht. Und grinste.

»Schöner Abend.« Pause. »Gleich fängt es an zu regnen.«

»Wie gehen die Geschäfte?«, murmelte Alfred.

»Könnte nicht besser sein. Wie Sie schon sagten: Auch eine schlechte Presse ist eine gute Presse. Das Salz in der Suppe ...«

»Sagte ich das?« Alfred scharrte mit dem Fuß im Kies zwischen den Säulen.

»Was haben Sie für mich, Öcalan? Es ist spät, ich will nach Hause.«

»Zu Cordula? Sie wartet wohl schon sehnsüchtig auf Sie.«

Jetzt wurde Öcalans Lächeln ein bisschen schmierig.

»Lassen Sie meine Freundin aus dem Spiel, die ekelhafte Szene in Ihrer Halle ist mir noch lebhaft in Erinnerung.«

»Oh.« Öcalan grinste weiter. »Ali Nasser hat Sie und Ihre Freundin ebenfalls noch in Erinnerung, in schmerzlicher allerdings ... geschieht ihm ganz recht. Er hat einfach maßlos übertrieben. Dass allerdings zwei Menschen bei der Aktion sterben mussten, finde ich ebenfalls übertrieben.«

»Dafür kann ich nichts. Wir rannten und fuhren um unser Leben.«

»Ach was, Herr Brinkmann! Ihnen und Ihrer Freundin wäre doch nichts passiert. Wir wollten Ihnen nur ein bisschen auf den Zahn fühlen.«

»Auf den Zahn fühlen, pah!« Alfred trat in den Kies, dass die Steinchen nur so davonspritzten. »Und warum, wenn ich fragen darf? Nur weil ich Ihr Panasia verrissen habe, das ist doch lächerlich!«

Jetzt grinste Öcalan nicht mehr.

»Das war nur ein Steinchen mehr im Mosaik.«

Alfred blickte Öcalan an.

»Welches Mosaik?«

»Ich könnte auch Verschwörung sagen …«

»Ach, hören Sie auf, Öcalan!« Alfred versuchte ein souveränes Lachen. »Sie glauben, das *Abendblatt* hätte sich gegen Sie verschworen? Womöglich aus rassistischen Gründen? Oder persönlichen? Ich kann Sie beruhigen, Herr Öcalan. Bis zu dem Zwischenfall in Reinickendorf waren Sie mir sogar ein bisschen sympathisch.«

Der Gastwirt deutete eine Verbeugung an.

»Immerhin, so weit ist mir Ihr Vorgänger nie entgegengekommen. Ich fürchte, der hatte auch persönlich etwas gegen mich. Erinnern Sie sich an diese hässliche Fernsehdiskussion? Als es um den Einfluss der Türken auf die Berliner Küche ging? Und ich mal wieder als unheilvolles Beispiel herhalten musste? Das Ganze hatte schon rassistische Untertöne.«

Alfred erinnerte sich. Öcalan hatte recht, da hatte sich Pompl wirklich zu einigen unschönen Bemerkungen hinreißen lassen. Und hatte am nächsten Tag einige Schelte von der Konkurrenz einstecken müssen.

Trotzdem zuckte Alfred jetzt mit den Achseln.

»Er konnte mit Ihrer Art von Gastronomie nichts anfangen. Er sah darin ein Symbol für das Grundübel des Neuen Berlins. Diese laute, auf Effekte abzielende Art, Geschäfte zu machen.«

Jetzt schwieg Öcalan. Er schien nachzudenken.

»Werden Sie jetzt Pompls Buch veröffentlichen?«, fragte er dann.

»Ja, warum nicht. Ich denke darüber nach.«

»Soso.«

Öcalan schwieg.

Das Handy in Alfreds Tasche klingelte.

»Ihr Handy ...«, sagte Öcalan.

Einen ungünstigeren Moment hätte sich der Kommissar nicht aussuchen können.

Alfred ging ran.

»Ja, Schatz?«, sagte er.

»Hier Stubenrauch, wo sind Sie?«

»Nein, Schatz, ich bin noch an der Alten Nationalgalerie«, nuschelte Alfred ins Telefon. »Meine Verabredung ist gerade gekommen.«

»Alte Nationalgalerie? Scheiße! Hören Sie, Brinkmann, verschwinden Sie! Sofort!«

»Ach, komm Schatz, das kannst du jetzt nicht sagen.« Alfred wandte sich Öcalan zu, der in seiner Manteltasche nestelte und ihn misstrauisch ansah.

»Entschuldigen Sie, Herr Öcalan, ich muss hier kurz etwas Privates regeln.« Mit diesen Worten machte Alfred ein paar Schritte zur Seite.

»Brinkmann, wir haben etwas in Öcalans Jeep gefunden, das alles verändert. Hofstätter hat es mir gerade telefonisch durchgegeben: Öcalan war am Abend des Mordes im Simple.«

»Was?«, entfuhr es Alfred. Schnell machte er ein paar weitere Schritte über die Wiese Richtung Haupteingang.

»Im Auto lag ein Parkschein für die Tiefgarage des Hotels vom Simple. Tages- und Uhrzeit passen genau.«

Alfred war jetzt außer Hörweite Öcalans, der immer noch zwischen den Säulen stand. Er hielt jetzt etwas Dunkles in der Hand. Sein Handy?

»Aber Öcalan war nicht bei der Eröffnung. Ich habe ihn jedenfalls nicht gesehen.«

»Doch, war er. Hofstätter hat eine Angestellte Jaspers vernommen, die Öcalan in der Nähe des Eingangs zum Weinkeller gesehen hat. Sie dachte, er wäre ein Hotelangestellter.«

»Beim Weinkeller? Was hat er denn da gewollt?«

»Na, was wohl, du Volltrottel?«, hörte Alfred in diesem Moment die Stimme Öcalans in seinem Rücken. Er sah sich nicht um, sondern warf sich instinktiv hinter eine Statue, die auf halbem Weg zwischen Säulengang und Eingang zur Nationalgalerie auf der Wiese stand.

Ein Schuss knallte. Es hatte die Statue erwischt. Ein paar Steinsplitter landeten in Alfreds Haaren.

Er hatte sein Handy verloren. Es lag anderthalb Meter entfernt auf dem Rasen. Unmöglich ranzukommen, ohne die Deckung aufzugeben.

»Kommen Sie raus, Brinkmann! Oder wollen Sie wieder den Helden spielen wie bei Ücür? Wo haben Sie denn Ihren Ballermann? Zu Hause vergessen?«

Was faselte Öcalan da? Welcher Ballermann?

»Wenn Sie näherkommen, mach ich Sie kalt, Öcalan«, brüllte Alfred. Wie kam Öcalan nur darauf, dass er bewaffnet war? Plötzlich dämmerte Alfred, dass dieser Ali Nasser Öcalan erzählt haben musste, er, Alfred, sei damals bewaffnet gewesen. Natürlich, damit stand Nasser nicht ganz so erbärmlich da.

»Was haben Sie dem Bullen im Einstein eigentlich noch alles erzählt, nachdem meine Frau die Nerven verloren hat und aufbrechen musste, Brinkmann?« Öcalan lachte hysterisch, er schien sich wieder in den Säulengang zurückgezogen zu haben, »Ihr komischer Bulle scheint mir ein ganz schöner Anfänger zu sein.«

Die blonde Schnepfe am Nebentisch! Und Alfred konnte sich nicht helfen: Vielleicht hatte Öcalan recht. Vielleicht war Stubenrauch wirklich ein Anfänger. Er war immer noch nicht zu sehen.

»Aber ich bin ja auch bloß ein Amateur«, fing Öcalan wieder an. »Ich lass mich von dem arroganten Stolzenburg erpressen … Den haben Sie übrigens ganz nervös gemacht mit ihrem Besuch. Hat mich gleich angerufen, der alte Schwitzer. Na ja, jetzt ist eh alles egal.«

»Öcalan, die Polizei weiß sowieso schon alles. Und ist gleich hier, um Sie zu verhaften!«

Als Antwort feuerte Öcalan seine Waffe ab. Direkt neben Alfred spritzte die Kante des Statuensockels weg. Langsam wurde es eng.

»Mir egal«, brüllte Öcalan.

»Was haben Sie im Simple gemacht an dem Abend?«, schrie Alfred.

»Ich war noch nie im Simple«, rief Öcalan. Und schoss erneut. Die Kugel pfiff über Alfreds Kopf hinweg und klatschte hinter ihm an die Außenwand des Museums.

»Die Polizei hat aber Beweise. Haben Sie Pompl ermordet? Wie haben Sie das gemacht? Vergiftet?«

Erst war Schweigen, dann antwortete Öcalan.

»Oh ja, es gibt sehr schöne Gifte. Von denen sich schon nach wenigen Stunden keine Spur mehr finden lässt.«

»Was haben Sie mit Stolzenburg zu schaffen?«

Wieder knallte ein Schuss.

»Was ist mit deiner Pistole, Redakteur? Ladehemmung? Los komm schon.«

»Lass es drauf ankommen, Öcalan. Ein Schritt, und du bist tot.«

Alfred war über sich selbst erstaunt.

»Werfen Sie die Waffe weg, Öcalan, oder wir schießen!« Das war Stubenrauch. Endlich. Keine Sekunde zu früh.

Wieder gellte ein Schuss durch die Berliner Nacht. Steinsplitter spritzten über Alfred hinweg. Öcalan schoss immer noch auf ihn. Warum tat die Polizei nichts? Worauf warteten die? Dass der Wahnsinnige ihn erledigte? Alfred legte die Arme über seinen Kopf. Jetzt verließen ihn die Nerven. Er zitterte am ganzen Körper.

Es knallten mehrere Schüsse gleichzeitig. Offenbar hatte die Polizei das Feuer eröffnet. Er drückte sein Gesicht in die feuchte Erde. Er roch Gras. Und Urin. Wahrscheinlich lag er in einem der vielen Berliner Hundeklos. Waren das Schritte? Kam Öcalan angelaufen, um ihm den Gnadenschuss zu verpassen? Oder Stubenrauch, um ihn zu retten? Alfred drückte seinen Kopf noch tiefer in den Dreck und stöhnte.

»Waffe weg, Öcalan, verdammt noch mal, Sie haben keine Chance!«

»Die Polizei, dein Freund und Helfer! Ich pfeif' drauf. Gegen den Rufmord des *Abendblatts* ist mir nie jemand zu Hilfe gekommen. Jetzt rechne ich selbst ab!«

»Geben Sie auf, Öcalan! Brinkmann hat mit dem Ganzen doch nichts zu tun!«

»Ach nein? Warum hat er dann das Panasia verrissen? Wieso war er beim Stolzenburg? Wieso hat er sich dann mit Ihnen getroffen? Ich hätte ihn gleich zum Schweigen bringen sollen. Aber meine Leute wollten lieber eine Show abziehen.«

Es war nichts mehr zu hören. Alfred hob vorsichtig den Kopf und linste um den Sockel der Statue.

Er versuchte zu erkennen, wo Stubenrauch stand. Und wo die anderen Polizisten. Er konnte niemanden sehen. Da schoss Öcalan wieder. Diesmal aber in die andere Richtung, zum Dom. Alfred duckte sich trotzdem. Der Schuss wurde erwidert. Die Polizei stand offenbar auf der anderen Seite der Kolonnaden. Alfred presste sich wieder flach auf den Boden. Ihm war kalt. Wieder prallte eine Kugel in den Sockel. Dann klickte Öcalans Waffe.

Vorsichtig streckte Alfred seinen Kopf über den Sockel. Im Dämmerlicht sah er Schatten zwischen den Säulen huschen. Die Polizei pirschte sich an Öcalan heran. Von dem war nichts mehr zu sehen. Plötzlich kam es zu einem Gerangel zwischen der dritten und vierten Säule von rechts. Sekunden später sah Alfred Öcalan. Mit nach hinten gedrehten Armen wurde er von zwei Beamten auf die Rasenfläche geführt.

»Alles klar, Brinkmann, Sie können herauskommen, wir haben die Lage unter Kontrolle.«

Alfred stand mühsam auf, bückte sich nach seinem Handy und ging Richtung Kolonnaden. Zwischen den Säulen liefen jetzt jede Menge Polizisten herum.

Die Beamten brachten Öcalan zu einem Mannschaftswagen, der an der Nationalgalerie vorgefahren war. Hinter ihm ein Krankenwagen der Feuerwehr. Zwei Sanitäter kamen auf Alfred zugelaufen.

»Alles gut«, murmelte er. Dann wurde ihm schwarz vor Augen.

30 Biedermänner

Alfred saß in einem Vernehmungszimmer des Landeskriminalamtes. Er hielt einen Becher Kaffee in der Hand. Es war nach Mitternacht.

»Ist Öcalan der Mörder meines Vaters?«, fragte er den Kommissar, der neben ihm saß, ebenfalls Kaffee trinkend.

»Das werden wir bald wissen. Er hat ganz offensichtlich die Nerven verloren. Jetzt werden wir ihn in die Zange nehmen. Ich rechne mit einem umfangreichen Geständnis in den nächsten Stunden.«

Hofstätter kam mit Öcalan in den Raum. Der trug Handschellen. Und grinste nicht mehr. Hofstätter stieß ihn auf einen Stuhl. Auf dem Tisch vor ihm lag, eingeschweißt in eine Plastiktüte, das Beweisstück: eine Sig Sauer. Damit hatte Öcalan geschossen. Das konnte er nicht abstreiten.

Stubenrauch stand auf und setzte sich zu Öcalan an den Tisch.

»Also, Herr Öcalan, jetzt erzählen Sie mal. Was haben Sie im Simple gemacht?«

Hofstätter nahm den Platz neben Alfred ein. Bereits nach wenigen Minuten redete Öcalan wie ein Wasserfall.

»Ich bin es leid, Herr Kommissar. Da kämpft man sich als Kind von armen Gastarbeitern hoch, nimmt sein Schicksal in die Hand, macht aus einer öden Dönerbude eine florierende Restaurantkette. Und dann kommt der Neid der alteingesessenen Kollegen. Einen Türken lässt man nicht an die Tröge der feinen Berliner Gesellschaft. Als Imbissbesitzer hätten sie mich in Ruhe gelassen. Aber als ich vor fünf Jahren am noblen Gendarmenmarkt mein Flaggschiff Istanbul V eröffnete und mich endgültig in der Edelliga etablierte, als innovativer Gastronom, der endlich der richtigen, der großen türkischen Küche zum Durchbruch verhalf, wurde ich zu einer ernstzunehmenden Konkurrenz in Mitte, und sie wetzten die Messer.«

Öcalans Hände zitterten, er schwitzte, sein sonst sorgfältig frisiertes Haar stand wirr von seinem Kopf ab.

»Wissen Sie, Herr Kommissar, ich bin doch nur ein kleines Rädchen, ein Werkzeug, man hat mich benutzt, missbraucht. Stolzenburg und seine saubere Gesellschaft.«

Stubenrauch lehnte sich in seinen Stuhl zurück und brauchte nur hin und wieder zu nicken. Das digitale Aufnahmegerät lief. Hofstätter drehte sich eine Zigarette nach der anderen. Die fertigen Kippen steckte er sich in die Brusttasche seines Hemdes. Ab und zu grinste er seinen Chef an und verdrehte die Augen.

»Deshalb rückte das, wie sagt man so schön auf Deutsch, das Kanonenboot des Bürgertums aus, um den widerlichen Emporkömmling in die Schranken zu weisen. Auf der Kommandobrücke: Otto Stolzenburg und sein erster Offizier Heinrich Pompl. Den ließ er mit allem schießen, was ihm zur Verfügung stand. Immer druff mit den Kanonen auf den

Spatzen Ecevit Öcalan, dessen Eltern zwar nicht aus dem hintersten Anatolien stammen, aber aus einem miesen Viertel in Izmir. Mit Döner zum Millionär! Das darf nicht sein. Aber ich wurde es! Und Pompl verriss alles, was jemals in einer meiner Küchen gekocht oder gegrillt wurde. Das fette Schwein hat nicht ein einziges Mal bei mir gegessen, schon gar nicht im Istanbul V, aber ständig über meine Auffassung von moderner, urbaner Küche gelästert. In seiner Zeitung, diesem arroganten Schmierenblatt. Und dann noch im Fernsehen.«

Hier unterbrach Alfred den Redefluss Öcalans.

»Sie übertreiben maßlos, Öcalan. Sie wollen uns doch nicht weismachen, dass Heinrich Pompl der Handlanger Stolzenburgs und seiner Hauptstadtfreunde war.«

»Genau das war er: Stolzenburg hatte sie alle in der Hand. Bronner und Pompl. Er finanzierte die Zeitung, die schon längst keine Gewinne mehr machte. Ohne die Finanzspritzen Stolzenburgs wäre dieses scheiß-ehrenwerte, traditionsreiche Berliner *Abendblatt* schon längst sang- und klanglos eingegangen.«

Stubenrauch hob die Augenbrauen:

»Ist da was dran, Herr Brinkmann?«

»Keine Gewinne ist sicherlich übertrieben, glaub ich«, sagte Alfred. »Aber Sie fragen den Falschen. Ich war bis vor kurzem lediglich Volontär. Alles, was ich weiß, ist, dass der Druck von außen in letzter Zeit deutlich gestiegen ist. Aber dass Stolzenburg Einfluss bei uns haben soll, höre ich zum ersten Mal.«

»Pah«, rief Öcalan. »Ich hab's gewusst, Sie sind ein naiver, kleiner Schmierer, Brinkmann. Und haben Ihre Nase in Dinge gesteckt, die Sie gar nicht überblicken können.«

»Ich kann Ihnen versichern, dass ich meinen Verriss des

Panasia ohne irgendwelche Einflüsterungen Stolzenburgs verfasst habe, Öcalan.«

»Das kann ich mir allerdings vorstellen. Aber um Ihren lächerlichen Artikel geht es schon lange nicht mehr. Das mit dem Panasia ist wieder eine ganz andere Geschichte.« Öcalans Hände hatten aufgehört zu zittern.

»Steht man so unter Dauerbeschuss, bleibt natürlich was hängen. Als ich mein zweites, noch größeres Lokal in Mitte eröffnete, verließ mich das Glück. Die Miete war viel zu hoch. Der Markt in Mitte und an anderen guten Lagen war mittlerweile sehr eng geworden. Wer jetzt noch an den wirklich guten Standpunkten etwas machen wollte, musste tief in die Tasche greifen. Das war mir egal. Ich wollte expandieren, ich wollte es all diesen Hosenscheißern zeigen. Ecevit Öcalan sollte der leuchtendste Stern am Berliner Gastrohimmel werden!«

Öcalan lachte etwas gequält.

»Das führte dazu, dass ich zum ersten Mal keine Angst mehr vor dem Finanzamt zu haben brauchte. Denn es gab nichts mehr zu versteuern. Die Verluste des einen Lokals fraßen die Gewinne der anderen Lokale auf. Am Hackeschen Markt liefen mir erst die Kosten davon. Dann die Kundschaft, schließlich das Personal. Man möchte es nicht glauben: In Berlin gibt es zu wenige Köche und Kellnerinnen. Die gehen lieber zum Arbeitsamt, als bis Mitternacht zu arbeiten. Und unsere Regierung lässt das zu.«

Ulrich Hofstätter gähnte demonstrativ und murmelte:

»Wenn Sie bitte zur Sache kommen würden, Herr Öcalan. Ihre politischen Ansichten interessieren hier eher weniger.«

Öcalan blickte ihn kurz an und zuckte mit den Achseln.

»Dann bekam ich Post von meiner Bank: Sehr geehrter Herr Öcalan, leider sehen wir uns gezwungen, unsere Zusammenarbeit einseitig zu kündigen. Ich lief zu anderen Banken. In der Zwischenzeit musste ich meine wunderschöne Lounge-Bar an der Oranienstraße schließen. Lediglich eineinhalb Jahre hatte die durchgehalten, obwohl sie gut besucht wurde. Aber auch hier standen Aufwand und Gewinn in keinem Verhältnis. Am Ende saß ich bei Stolzenburg auf dem Sofa. Ausgerechnet bei dem. Und er ließ tatsächlich was springen. Allerdings zu seinen Bedingungen: Beteiligungen, Kredite mit Zinsen weit über den üblichen Raten. Doch mir blieb nichts anderes übrig: Ich trat die Flucht nach vorn an. Änderte mein Konzept. Weg von Döner, Kebab und Co. Aber ich kam zu spät. Pompl veröffentlichte eine Serie über verschlafene Trends im Gastgewerbe. Natürlich fungierte ich wieder mal als Musterbeispiel. Also wurde mein Lieblingskind, mein Rettungsanker, das Panasia & Co. Auch Stolzenburg schien begeistert von dem Konzept. Das sei so herrlich großstädtisch und passe wunderbar nach Berlin. Plötzlich störte ihn nicht mehr, dass ich mit Dönerbuden angefangen hatte. Auch nicht, dass ich mehr Schulden als Gewinne machte. Der hat ein Geschäft gewittert.«

Öcalan machte eine Pause.

»Kann ich ein Glas Wasser bekommen?«

Stubenrauch schüttelte den Kopf.

»Später, Öcalan, später. Erst die Arbeit, dann das Vergnügen.«

Öcalan seufzte und sprach weiter.

»Da kam uns Heinrich Pompl in die Quere. Stolzenburg bekam Wind davon, dass Pompl an einer großen Enthüllungsgeschichte über finstre Machenschaften in der Berliner Gastronomie arbeitete. In diesem Buch würde nicht nur Pompls bekannter Lieblingsfeind Ecevit Öcalan eine Hauptrolle spielen, sondern auch und vor allem Stolzenburg und seine Freunde.«

Öcalan machte wieder eine Pause. Sah den Kommissar an. Der schüttelte erneut den Kopf.

»Pompl war der Wahrheit auf die Spur gekommen«, krächzte Öcalan. »In der Berliner Gastronomie hat nicht nur die chinesische Mafia ihre Finger im Spiel. Das mit den Chinesen ist ja längst bekannt.«

Hofstätter verdrehte die Augen und gähnte überdeutlich. Stubenrauch hob besänftigend die Hand.

»Erzählen Sie weiter, Herr Öcalan, wir haben alle Zeit der Welt.«

»Ich will es nicht verschweigen: Viele Dönerbuden in Kreuzberg und im Wedding werden von undurchsichtigen türkischen Geschäftsleuten finanziert. Da können Sie nicht einfach kommen und als unbescholtener Familienvater und arbeitsloser Fabrikarbeiter ein Lokal aufmachen. Vielleicht noch in Hellersdorf oder Zehlendorf. Aber bestimmt nicht in den türkischen Kernbezirken. Wer da rein will, braucht sehr gute Beziehungen. Ich hatte die. Ich bin im Wedding geboren und kenne in der türkischen Gemeinde jeden, der wichtig ist. So begann mein Aufstieg. Nur wechselte ich irgendwann die Fronten: von der türkischen auf die deutsche Seite, von zwielichtigen, geschwätzigen Investoren zu zwielichtigen, verschwiegenen. Stolzenburg hat Kontakte bis in höchste Regierungskreise. Mit Bronner spielt er regelmäßig Golf, mit dem Innenminister auch. Der Wirtschaftssenator ist sein Duzfreund. Das Simple ist die bislang ehrgeizigste Investition der Hauptstadtfreunde. Im Simple steckt viel privates Geld von hochmögenden Mitgliedern. Das durfte nicht schiefgehen. Gleichzeitig verdichteten sich die Gerüchte um Pompls neues Buch. Auch das Simple sollte darin eine Rolle spielen. Stolzenburg wurde immer nervöser. Bronner erwies sich als wenig durchsetzungsfähig. Wie sich herausstellte, war er nur die Marionette von Pompls Frau. Und die ließ ihren Gatten wie gewohnt gewähren. Stolzenburg fürchtete zu Recht, dass Pompl viel Geschirr zerschlagen könnte. Geschirr, das er, Stolzenburg, angeschafft hatte. Und dann kam noch die Sache mit dem Wein. Als ich an ihn herantrat, um mir die zugesagten finanziellen Mittel für das Panasia zu holen, setzte mir Stolzenburg das Messer an die Kehle: Ich könne das Geld haben und noch ein bisschen mehr, wenn ich ihm einen Gefallen tun würde.«

Schweigen. Öcalan blickte unbehaglich auf das Aufnahmegerät nur wenige Zentimeter von seinen Händen entfernt, die wieder nervös miteinander rangen.

»Und worin bestand dieser Gefallen, Herr Öcalan?« Stubenrauchs Stimme klang betont gleichgültig, fast freundschaftlich. Hofstätter hatte aufgehört, mit den Augen zu rollen. Die letzte selbst gedrehte Zigarette hielt er in der Hand, ohne sie in die Hemdtasche zu schieben.

»Ich sollte mich am Tag der Eröffnung ins Simple schleichen und eine bestimmte Flasche Schnaps präparieren.«

»Was für einen Schnaps?«

»Nussschnaps. Stolzenburg würde sie Jasper am Tag der Eröffnung schenken. Und dafür sorgen, dass Pompl davon probiert. Kurz vorher sollte ich mit einer Spritze etwas Gift durch den Deckel in die Flasche spritzen. Ungefähr dann, als das Dessert gereicht wurde.«

»Das stimmt«, platzte Alfred heraus. »Von dem Nussschnaps war während des Essens die Rede.«

»Warum hatte Stolzenburg nicht selbst die Flasche in aller Ruhe am Tag vorher präpariert?«

»Weil sich das Gift zu schnell abbaut. Länger als eine Stunde hält die Wirkung nicht an.«

Stubenrauch warf Hofstätter einen vielsagenden Blick zu.

»Wie sind Sie in den Weinkeller gekommen? Wusste Jo Jasper von dem Giftanschlag?«

»Nein, der hatte keine Ahnung. Stolzenburg gab mir den Schlüssel. Er war ja schließlich der Besitzer des Etablissements. Ich sollte mich während des Dinners hineinschleichen. Und wieder verschwunden sein, wenn Jasper und Pompl dort auftauchen würden.«

Jetzt meldete sich Hofstätter zu Wort:

»Aber hat Jasper nicht auch von dem Schnaps getrunken? Als die beiden da gemütlich beisammen standen?«

»Nein, Jasper trinkt nie Schnaps, da konnte Stolzenburg sicher sein. Jasper verträgt nichts Hochprozentiges. Das würde ihn schon ohne Giftzusätze umbringen.«

»Aber warum sollten Sie Pompl vergiften? Ausgerechnet im Simple? Doch nicht, weil Stolzenburg fürchtete, Pompl könne das Simple verreißen?«, fragte Stubenrauch.

»Nein, es ging um das erwähnte Buch. Und um Erpressung.«

»Erpressung?« Stubenrauch verließ zum ersten Mal seine entspannte Sitzposition und beugte sich nach vorne.

»Ja, Pompl hatte Stolzenburg zur Rede gestellt. Er hatte ihn wenige Tage zuvor aufgesucht und ihm eröffnet, er wisse, dass Stolzenburg in seinem Weinladen gefälschte Weine verkaufe. Auf dem Etikett stehe ›Pomerol 1923‹, und drin sei chemisch aufbereiteter Billigwein von 2012.«

Hofstätter lachte.

»Und das hat keiner dieser Weinfetischisten gemerkt?«

»Nein. Das sind Sammlerstücke für Angeber. Die werden sich hüten, so eine Flasche zu köpfen. Niemand würde bei einem geschätzten Preis von ein paar Tausend Euro anzweifeln, dass drin ist, was draufsteht.«

»Doch Pompl hat es geschmeckt?«, fragte Alfred.

»Weiß ich nicht. Jedenfalls ist er dem Panscher Stolzenburg auf die Schliche gekommen. Sein Fehler war nur, dass er sein Wissen nicht für sich behalten konnte. Auch Pompl hat ein Geschäft gerochen. Er ist zu Stolzenburg und wollte ihn erpressen. Pompl wollte sich ein Weingut kaufen. In Österreich, glaube ich. Anderthalb Millionen Euro hat er verlangt. Dann wäre er weg, und der Hauptstadtclub hätte Ruhe vor ihm, hat er gesagt.«

»Mein Vater soll Stolzenburg erpresst haben? Das ist doch lächerlich«, ereiferte sich Alfred.

»Wie? Ihr Vater?«, fragte Öcalan.

»Familiengeschichten tun hier nichts zur Sache …«, sagte Stubenrauch. »Herr Öcalan, gibt es für diese Erpressung Beweise?«

»Das weiß ich doch nicht, die müssten Sie doch finden, die Beweise. Ich weiß doch auch nur, was Stolzenburg mir erzählt hat. Auf jeden Fall hat Stolzenburg Pompl nicht getraut. Er meinte, selbst wenn er zahlen würde, wäre das keine Lösung. Der eitle Fatzke würde dann halt von seinem Weingut aus weiter Unruhe stiften, der könne gar nicht anders. ›Wehret den Anfängen‹, hat Stolzenburg zu mir gesagt, und dass das ja auch in meinem Interesse sein müsste, wenn Pompl endlich die Klappe halten würde. Aber ich hab an so was nie gedacht. Ich bin doch kein Mörder, Herr Kommissar. Ich wurde erpresst von Stolzenburg.«

»Sie armer Mensch«, höhnte Hofstätter. »Sie blindes Werkzeug in den Händen von bösen, bösen Menschen.«

Der Kommissar stellte sich jetzt neben Öcalan: »Sie haben ein Menschenleben auf dem Gewissen. Und heute haben Sie versucht, ein zweites auszulöschen. Wieso Alfred Brinkmann?«

Öcalan sah ihn ganz ruhig an: »Das mit dem Überfall war meine Idee, ich dachte, man könnte den Herrn Brinkmann am Anfang seiner Karriere vor weiteren Fehlern bewahren. Es ist etwas aus dem Ruder gelaufen, und das war in der Tat ein Fehler. Und ich möchte mich dafür bei Herrn Brinkmann entschuldigen.« Er schaute treuherzig zu Alfred. »Aber die Aktion an der Nationalgalerie war wieder Stolzenburg«, fügte er schnell hinzu. »Der hatte schon wieder Angst wegen seiner Weinbude. Er hat mich angerufen und gesagt, ich soll die Sache klären, sonst fliegt alles in die Luft. Ich auch samt Panasia und Istanbul I bis V. Und dann hat meine Frau angerufen und mir erzählt, zwei Männer im Einstein hätten sich am Nebentisch über ihren Jeep, mich, die Top Gastro und Stolzenburg unterhalten. Da habe ich eins und eins zusammengezählt. Ich bin durchgedreht und habe Brinkmann angerufen. Ich hoffe, dass Stolzenburg nicht straflos davonkommt. Denn der ist der wahre Biedermann und Brandstifter.«

»Ich sehe, Sie sind ein gebildeter Mann, Herr Öcalan«, sagte Stubenrauch.

Öcalan lächelte leicht. »Berliner Schulen sind besser als ihr Ruf, Herr Hauptkommissar.«

31
Ins Kaffeehaus

Sie saßen im Austria am Lietzensee und feierten ihren Abschied aus Berlin. Um sie herum das übliche Charlottenburger Publikum: Durchschnittlich mindestens fünfzehn Jahre älter als Cordula und Alfred. Viele schwarze Rollkragenpullis und Cordsakkos. Vereinzelte Bärte. Lauter Menschen, die hier schon wohnten, als sie noch studierten.

»Eigentlich ganz beruhigend«, sagte Alfred.

Cordula lächelte. Ihre Agentin lebte selbstverständlich am Prenzlauer Berg. Und ihre aktuelle Installation stand in einer Galerie in Friedrichshain: ein Ring Bildschirme, auf denen Frauen zu sehen waren, die an einem Fließband saßen und mit immer gleichem Handgriff Obst sortierten. Etwa jede sechste Birne entsprach nicht den Qualitätsanforderungen einer abwesenden Autorität und wanderte in einen schmutzig-weißen Plastikeimer, der zwischen jeweils zwei Frauen stand. Die Arbeit war so monoton, dass der Zuschauer glauben konnte, die Künstlerin zeige eine Endlosschleife der immer selben fünf Minuten. Aber es war eine

1:1-Aufzeichnung eines vollständigen Arbeitstages dieser Frauen. Der ausdauernde Beobachter konnte das an vielen kleinen Details erkennen, unter anderem der Unterbrechung durch die Mittagspause.

»Aber auch beruhigend, dass wir nicht hier leben müssen«, sagte sie.

»Na ja, unser Schöneberg ist auch nicht viel aufregender«, meinte Alfred und stieß seine Gabel in das knusprige Schnitzel, das sich über den Tellerrand wölbte, wie sich das gehörte. »Ich habe das Gefühl, der ehemalige Westen Berlins tritt auf der Stelle. Wenn hier was passiert, dann in Mitte, Prenzlberg, Friedrichshain. Selbst Treptow oder Pankow sind in Bewegung gekommen. Und in Charlottenburg sitzen exakt die gleichen Leute in exakt den gleichen Kneipen wie 1993 oder 2003.«

Der Inhaber des Austria, den natürlich alle beim Vornamen nannten und der ein geborener Wiener war und das immer wieder gerne heraushängen ließ, obwohl er schon mehr als fünfundzwanzig Jahre in Berlin lebte, brachte ihnen einen Marillenbrand: »Geht aufs Haus, weil's ihr euch scho so lang net mehr hobts blicken lassen und erzählt mir net, ihr hättet zu viel Stress, des gilt bei einem Wiener net. Warum sitzt ihr nicht draußen im Schanigarten bei dem schönen Wetter?«

»Weil es bei dir drinnen immer noch am gemütlichsten ist, Wolferl«, sagte Cordula. Wolferl nickte und tänzelte zum Nebentisch, um dort den nächsten Schmäh loszuwerden.

»Wenn der wüsste, dass wir in wenigen Tagen im Siebten Bezirk in Wien wohnen werden«, sagte Cordula. »Dann würde er uns wahrscheinlich eine Flasche Schlumberger bringen, aufs Haus und garantiert histaminfrei.«

»Warum sagen wir's ihm nicht?«

»Weil ich keinen Sekt mag, schon gar keinen Schlumberger.«

Beide schwiegen für einen Moment und betrachteten weiter die Menschen um sie herum.

»Irgendwie ist es auch gemütlich«, nahm Alfred den Faden wieder auf. »Die sind hier wirklich zu Hause, abseits aller Hypes und Fakes, Hipster und Foodies, mit denen diese Stadt sonst aufwartet. Hier würde wohl kein Gastronom zur Giftspritze oder Pistole greifen.«

»Aber Stolzenburg hat in der Nähe, am Ku'damm seinen Panscherladen«

»Stimmt, hatte er.«

»Außerdem gefällt mir nicht, dass die Witwe deines Vaters plötzlich ganz aus dem Spiel ist.«

»Kann ich mir vorstellen, die böse Schwarze Witwe hätten alle lieber als Mörderin gehabt.«

»Dieser seltsame Auftrag an dich, den wahren Mörder zu finden … Nachdem sie dir theatralisch eröffnet hat, wer dein Vater ist. Das war doch kein Zufall. Die hatte bloß Angst, es könnte sich herausstellen, dass Pompl einfach Selbstmord begangen hat, weil er es nicht mehr mit seiner erratischen Gattin ausgehalten hat, mit dem ganzen Theater, das er da im *Abendblatt* und im Fernsehen aufführen musste.«

»Du glaubst wirklich, mein Vater hatte seinen Geschmackssinn verloren?«

»Ja, wieso nicht?«

»Weil Pompl gerne inszenierte. Ich glaube, das hat er sich alles bloß eingebildet, und das hat Karoline Pompl genau gewusst. Deshalb hat sie das Notizbuch und den Brief mit dem Beethoven-Syndrom mir gegeben, weil sie Angst hatte, er könnte der Polizei in die Hände fallen. Der Staatsanwalt hätte die Selbstmordthese doch liebend gerne aufgegriffen. Dann wäre es eine private Tragödie geblieben und hätte nicht diese politischen Dimensionen angenommen. Stolzenburg als Auftraggeber für einen Mord, das ist ein starkes Stück.«

»Klingt schon ein bisschen komisch. Aber warum sollte Öcalan das alles erfinden? Du hörst wohl nur ungern, dass dein spät gefundener Vater ein geldgieriger Erpresser war.«

»Stimmt, das fällt mir besonders schwer zu glauben. Auch dafür hat Öcalan laut Stubenrauch keinerlei Beweise. Gott sei Dank scheint das Simple all diese Verwicklungen heil zu überstehen. Das Hotel steigt als Vermieter mit ein und subventioniert den Laden. Schließlich trägt so ein Gourmetpalast auch zum Image eines Fünf-Sterne-Hotels bei.«

»Lieber Alfredito, ich bin in erster Linie froh, dass du deine Heldentaten in Reinickendorf und an der Nationalgalerie heil überstanden hast.«

Alfred lächelte.

»Mein Vater ist jedenfalls mächtig stolz auf dich.«

»Und will mich in Wien unter seinem Namen Wohnungen verkloppen lassen. Tolle Aussichten. Du hast immerhin das Angebot vom Semper Depot. Von der unbekannten Künstlerin zur Kuratorin, nicht schlecht. Aber was soll ich denn in Wien, liebe Cordula? Wir haben doch so eine schöne Wohnung in Schöneberg.«

»Du könntest den ganzen Tag Schnitzel essen, die besten der Welt, morgens, mittags und abends.«

»Das ist ein Argument«, sagte Alfred und piekste genussvoll das letzte Fitzel seines letzten Wiener Schnitzels made in Berlin auf.

»Und du kannst zu Fuß zur Staatsoper laufen.«

»Überredet!«

»Fühlst du dich wirklich zum Journalisten berufen? Zum Gastrokritiker ausgerechnet im erzkonservativen *Abendblatt*? Das mit dir und Bronner kann doch nicht lange gut gehen. Was willst du in dieser Welt der Schönredner und Wichtigtuer?«

»Was will ich mit Immobilien?«

»Immerhin eine bequeme Möglichkeit, ein bisschen Geld zu verdienen. Das wird garantiert kein stressiger Job. Papa hat ja in Wirklichkeit seine Leute seit Jahren vor Ort.«

»Ja, genau. Ich bin sein Frühstücksdirektor.«

»Mit einem fürstlichen Gehalt und mit mir an deiner Seite. Es gibt Schlimmeres, als um zehn ins Büro zu kommen, zwei Stunden dafür zu sorgen, dass alle so weiter arbeiten wie bisher, sich dann drei Stunden ins Kaffeehaus zu setzen und Schnitzel zu essen, um nachmittags einen Kunden zu besuchen, bevor man sich Gedanken darüber macht, wie man den Abend mit seiner entzückenden Gattin verbringt: Oper, Burgtheater, Vernissage, Kino, essen gehen und Wein trinken, ohne darüber schreiben zu müssen. Am Wochenende ein Ausflug an den Neusiedler See oder in die Wachau, um ein paar neue Winzer zu testen und Papa mit neuen Weinen zu versorgen. Glaub mir, das ist der wahre Grund, warum er dich nach Wien schicken will: Wein. Er hat dir sogar verziehen, dass du mit deinem heldenhaften Einsatz an der Alten Nationalgalerie dazu beigetragen hast, dass sich die Hauptstadtfreunde ruhmlos auflösen mussten. Ein Club, den er schließlich mitgegründet hat. Er braucht einfach jemanden vor Ort, auf dessen Geschmack er in önologischen Dingen vertrauen kann. Und wer weiß, vielleicht ziehst du neben dem Immobiliengeschäft einen florierenden Weinhandel auf.«

»Weinhändler, das könnte mir schon eher schmecken.«

Alfred lächelte versonnen und nippte an seinem Grünen Veltliner. Die Auswahl solcher Tropfen wäre in Wien auch größer. Aber ob er diesen Dialekt aushalten würde? Und den Grant der Wiener? Ihm reichten schon die schnoddrigen Berliner. Er erinnerte sich an eine Textzeile von Georg Kreisler: »Wie schön wäre Wien ohne Wiener ...«

Er gab sich einen Ruck: »Solange ich an der Seite meiner klugen, schönen und ehrgeizigen Frau leben darf, wird es mir an nichts mangeln.«

»Das hast du jetzt schön gesagt, Alfredito.«

Ende